身不由己

杨晓升 著

作家出版社

代序：挖掘人性内涵和精神价值

雷　达

　　杨晓升已写了数十万字的小说了。在我印象里，杨晓升首先是一个勤奋、优秀的主编，他主持《北京文学》《北京文学·中篇小说月报》这些年，精心浇灌，保持住了两份刊物的质量、声誉，殊为不易，其中倾注了多少心血在里面。我也短期做过大型刊物的副主编，每期从第一个字看到最后一个字，眼胀身疲，那是我人生中一段并不轻松的日子。所以我对杨晓升的负担之重，感同身受。杨晓升给我另一个重要印象是，他是一位出色的报告文学作家，具有广阔的视野和强烈的社会责任感，从当年对拜金潮的批判写起，一路写教育的、科技界的危机和问题，直写到独生子女意外伤害的悲情，特色突出。我约略知道他也写小说，但没细读过，没想到他写了这么多，这出乎我意料，引发我的好奇。这次他邀我为他的小说集写序，我正好就此研读一番，看他到底写了些什么，有些什么样的特点和追求。

杨晓升的几个大的中篇，我都读了，短篇也读了大部分，自觉基本掌握了他的格调和思路。他的小说，注重日常生活和民生疾苦，贴近生存。小说的主人公总是被置于两难的尴尬处境而无法自拔，他于是挖掘其中的人性内涵和精神价值。他的选材的人民性是非常鲜明的，一是关注当下，有充分的现实感；一是严格遵循生活内在的逻辑，具有强烈的真实性。他能咀嚼出生活内里的酸甜苦辣的味，善解人意，所以我每每被打动。读他的小说容易诱发共鸣感，你在生活中遭逢的苦与乐，乃至进退维谷的窘境，会从记忆深处浮起来，形成交流，忍不住发一声长叹。

《身不由己》便是一篇背景比较宏阔，充满荒诞和幽默，但又极真实，颇有几分辛酸的作品。写的是，在狂热炒股、股票虚涨的年头，主人公，一个博士，高校青年教师胡文生，受家乡的一家民企老板所"托"，为其获得证监会"上市公司"

的名额指标而奔走钻营，但遭人愚弄，受尽奚落，四处碰壁，越陷越深，一败涂地的故事。小说通过胡博士的经历，演示在茫茫现代大都会中，一个百无一用的书生的尴尬与无奈，颇有几分卡夫卡《城堡》里永远不得其门而入的况味。尤其是，作品揭示了乡土中国社会里"人情"与"面子"的不能承受之重。平时稳重儒雅的胡博士之所以"一切都乱了套"，被弄得团团转，疯狂打电话，垫钱送重礼，轮番请吃，四处拜乞，无奈中甚至印制假名片，当了一回"副总"，全因为老父亲在家乡吹嘘他"名声很大，地位显赫"，而他隐藏的虚荣心以及潜在的发财欲，也是暗藏其中的动力。着墨无多的社会油子高兴，那一副可憎多变的市侩嘴脸，给人印象深刻，是作者的一个贡献。这幕荒诞剧不啻当代中国社会的一个"奇观"，但谁又能说，它不是随时上演的"常态"呢？

杨晓升小说的另一特点是，善于透过外在事件，剥露裹藏其中的伦理道德冲突，新旧观念冲突，直抵民族文化心理深层的某些弱点。《介入》就是一部值得重视、有分量、有深度的作品，也是集子里在艺术创造上最值得称道的一篇。小说从以事件为主上升为以人物为中心，主要人物郭秀英脱颖而出。小说写一向健壮的郭老汉，突患肝癌，急坏了"孝女"郭秀英，她干练、操劳，身为长女，勇挑重担，抢救父亲。她认定，必须掩盖病情，不然病人会被吓死，只有隐瞒得密不透风，才是对父亲的爱。为此她煞费苦心，身心交瘁，把肝癌淡化、改写成肝囊肿。她固执地要求全家上下都服从她的意志——隐瞒。也曾有明智的声音出现，那是身在美国的妹妹秀梅，要求给父亲以知情权，认为人对自己的前途、命运，抑或疾病，都有权知情并选择，知情才能更好地配合治疗，却遭到秀英的压制，仍是以爱的名义。隐瞒真相是很难的，编造假病历就更难，秀英居然都做到了。当然是以钱铺路。

"介入"本是医学专用名词，但又是对小说中各个人物处境的形容。所有的人既未介入，又都介入了，在介入与不介入的问题上层层递进。无论把"信封"迅速装入口袋的主治医师，还是"热情"的女财务科长，都实际介入了合谋欺骗一个老人的行动。当然，以目前中国乃至世界的医疗水平，患肝癌的郭老头似难逃一死。但他死得不明不白。他未能"介入""配合"他自己的治疗，在忐忑不安、将信将疑、惊惧交加中，受尽了罪，度完了残生。他是猜测到了真相的。这不是孝女因其"孝"而制造的悲剧吗？这不是一个"爱"的悲剧吗？这不是一种更大的残酷吗？小说对孝女郭秀英的刻画相当有深度：她既怀抱仁爱，在家中又不无跋扈、专制，她每天不但要承担超负荷的家务，身心俱疲，而且要把自己导演的戏维持下去，只能强颜欢笑，把沉重藏起来。

在我们这个人口众多的国度和广大城乡，人口与资源反差强烈，于是在看病、上学、住房、求职等问题上，不但一个车位难求，即使一张床位，也要费尽心机。供不应求的尖锐矛盾，使拉关系、送红包成风，影响了普遍的社会道德面貌，并不是一句呵斥就能消除的。杨晓升的不少小说涉笔于此。他总能捕捉到时代、家庭、伦理冲突的敏感部位。这是他作为报告文学作家特有的素质，将之带入小说中来，并开采出丰富的戏剧性，显示了某种富于时代感的优势；而这恰恰是某些小说家所缺乏的。《红包》即是一篇令人发出苦涩的笑的作品。为了床位和手术成功，一次次送红包的情景就不说了。小说塑造了一位两袖清风、医德高尚的宋大夫，与《介入》中那位"异化"了的、冷冰冰的孙大夫恰成鲜明对照。写贪财的医生毕竟容易些，要写一个清高自重的医生，却很难。但小说写得真实可信。

杨晓升终究还是一个偏重故事性且能充分施展故事性魅力的作家。峰回路转，惊愕，反常，突转，以曲尽人生的无常、多变，人情世态的炎凉，这些元素构成了他小说的可读性、吸引力。以《天尽头》而论，构思奇特，折转的难度很大，他偏能开辟出另一片天地。娇娇女刘晔遭遇车祸夭折，如五雷轰顶，轰倒了夫妻俩。他们每天以泪洗面。事情到此似乎可以画上句号了，还有多少戏可以延伸呢？想不到杨晓升居然把戏继续演了下来，写成了一个大中篇，这是本领。夫妻俩最后选择双双自杀，也许是生活中有过的实情，但显然过头了，且不尽合理。他们并不老，何至于此？这与作者选择封闭式的写作有关。

作为一手写报告文学一手写小说的双栖型作者，要让两者文风截然不同，是很难的。杨晓升的小说固然好看，但与他的报告文学放到一起，视角上的共同性便很明显。若以小说艺术来要求，我们也许会觉得，他写得有点直露、直白、意义外显，不太擅长与读者捉迷藏，不够含蓄。我们还会觉得，他过分依赖事件，总是从事件中引发矛盾，人物相对偏弱，被动地服务于故事过程及其意义。在语言上，我们或许会觉得，生活化、个性化、陌生化还不够，看不到太多崭新的、俏皮的、鲜活的表述，用成语多。他习惯于用评述性话语代替小说化的状绘。总之，机位太正，变化较少，以理入文，切入点和视角较为单一，还不够泼辣，不够狂放，不够幽默，个性不够突出，调子的变化也不多。这可能是我对杨晓升小说的不满足，但未免有些苛求，即使成熟的小说家，有时也难以做到。

放下我对小说性的偏执，我仍然要说，这是一部富有时代感和新鲜气息的、贴近老百姓生活的、酸甜苦辣齐备、令人感动的小说集。

2015 年 5 月 26 日

作者系文学评论家、中国小说学会会长

《目录》

//身不由己//

我这个人向来是思想的独行侠，不会人云亦云，行动上也是能自我主宰、自我约束的。可大约是二十年前，我却破天荒有了一次身不由己。那一次，我丧失了自我。虽然既非酩酊大醉，也非被歹徒绑架丧失了行动自由，可我还是实实在在地屈服于一种无形的力量，被这股难以摆脱的力量牵扯着，并且鬼使神差地进行了有悖我个人意志的冒险行动。

将近二十年前的中国，那时候的股市牛气冲天，无数企业即便借壳上市也要摇身一变，摆脱困境，由步履维艰、度日如年的企业变成身价数千万其至上亿、数亿的阔佬式股份公司。无数的股民争先恐后进入股市，磕破头都想买到新上市的股票——即新股，因为所有新上市的股票股价都会在短时间内迅速上扬，让股民们的腰包像吹气球般迅速膨胀，一夜之间成为暴发户。我这个博士毕业后一直在研究所工作、远离商界和股市的书生，就是在这种社会大背景下，被黄老板不知不觉裹挟着推上冒险之路的。

黄老板是我的老乡，还是我的远房亲戚，是家乡一家味精企业的厂长。他们厂生产的荷花牌味精，在全国的销售量说大不大说小不小，他们这家企业的规模和知名度，在全国也是说大不大说小不小。全国各地多多少少都有这种味精的消费者，许多人都知道荷花味精，同时也有许多人不知道荷花味精。虽然这家生产荷花味精的工厂年利润也有数百万元，但相比于那些利润上千万的企业，黄老板这家味精厂自然是相形见绌，要想成为上市公司，显然是癞蛤蟆想吃天鹅肉，差得太远。这种差距，黄老板当然也心知肚明，要按照常规，黄老板的味精企业根本就不可能成为上市公司。

黄老板并非等闲之辈，在商界打拼了这么多年，可不是吃素的那种老板。黄老板是那种有条件上、没有条件创造条件也要上的老板。面对眼前炙手可热的上市，面对上市之后滚滚而来的财源，黄老板欲望奔腾，心潮澎湃。他冥思苦想，彻夜难眠。面对中国股市眼前大发横财的好时机，他不愿束手就擒。他要大干特干，他要横空出世，他要成就一番惊天动地的事业。

经过将近一年的运筹帷幄和精心策划，黄老板总算寻到了良方。他与当地一家餐饮连锁企业多次磋商、多次讨价还价之后，决定资产联合、组建成荷花集团股份有限公司，共同申请上市。那家餐饮连锁企业，在我们家乡那个地级市的餐饮业中，资金、规模、知名度、综合实力等等，也是说大不大说小不小，市区许多地段有他们的餐饮连锁店，但另外的许多地段尤其是黄金地段，还没有他们的餐饮连锁店。与当地那为数不多的几个财大气粗、牛气冲天的高档豪华酒楼相比，这家不大不小的餐饮企业同样是相形见绌，在日益激烈的同行业竞争中，他们可谓四面受敌，压力日增，想出人头地，成为当地餐饮业中的龙头老大，没有外来雄厚资金的注入，要想咸鱼翻身、后来居上，简直是痴心妄想。跟黄老板一样，这家餐饮企业的李老板也是个不满足于现状的老板。李老板雄心勃勃，却同样财力不足，犹如困兽。两只困兽于是惺惺相惜，经过一番热恋之后一拍即合，决定组成联合舰队，将双方目前各自拥有的五千万元企业资产联合起来进行包装，使总资产达到一亿，黄老板的味精企业占 51％的股份，李老板的餐饮企业占 49％的股份，一旦集团申请上市成功，黄老板任董事长，李老板当总经理，但前提是集团所有上市事务包括前期策划和托关系、找门路，由黄老板全权负责。

用李老板的话说：你各方面关系多，能说会道，有活动能耐，像癞蛤蟆；我关系少，不善交际，像井底之蛙。

对于李老板的这个比喻，黄老板既高兴又不高兴，癞蛤蟆这个名字，使他多少心生不悦。他且喜且怒地盯住李老板问：李老板，此话怎讲？

李老板仰头哈哈大笑，笑毕，才解释道：嘿，这还用解释吗？青蛙是保守派，我是井底之蛙，坐井观天；而癞蛤蟆是浪漫派，你是癞蛤蟆，想吃天鹅肉。公司上市就是天鹅肉，这不对吗？

黄老板骂道：你不也想吃这块天鹅肉吗？那你也是癞蛤蟆啊！

李老板答：对，我也想吃天鹅肉不假，可我连癞蛤蟆都不如，只能是井底之蛙，只能借你这只癞蛤蟆共同去吃天鹅肉嘛！

话说到这个份上，两个人都哈哈大笑，笑得无拘无束，笑得前仰后合。笑毕，双方"啪"一声，两掌相击，紧紧地握在了一起。这是准备合作的标志。

　　不过，两个老板都有言在先，两家企业之间的合作只是名义上的。也就是说，为了公司上市这块天鹅肉，他们将双方的资产组合起来，组成名义上的荷花集团股份有限公司，按照公司上市所需的一切要求，从资产、经营、成本、利润、股东构成等一系列环节进行精心的报表制作、策划包装。为了避免出现差错，黄老板还不惜重金，特地从省城聘请上市方面的顾问，进行了长时间的、精密细致的策划准备。现在，黄老板他们这个名义上的荷花集团股份有限公司，可以说是万事俱备，只欠东风了。

　　这东风是什么呢？就是股份公司的上市指标，这可是关键中的关键。拿不到这个指标，你资产再多，利润再好，实力再雄厚，都是白搭。可这样的指标，如凤毛麟角，少而又少，按行政区域划分，每个省、直辖市、自治区每年平均只能拿到由中国证监会审核批准的二到三个指标。所以，那个时候，全中国的老板们连睡觉都在挖空心思，琢磨着怎么才能拿到上市指标。那时候要能拿到指标，就像阿里巴巴拿到了打开金库的钥匙，随着公司的上市，金银财宝立即滚滚而来。这样的金库钥匙，谁肯放过？问题是，这样的钥匙要想拿到，就像癫蛤蟆执意要吃天鹅肉，首先必须登天，可谁都知道登天有多难啊！

　　所以，黄老板和李老板也做好了吃不上天鹅肉的准备。一旦这个名义上的集团公司上市申请失败，吃不上天鹅肉，就让这个集团公司和为上市所付出的一切努力，统统随风飘去，成为历史。他们的企业也依然各自为战，各自发展。事实上，他们也有言在先，即便这个名义上的集团公司上市成功，黄老板的味精企业和李老板的餐饮企业也是各自经营，独立核算，互不干预，貌合神离。他们之所以愿意合作，组成名义上的集团公司，目的很一致：套钱，谋取新股上市之后的巨大利润。有了钱，他们就不怕没有实力，不怕与同行竞争，不怕当不上本行业至少是本地同行业的龙头老大了。至于上市公司应该如何健康发展，如何合理运营，是否应该为广大的股民负责，他们"还没有时间考虑"。这话是黄老板找我想办法帮忙时，亲口对我说的。

　　黄老板千里迢迢来北京找我，就是为了拿到他们那家名义上的集团公司的上市指标，为了找到那把打开金库的钥匙。黄老板在找到我之前，已经按照上市公司的有关要求通过正常渠道申报，并先后在我们家乡的地市、省一级的主管机构和有关领导中来回穿梭，该找的人都找了，不该找的人也都找了。该花的钱都花了，不该花的钱也都花了。眼看着时间一晃已经过去了好几年，可上市的事不但没有进展，甚至连一点眉目都没有。那些被黄老板找过的人礼和红包倒是收下了，高档宴请倒也吃了，而且也都信誓旦旦、口口声声说愿意帮忙，可帮来帮去，就是没有什么效果。眼看着时间不断流逝，好处费流水般哗哗地往外流，黄老板焦躁不安，心急如焚。有一天，他不知从什么地方冒了出来，千里迢迢从家乡来到北京，找到了我。

"你身居京城，在天子脚下，眼观六路，耳听八方，天时地利人和……有利条件全让你占了。何况你是博士，已经在京城工作了那么多年，见多识广。你爸都说了，你在京城名声很大、地位显赫，找你办事的人多如牛毛。看在咱们既是老乡又是亲戚的分上，无论如何，我这事你也得帮助我想想办法、找找关系呵！"黄老板是在一股脑儿倒出为此事到处碰壁的苦水之后，对我说出这一番话的。来北京之前，他拎着一大堆好烟好酒去找我父亲。而我北京住处的客厅里，眼下也堆放着他不远千里送来的礼物，有名烟、名酒，还有西洋参、鹿茸等高级补品。此时的黄老板仍然心急火燎、一脸苦相地注视着我，左手夹着的香烟静静地燃烧着，眼看着就要灼烧到他的手指了，他仍不知不觉、无动于衷。

到了这份上，我已经没有办法推辞。但要说我有什么能耐，什么"名声很大、地位显赫"，那绝对是瞎扯。我父亲根本不知道京城之大和我的底细，见人就爱吹我如何如何，那纯粹是因为我是家里四代出的唯一一个大学生，而且是一路读到博士，还在京城工作，在我们那个小地方听起来好像多么不得了。其实，博士生在京城什么都不是！那时候我仍然住着一套总面积不到三十平方米的旧一居室楼房，月收入只有区区一千多元，上班骑一辆轮子转起来吱吜吱吜响的破旧自行车。妻子是一家研究所资料室普通的资料员，月工资不到五百。为了六岁的儿子上重点小学，我们正求爷爷告奶奶，四处托关系却还没有任何进展呢。但我这个博士在京城生存的苦衷，我父亲知道吗？眼前的黄老板知道吗？不知道！当然，他们不知道，我也没必要说。毕竟在我们家乡，我这个博士很风光，在老家我父亲母亲兄弟姐妹至今也还都因为我的存在而风光着。风光与不风光，仅仅隔着一层无形的薄纸，我不能去捅破，也没必要去捅破。能让我那远在家乡的父母与兄弟姐妹生活在子虚乌有的风光之中，满足一下虚荣心，也没什么坏处啊。

面对眼前黄老板诚恳而又急切的求助，我别无选择。我抖擞精神对黄老板说："我没你想象得那么有能耐，尤其是股票上市这种事，我是外行，也没啥关系，能力真的很有限，但我会全力以赴，我试试看，尽量帮助你找找关系。"黄老板听罢，喜形于色，脸颊瞬间红润起来，笑容随之在脸上荡漾。似乎我这么一答应，他就有希望拿到股票上市指标似的。这无形中又增添了我的心理压力，我忽然感觉此刻的自己如同出征前向首长立下军令状的将士，无论前方多么危险，也只能冲锋陷阵了。

黄昏，我同妻子商量着上街采购，炒几个好菜好好招待一下黄老板和同来的女秘书，可黄老板不肯。他执意要请我们全家到外面的酒店吃，他的漂亮女秘书小赵也热情地不时帮腔，还亲热地搂住我的妻子和儿子。一推再推，我们拗不过，只好同意。

一听要到外面酒店吃饭，不谙世事的儿子高兴得像过节似的，又蹦又跳，殊不知此时他那双又蹦又跳的小脚丫，就像擂在我心上的鼓点，既紧张又急促。儿子当然不知道"吃人家的嘴短"这句话此刻对我施加了多大的压力，只有我知道，吃了这餐饭，我更是身不由己，更应该百倍偿还黄老板的这份人情债了。

这顿丰盛晚餐，山珍海味应有尽有，让平时难得开荤的儿子和妻子吃得都心满意足。走出酒店，儿子唇油脸红，一边往外走一边抹着嘴，兴奋得一路说说笑笑，时不时还哼着歌儿。

回到家，我放下手头这几天正在进行的一个课题，开始翻箱倒柜，寻找我的电话簿和多年来对外交往收到的所有名片。不知为什么，自从黄老板将托关系跑上市指标这件大事托付给我后，无论我愿意不愿意，无论我有没有这个能力，我都身不由己、自觉或不自觉地将这个任务接了过来，郑重其事地将其作为自己的头等大事来完成。否则，我感觉会愧对不远千里来京城求助于我的黄老板，同时也会愧对老家那年迈的、将我当成京城能人的父亲。毕竟，我这个上了大学一直读到博士的儿子，是唯一可供我父亲在乡亲父老面前津津乐道的骄傲。这层对我来说更像皇帝新衣的脸面，无论如何是不能撕破的。

这时候，我的大脑像放电影一样，将我从读书到参加工作这十几年来的所有关系——儿时的、少年的、青年的，朋友的、同学的、亲戚的、同事的，甚至还有妻子那边的各种关系，像大扫除一样扫了个遍，然后将包围圈进一步缩小，集中在京城这个万众瞩目的中心地盘上。然后，我一遍遍打电话。每打一次电话，都要先跟人家寒暄一番，问问近况如何，然后话锋一转，直截了当地问对方有没有什么关系、有没有什么路子可以找到中国证监会的熟人，帮助弄个股份公司上市指标，电话中每每说到这里，我都会适时加重声音说事成之后必有重谢。我所强调的这最后一点，也是黄老板找我想办法帮忙时所强调的。黄老板向我强调时，还生怕我不在意，特意说："这个重谢可不只是名烟名酒或者土特产什么的，也不仅仅是几千元的好处，而是几万元甚至十几万元的回报，事成之后一定少不了给你送数量可观的原始股，让你也尝尝一夜暴富的感觉。"黄老板在我家说这番话时，眉飞色舞、天花乱坠，直说得我妻子两眼放光、喜形于色，似乎我们家真的就要一夜暴富了。如此的重谢和这么大的许诺，当然对我来说也是个巨大的诱惑，因为我跟妻子一样，做梦都想搬离眼下这破旧的楼房，住进宽敞明亮的住宅小区，甚至跟妻子一样，还想着拥有家庭轿车等等。但我知道这一切对我家来说都只能是梦想而已。因为我知道对于操作上市公司指标这样的事情，自己没有这种能耐，因为我根本不认识证监会的人。别说那些手握审批大权的人，就是证监会里那些扫厕所或者看大门的，我一个都不认识。我所在的单位也仅仅是搞环保研究的，我平时接触的人与证监会八竿子也打不着，我凭什么能弄到股票上市的指标？

我一遍遍掂量这件事的难度，黄老板许诺的那些诱惑很快在我心中大打折扣。因为我觉得自己根本帮不上黄老板这个忙，所以我在黄老板许下的诱惑面前心如止水，我的心境就像平时听说天上要掉馅饼一样无动于衷。现在，我之所以开始将黄老板求助的这件事当作自己的事来对待，完全是为了不伤黄老板的情面，也为了维护我父亲在乡亲父老面前的脸面。所以打电话给别人时，即便是明知不抱希望，我也会异常恳切地请求对方想方设法竭尽所能，像我一样将黄老板托付给我的事当成自己的事来做。我也着重强调了黄老板所说的"事成之后必有重谢"的这一点，唯恐人家不重视，不当回事似的。我想只要人家能够跟我一样竭尽全力，想方设法，就算万事大吉，没准儿还真能扯出一条与证监会的人搭得上话的关系来。我甚至心焦地想，只要能维护住我与黄老板的情面和我父亲在乡亲父老面前的脸面，黄老板重谢不重谢对我来说都已无关紧要。然而，无论我心情多么焦急，无论我当晚打了多少次电话找了多少个人，都一无所获。眼看着写字台上的时钟指针已经指向晚上十一点，我不得不鸣锣收兵，一脸沮丧。

第二天一早，黄老板见到我的第一句话就是："今天怎么安排？能不能找到关系？如果找到赶紧请人家出来吃饭，咱们找最高档的酒家！"黄老板边说边拍拍系在肚皮前那个长条形的鼓鼓的腰包，意思是那里面有的是钱，足够攻关的。

　　我说："别急，八字还没有一撇呢，昨晚我打的电话都找不到人，今天我抽时间继续打。"由于急着上班，我让黄老板白天自由活动，到故宫、天安门、王府井什么的随便逛逛，晚上回来再等我消息。由于女秘书是第一次来北京，趁机带她在北京游玩，黄老板自然是求之不得，反正他在北京除了我没有其他任何关系，有劲使不上，他将一切的希望都托付给我了。

　　到了研究所，我依旧像往日一样先到室主任那里点了个卯，算是报告我照常来上班了。今天，室主任并没有要紧的事安排给我，这让我心中不禁窃喜。到了办公室，我泡了杯茶，就迫不及待地像昨晚那样开始翻名片夹和电话本，守住办公室唯一的电话机，一遍遍地打电话，男的女的，年轻的年长的，熟悉的或者陌生的，哪怕是只有一面之交的，我都竭尽全力撒开自己毕生这张自觉或不自觉编织起来的关系网，一遍遍打捞着事实上很渺茫的有用关系和有用信息。每打一次电话，我都竭力调动着自己的热情、恳切和焦灼，一遍遍重复着昨晚已经说过无数遍的话。我似乎忘记了自己当天的本职工作，甚至也忘记了周围还有其他同事，肆无忌惮地打，如入无人之境，以致周围的同事挤眉弄眼，怪腔怪调，争先恐后地挤对我，说我今天是发酒疯吧？要么是准备辞职下海投身股市。面对同事的取笑，我只是满脸赔笑，说是啊是啊，哥们儿姐们儿今天我就对不起大家了，受人之托，我必须尽最大努力找到关系帮人家牵线搭桥，你们谁要是能帮我拉到关系也赶快说，否则错过发财机会可别后悔。大家听罢便来了情绪，你一言我一语，嘻嘻哈哈地开着玩笑。平时我与同事们的关系不错，否则我断不敢工作时间背着主任毫无顾忌地打私人电话。

可惜打了一天电话，我依然颗粒无收。许多人一听都知道并深信，这事要能帮上忙，当然毫无疑问肯定能发一笔小财，但同时此事的难度一如登天，因为谁都想发财，谁也都知道眼下干什么事能发财。就像早几年满世界的人都在找钢材和铝锭一样，眼下满世界的人都在托关系找门路弄股票上市指标，当然最好是直截了当弄到原始股。

下午下班回到家，黄老板带着秘书小赵满面春风地找到了我。刚见面就一个劲问："怎么样，今天找到关系了吗?"黄老板和小赵此刻都脸色红润，双眼放亮，看得出，今天他俩在外面玩得很开心很满足，此刻对我又满怀期待。

我摇了摇头说："没有。为了你的事，我上班光打电话了，四处托人找关系，可打了一天，仍然一无所获。"黄老板一听，眼光和脸色霎时暗淡下来，那样子一如泄了气的皮球。秘书小赵在一旁似乎也花容失色，愣愣地发呆。

我只好安慰他们说："眼下满世界的人都来北京托门路找关系，弄股票上市指标，这事要那么容易，股票上市指标恐怕就不值钱了，何况我并不直接认识中国证监会的人，甚至也不知道我的朋友同事同学当中谁有直接的关系在中国证监会，或者有谁能够间接地找到中国证监会的人，所以这事看样子急不得，我得动员我所有的社会关系网，就像撒网捕鱼一样，慢慢地找，一个一个地找。你们俩大老远来北京，干脆先好好玩几天吧。"我注意到这时候秘书小赵漂亮的脸蛋又生动起来，可黄老板却面有难色地说："市里正进行税收大检查，公司那边正催我回去呢！"不想秘书小赵却抬起手臂使劲碰黄老板，嘟起嘴拉长腔调嗔怪他："哎——呀——就你积极，晚几天回去他们还能怎么着你呀！"黄老板见小赵生气了，嘿嘿笑着哄她说："那好那好，咱们索性多待两天吧。"

我趁机说："北京那么多名胜古迹，你们就多玩两天吧。这两天我再抓紧联系，看能否找到门路。实在不行你们再回去等着，反正这事真是急不得，急也没用，得从长计议。"黄老板听罢沉吟片刻，然后点头说："那好吧。"

秘书小赵听罢嫣然一笑，对我说了声："我们说好今晚到王府井那边逛逛夜市。"然后不由分说拉起黄老板的手，高高兴兴地挥手对我说"拜拜"。被小赵拉着的黄老板边走边扭过头冲我嘿嘿笑着说："那我们现在走了啊……"

"你们走吧，你们走吧，好好玩！"我如释重负。正准备做晚饭的妻子适时凑到了我的跟前，望着他们的身影一脸的鄙夷，不满地嘟哝道："哼，哪是什么秘书呀，分明就是他黄老板贴身的小姘！"妻子抬眼望我，那眼神带着探询，更希望得到我的肯定。我却不置可否，只是苦笑、摇头，一脸的无奈。自打黄老板带着秘书小赵来到北京找我，我就从小赵的言谈举止中感觉出他俩的关系非同一般，妻子此时只不过说出了我的这种感觉而已。我对妻子说："这种事一点也不奇怪。眼下不是有一句名言吗：男人有钱就变坏，女人变坏就有钱。"

妻子瞪我一眼："那你最好别有钱！"

我哑然失笑："那你就心甘情愿跟我过穷日子啊？"

妻子不搭理我，头也不回地进厨房干活去了。

两天之后，我还是没找到什么有效的关系。黄老板也等不及了，说家乡那边税收大检查，一催再催，不回去是不行了。

我顺水推舟，说那你就先回去吧，反正股票上市的事是大事，不是一天或几天就能搞定的，急不得，急也没用，这边找关系的事我会抓紧，全力以赴。

黄老板说："那好吧，这事就拜托你了，事成我肯定重谢！"黄老板同我握手，抓得很紧，使劲用力，使劲地摇，仿佛我就是他公司股票上市的救星。

女秘书小赵也使劲握我的手："胡大哥这事就让您费心了，有了消息可得及时告诉我们哦……"小赵漂亮的眼睛深情地望着我，那眼神充满女性特有的温柔，深深的，幽幽的，有些勾人，又不乏恳求，让你难以拒绝。这样的眼神，难怪黄老板离不开她呢！

我说："你们放心回去吧，我会抓紧，一有消息立即给你们打电话。"

……

黄老板乘飞机回到家乡的那天晚上，我父亲就给我来了电话，说黄老板从北京回来给带来了许多东西，有吃的，还有穿的，给我父亲和母亲各买了一件毛衣，反正吃的和穿的都放在一起，装了满满的一大袋。我一听内心咯噔一声，心想坏了，黄老板走的那天我自己忙中出乱，竟然忘了托黄老板给我家捎东西孝敬老父老母，这一下倒好，反让黄老板替我尽孝了。我后悔得直骂自己，心想也真是太难为黄老板了，要不是因为有求于我，他怎么可能对我的父母如此周到细心啊！然而，越是如此，我越感觉到内心的沉重，心想黄老板的这个人情债不知到头来该怎样还呢！

有生以来，我真的是第一次被推上"贼船"，莫名其妙、不由自主地要去完成一件想干也得干、不想干也得干的事情了。

接下来的日子，我并没有因为黄老板的离京而感觉到丝毫的轻松。相反，我意识到自己必须竭尽全力调动一切社会关系，想方设法挖掘到哪怕一丁点儿对黄老板公司上市有用的信息。

那些日子，除了正常的上班，我几乎将原本承担的家务活全推给了妻子，余下的时间便发了疯一样，一遍遍地翻我的电话簿和多年收藏的名片，一次次地打电话，男的女的，年轻的年长的，熟悉的不熟悉的，甚至是仅仅一面之交的，我都要掘地三尺一个个地打，一遍遍探询，打听对方是否有关系在中国证监会。甚至在上班的时候、做课题之余，也不忘抓紧时间打，仿佛上辈子我没打过电话，这辈子非要将上辈子没打的电话补回来似的。反正同事都说我疯了，说我想发股票财都想疯了。妻子也说我疯了，说我螳臂当车不自量力，做不到的事情就直接跟人家黄老板说办不到得了，干吗非要认死理钻牛角尖一条胡同走到黑？干吗非要跟自己过不去不撞南墙不回头？

对于所有的议论和指责，我只能是有苦难言、置之不理。其实，我这样倾尽全力为黄老板找关系，且不说我的同事不理解，就连与我同床共寝多年的妻子也不理解。我妻子是北京人，岳父岳母在二十世纪五十年代时大学毕业，被分配到北京工作。在偌大的北京城，他们平时除了联系并不密切的一些同学和同事，人际关系中并没有"宗族乡亲"这个概念，更没有三姑六姨七大舅八大姑的，社会关系简单，生活方式简朴，说话做事环境宽松，谁也管不着谁，谁也欠不着谁，谁也帮不着谁。

但我们那里大不一样，小地方嘛，人口不多，又没有什么外来人员，人际关系是番薯藤嫁接稻秧草，牵来牵去，你与他，他与我，没有关系都能牵出关系。从小处说，不是非亲即故，就是非朋即友；从大处说，美不美，家乡水，亲不亲，故乡人。尤其是我们这些远离家乡到京城工作的人，家乡人见家乡人，谁能不觉得亲切？何况我还是家乡远近闻名出的唯一博士生、我的家人和乡亲眼中的骄傲。被父老乡亲寄予如此厚望的我，被黄老板事先用各种礼遇铺垫得密不透风的我，如果对黄老板这个家乡人不远千里、不遗余力的求助置之不理，那我不被父老乡亲戳脊梁骨才怪，不被我父亲破口大骂才怪。再说了，黄老板不远万里、不遗余力求助于我，那是看得起我，他这事要真能办成我不发大财也能发一笔小财，虽然我对以这种方式发财也并不抱多大希望，可我却没有理由不全力以赴。

虽然我全力以赴，甚至付出了全力，可转眼一个月过去了，我仍一无所获。我的掘地三尺和撒网式的广泛联络，并没有使黄老板托我办的事生出一丝希望。打了无数的电话后，我唯一的收获是知道操作股票上市的事太挣钱，同时也太难了，有的说我早就想捣鼓这事了，因为我做梦都想发财；有的说我也真想能够帮助你，这样我他妈的就用不着整天为缺钱的事与老婆吵架；只可惜我他妈的干错行了，当初为什么不学金融证券争取到中国证监会工作啊，要那样我就可以大发横财了。

看来，英雄所见略同，这时候人们都认定在证监会工作就不愁发不了财，不愁缺钱花。甚至有的人说他也认识中国证监会的，可人家证监会的却并不认识我，他说他的单位就在方庄，与中国证监会仅仅一墙之隔，他每天只看到证监会门口车水马龙、宾客盈门。他还说，方庄那一带的高档酒楼每天无论中午还是晚上，经常爆满，那都是全国各地前来中国证监会运作股票上市的人给抬起来的，云云。至于情况是否属实，我还无从查证。但有一点却是可以承认的：中国证监会炙手可热，在证监会工作的人特牛。想想也是，谁都想求助于他们，他们能不"热"吗？他们能不牛吗？他们能不发财吗？

　　一个月的时间到处求人却无功而返，我懊丧极了。我真恨自己无能，甚至也懊悔当初怎么有眼无珠不去读金融证券专业，要那样没准真能分配到中国证监会工作，也没准还能在证监会捞个一官半职的，要那样我就他妈的用不着这么漫无目地求爷爷告奶奶了，要那样我现在没准也开着高级轿车上下班，要那样我也能过上人模狗样、人五人六的日子，哪儿用得着像眼下这样骑着辆破自行车活脱脱像个落魄博士的样子哟！

　　自从黄老板离开北京回家乡后，三天两头就给我打电话，询问事情的进展，有时候他甚至让他的女秘书小赵给我打电话。小赵打电话可不像黄老板那样开门见山。小赵总是嗲声嗲气、没话找话地同我寒暄几句，半是调情半是撒娇地跟我套近乎，然后话锋一转说："胡大哥，我们求您办的事您可真得帮忙啊，且不说黄老板对您寄予厚望，就是光看在我的面子上，您也不能不帮忙呀……"末了，小赵对着话筒"咯咯咯"地笑，虽然相隔千山万水，但透过话筒我却不难想象此时的小赵笑得前仰后合的样子。她是天生的情种，善于调情，知道怎么与男人周旋。可惜我却无心恋战，因为我内心很清楚她给我打电话的真正目的。所以，每次听到这位漂亮的秘书的电话，我就心跳加快、神经紧张，那样子就像身无分文却误入高档娱乐场所嫖娼的穷小子，面对风情万种、热情无比的小姐，内心却忐忑不安，毫无底气，欲进不能，欲退不甘；最终力不从心，节节败退，以至羞愧万分，落荒而逃。更让人扫兴的是，赵秘书晚上将电话打到我家时，妻子、儿子都在身边，一听赵秘书那嗲声嗲气的女音，妻子总会狠狠地剜我一眼，嘴霎时气歪，那张原本生动的脸立马黑得像窗外的天，让我那原本温馨的小家庭突然间阴沉压抑，几乎让人透不过气来。就连儿子原本纯真快乐的说笑声也被赶得无影无踪。每每这个时候，我都羞愧难当，没话找话地哄妻儿，以期重新调回原本欢乐的气氛。顺便说一句，自从我身不由己地被黄老板推上"贼船"，我和妻子的关系便陷入冷战，很多时候她对我总是爱理不理的，晚上睡觉她总是拿儿子当挡箭牌，搂着儿子不让我碰她。有时到了周末，她甚至招呼不打就带着儿子回娘家去，害得我无可奈何，独守空房。好在那时候我受黄老板之托，心在黄老板那边，对正常的夫妻生活也没有太多兴趣。况且，他们不在家我也落得清静，继续一次次为着黄老板的托付打我的电话。

就在我一次次无功而返，一次次陷入绝望之际，寻找操作股票上市关系的事却在不经意间出现了一线希望、一次转机。这线希望和这次生机，并非来自我一次次的电话，也非来自我一个多月来苦苦寻找的社会关系网，偏偏来自于我与博士生导师高教授的一次谈话。

那天我因做课题的事去我的母校、北京某著名大学找高教授，向他求教我眼下正在做的课题所碰到的几个难点。聊着聊着，高教授忽然问我："听说你最近对投资股票很有兴趣？"我一下怔住了，心想肯定有人将我最近发了疯似的到处打电话找关系，联系股票上市的事告诉过高教授。现在高教授既然主动提问，我无法回避，只得苦笑着，点了点头，又摇了摇头。接着叹了叹气，索性将来龙去脉和现在的苦衷如实告诉了高教授。高教授听罢，沉思着，对我身不由己卷入股票操作的事既不肯定又不否定。我索性试探着问："高老师，您有什么关系可以帮助我联系到中国证监会的人吗？"高教授看着我，先是摇了摇头，紧接着似乎想起了什么，皱了皱眉说："这样吧，我回去问问我儿子。"他这么一说，我的内心忽然涌起一股热流，暖融融的。我知道，高教授一向反对学生经商，更反对自己的儿子从商。他总说"无商不奸"，做学问就得一心一意，沾了商就肯定做不好学问。可他儿子大学毕业却偏偏选择了经商，违逆了父亲的意愿，未能子承父业，为此他曾经无比伤心，好长一段时间情绪低落。眼下，高教授说了这么一句，一方面说明他已经无奈地默认了儿子的选择。另一方面，他同情我眼下被无奈卷入股票风潮的遭遇，想帮助我。一想到这些，我不由得有几分激动，我禁不住站起来抓紧高教授的手："高教授，那我太谢谢您了！"高教授用另一只手按住我的肩头，示意我坐下。高教授说："你先别谢，我只是回去问问他，成不成还难说呢！"话虽然这么说，可我内心已经很感激高教授了。要知道，高教授不但学问好，在学界很有威望，而且一向关心爱护他的学生，我三年的博士生涯对此深有感触。我庆幸此生当过高教授的门生。

当天晚上，高教授就给我打电话，说："我回家之后跟高兴说了，他让你直接跟他说。这样吧，我让他接电话。"高兴就是高教授的儿子，我没想到高教授这么惦记我的事，而且这么雷厉风行，此时我的内心别提有多高兴了。

高兴接过话筒，没有寒暄，而是直截了当地问我怎么回事。我将情况如实向他介绍，并请他想办法帮助我。他很爽快

地说："没问题，明天你等我电话吧。"我很高兴，心想他真像
他父亲高教授，助人为乐，正要说些感谢之类的话，没想到高
兴却将电话挂了。看样子经商的人真是忙，说话简短，办事爽
快，我不由得对高兴生出几分好感，更庆幸高教授有这么一位
能干的儿子。

第二天，高兴果真给我来了电话，说他已经打听到了，
他有一个朋友认识中国证监会的人，而且是证监会中负责审
批股票上市的那个部门的人。我一听喜出望外，连声说：
"好啊好啊，能不能见一见他们？"高兴说："只能先见一见
我那位朋友。"我求之不得，连忙说："好啊好啊，你们什
么时候有时间，你安排吧，地点也由你定，我做东。"话一
出口，我感觉自己此时活像一条正等待主人喂食的狗，因
有求于主人而正一个劲地摇着尾巴蹦着跳着，唯恐主人不
给似的。好在高兴马上满足了我的要求，他说出了见面的
时间和地点。

隔了一天，我、高教授的儿子高兴，还有高兴说的那位朋
友，一共三人，就约定见面。那天是星期五的晚上，下了班，
我就匆匆往事先约定的沪江香满楼酒家赶。

沪江香满楼是京城比较有名的上海风味酒楼，地点在东
四十条那边，我没有去过，但听说价钱比较贵，可价钱再贵

也得去啊。这个地点是高兴定的，高兴说他那位朋友喜欢吃上海菜，既然是你有求于他，咱们定在沪江香满楼吧。我说行，只要能见到你那位朋友怎么都行。为了找到有助于黄老板的公司股票上市的关系，我已经像无头苍蝇一样忙活了一个多月，眼看着眼前好不容易浮现一缕曙光，我的心情就如在无边无际的沙漠长途跋涉之后，忽然发现一处绿洲，别提有多高兴了。

昨天，高兴同意带我见他那位中国证监会的朋友之后，我立即打电话将这一情况告诉了黄老板，并告知黄老板我需要在北京的沪江香满楼酒家花钱宴请对方。黄老板听后抑制不住内心的兴奋，连声说："好啊好啊，你赶紧去同人家见见面吧，该花多少钱你先花吧，费用我出，你开发票寄回来我给你报销。"出于客套，我连忙说："不用了，三个人花不了多少钱吧。"我之所以立即将这一消息告诉黄老板，是想让他在第一时间知道，他托我办的事出现一丝希望了，而潜意识当中，我同时也想让黄老板知道我在还他的人情，我一直在为他的事奔忙，现在总算有一点进展了。即使我为黄老板的事自己掏钱请高兴和他的那位朋友，也是应该的，因为我觉得自己欠黄老板太多了。

从我居住的中关村到东四十条桥那边的沪江香满楼酒家，

至少也有二十公里的路程吧？打车恐怕至少也得三十块钱。那时候我的月收入才一千多块钱，花三十块钱打车，那也是一笔不小的开支呀。为了节省开支，我决定骑自行车。那时候正值盛夏，北京城热得像一个大蒸笼，一个小时的自行车路程已经让我大汗淋漓。进入沪江香满楼时，高兴和他那位朋友早已经在事先预订的雅座上等我了。见到满脸通红、大汗淋漓的我，高兴惊讶得张嘴瞪眼："怎么，这么远你还骑自行车啊？"

我抹了抹汗，摊开手装作一副无所谓的样子："嘿，我习惯了，喜欢运动，不运动心里憋得慌。"

"嗬……时尚，时尚，看样子你是个时髦派、新潮派！"没等高兴介绍，高兴的那位朋友已经主动伸出手来，满脸笑容地同我握手。

我连忙笑脸相迎、伸手相握，紧接着主动给他递上名片，也给高兴递了一张名片。高兴的朋友接过我的名片，刚一端详，忽又叫了起来："哟……胡先生还是个大博士哇，幸会！幸会！"我连忙说："哪里哪里，一介书生而已。俗话说百无一用是书生，这不，今天我还不是求助于您？对不起，我还不知道您的尊姓大名呢……"我伸出手，希望他回赠我他的名片，不想他双手作揖连声说："抱歉抱歉，敝人没有名片，我给你留个电话吧。"说着，他示意服务员拿来了笔和便签，在餐桌上唰唰地给我写了名字和电话。我接过纸条，这才知道高兴的这位朋友叫王进财。

一直在旁沉默的高兴这时候才介绍说："王先生是一家投资咨询公司的经理，关系多，见识广，一会儿你向他介绍介绍你那边的情况吧。"

"好的好的，不过咱们先点菜吧。王先生您喜欢吃什么，您来点……"我将桌上的菜谱递给了王先生。王先生也不推辞，接过菜谱一页页翻着，一挥手招来旁边一位年轻漂亮的女服务员，一五一十地点起菜来，有上海大闸蟹、响油鳝糊、糖醋小排、油爆大虾、鸡鸭血汤、生煎包等等，看来他真是这里的常客，点起上海菜来熟门熟路。

席间，王进财向我大谈生意经，从投资证券到投资房地产，从经营特色小吃到开生活用品超市，他几乎无所不能、无所不知，海阔天空地侃侃而谈，一下子让我这个商界门外汉对他刮目相看，心想，人家真不愧是搞投资咨询的，知道得真是多啊！我禁不住一次次向他敬酒，并一五一十地将黄老板那边公司希望操作股票上市的事如实向他介绍，请他一定想办法帮忙。

王进财咽下一口青岛纯生啤酒，抹着嘴唇上的泡沫和油腻，连声说："没问题，没问题！高兴是我的铁哥们儿，他托我办的事我不能不办啊。"他夹了一口鳝糊，送进嘴里欢快地嚼着，继续说："我同中国证监会的人都很熟，我的一个哥们儿在里面就是管公司上市资格审批的，回头我找找他吧。"我听罢，内心一喜，连连道谢，又向他和高兴敬酒。为了表示敬意，我率先将刚斟满的一杯青岛纯生喝了个杯底朝天，连声说："此事就拜托二位了，事成之后，一定会重谢！"言毕，唯恐对方不理会"重谢"二字，我迫不及待又将重谢的含义，按照黄老板的意思强调了一遍。

王进财笑着拍拍胸脯："没问题，我一定尽力！"说完，他将杯中的酒喝了。高兴也笑呵呵地端起酒杯，让酒杯翘了个底朝天。

这顿饭，共花了四百六十块。结账的时候，我有些吃惊，因为比我早先的预算至少多花了两百块，但我还是心满意足地走出了沪江香满楼，因为无论如何，几个月的辛苦付出终于使黄老板托我的事有了进展，我没有理由不高兴。我满心欢喜地等待着事情的下一步进展。

接下来的几天，除了忙工作，我几乎天天盼着高兴给我打电话，期待高兴和王进财能给我带来与中国证监会朋友联系的有关信息。可时间一天天过去，高兴那边仍毫无音讯，时间一晃又过去数天。我禁不住给高兴打电话，问王进财那边联系得怎么样，是否有消息？高兴说："没有，你耐心等待吧，这事急不得。"

没有办法，我只得等待。这一等又过去数天，仍没有消息。我再次给高兴打电话询问情况，高兴仍然说还没有进展，有进展我会告诉你的。我问："都过去十天了，怎么还没有进展啊？"高兴有些不高兴了："你不知道眼下办事不容易吗？何况是这么大的事！"他有些不耐烦，不由我分说就将电话挂了。我也有些不耐烦，内心直骂：高兴这小子怎么搞的？王进财那边不就是联系与中国证监会朋友见面的事吗，见与不见不也就打一个电话的事吗，怎么跟生孩子似的那么难？

内心这么想着，对高兴也多少有些不高兴，却也无可奈何，只好耐着性子等待。这一等，又过去了好几天，高兴那边依然没有半点消息。

这期间，黄老板和他的女秘书小赵还分别给我打过几次电话，询问事情进展。每次接到他们打来的电话，我内心就不由自主地紧张，仿佛被债主追债似的，那急促的铃声阵阵敲击着我的心鼓，每次都让我的心怦怦跳个不停。自打我宴请高兴和王进财，黄老板就像服了兴奋剂似的突然兴奋起来，原本对公司上市指标的欲望像气球一样又被吹大了，而且那气球越飞越高。我不忍心戳破它，仿佛自己也被气球吊起来不由自主地往前走，尽管走得脚步虚幻飘忽、趔趔趄趄，极不踏实却也身不由己。

转眼又过了一周，我又给高兴打电话，高兴一听是我的声音就有些不耐烦，说我正忙呢，你的事回头再说吧。"叭"的一声，他将电话挂了。我"噢"的一声也放下话筒。心想那就等待他不忙的时候回电话吧。不料几个小时过去，高兴压根就没来电话。我有些生气，抱怨这小子办事怎么那么不靠谱呢！抱怨归抱怨，却还是意识到应该主动给他打电话。刚拨着号码，转念却想：何不直接跟王进财打电话呢？毕竟自己与王进财已经认识，还宴请了他，何况他也给我留了电话呀。

这么一想，我当即找出王进财的号码，给他打过去。电话通了，王进财一听是我，"哦"的一声，倒还热情。寒暄了几句，我就询问证监会那边的朋友联系得怎么样？他"嗯啊"一声，说电话已经联系了几次，证监会那位朋友老是出差，忙极了，根本没时间见面。我问证监会的朋友何时能有时间？他说我也说不好，他确实太忙，只好再等等。他大概感觉到我的焦急，又说，这事急不得，你知道全国有多少人在找他们吗？

噻，多了去啦！你想想，他们工作本来就忙，又有那么多人找他们，即使有时间不也得排一排、等一等吗？所以，你就耐心等吧。话说到这份上，我只好对着话筒一再感谢王进财，同时极尽恳切之声请他继续抓紧联系证监会的朋友，力争能尽早安排见面。此刻，我的心情不亚于旧时臣民拜见皇上。没等我把话说完，话筒便蹦出王进财"哎呀！这我知道，这我知道"的声音，这声音显然带着不悦。

我很无奈。"求人如吞三寸剑"，这是我们家乡的一句俗语，家乡父老时常用这句话形容求人办事的艰难。为了黄老板公司上市的事，我眼下何曾不是如此呢？你焦急可人家未必焦急，你有求于人可人家未必就将你当一回事，帮不帮你也是人家的事，何况人家也有自己的工作和生活轨迹，你要想在人家正常的生活轨迹上插一竿子，除了被动等待，还能有什么办法呢？

事情不仅没有着落，我还因为给王进财打电话惹怒了高兴。

我跟王进财打电话的当晚，高兴就将电话打到我家，气势汹汹地质问我："谁让你直接打王进财电话了？你他妈的懂不懂规矩啊?!"我耳边"嗡"的一声，感觉突然间像被谁冷不丁扇了一巴掌，这粗鲁的话会是出自高兴——我一向尊敬的导师高教授的儿子的口？我疑心自己听错了，傻傻地又问了声："你……真的是高兴吗？我……我不明白你刚才说的什么？"

"我说你他妈的懂不懂规矩啊？谁让你他妈的给王进财直接打电话了？"从话筒里蹦出的这句粗话一如炸雷，又一次在我家狭小的屋里炸响，惊得我目瞪口呆，就连妻子和儿子都吓愣了，都皱眉睁眼惊诧地望着我。我强压着怒火，捂着话筒压低声音问："高兴，你甭发火，有话好好说。我不明白，我为什么不能直接给王进财打电话？那天吃饭他不是给我留了电话了吗？再说了，我几次给你打电话你都有些不耐烦，我想你可能太忙，我怕打扰你，索性就直接给王进财打电话了。"

"操，你让我怎么说你好呢？你……你真他妈太操蛋，太不懂规矩了！"高兴在电话那头扔下这一句，不由分说"啪"地将话筒扣了。我丈二金刚摸不着头脑，抓着话筒愣愣地发呆，搞不清高兴到底为何不高兴，更搞不清自己到底哪儿不懂规矩了。

事情还没办成，却莫名其妙惹了高兴不高兴，看样子希望更渺茫了。我仿佛不小心吃进了一只苍蝇，这让我心里异常憋屈、难受。更让我难受的是，我真不明白自己到底为什么不能直接给王进财打电话，直接给王进财打电话这事难道就那么严重？难道就犯了天条？

这天夜里，我辗转反侧，怎么也睡不着。

第二天一上班，我迫不及待给我的导师高教授打电话，将高兴发火的事如实说了，并表达了心中的烦恼与惶惑："高老师，我真不不知道高兴为何不高兴了。"

高教授听后不置可否，只是说："是吗？我回头问问。"我不住道谢，并强调说："高老师，如果我真是惹高兴不高兴了，也真的不是故意的，您千万请他谅解。"高教授答："这个……你放心吧。"

到了下午，高教授给我打来电话，说事情搞清楚了，生意场上人与人之间都是单线联系。就是说，谁给你介绍一桩生意，你只能与介绍人单线联系，不能越过介绍人直接联系他介绍的那个生意人，否则就破了规矩，介绍人也会以为你想过河拆桥甩开他。

原来如此！我"哦"的一声，恍然大悟，连声对高教授说实在对不起，我确实不懂得商界的这个规矩，内心直骂自己孤陋寡闻，对商界如此无知。高教授却说没关系，不知者不怪。我懊悔而又负疚地说："高老师，请您无论如何一定转告高兴，我确实不懂规矩，我不是故意惹他不高兴的，千错万错都是我的错，您无论如何请他一定谅解。"说这番话的时候，我异常诚恳，言语几近表白。高教授连声说："没关系，你别往心里去，高兴那边我会同他说清楚的，你放心。"我相信高教授说这番话时也是真诚的，我毕竟是他的学生，跟着他读了三年博士，我知道高教授的严谨、宽厚与仁慈。

尽管如此，我还是惴惴不安，毕竟我惹高兴不高兴了。他真能原谅我吗？他是否愿意继续帮我的忙？托他办的事是否还有希望？这一串问号像一条蜈蚣忽然间爬进我的心窝，让我感觉百爪挠心，焦灼不安。毕竟，我费尽周折找到他，一心一意寄希望他能帮上这个忙，了却我帮黄老板弄到上市公司指标的心愿。我思忖着自己是否也该直接给高兴打电话，亲自向他道歉，可自尊心却不断阻拦着我做出这个决定。毕竟，高兴的粗鲁让我难以接受，他的怒火让我心有余悸。更毕竟，我怎么说还是位博士、堂堂正正的知识分子，要不是为完成黄老板的重托，我岂能受高兴之辱？思忖再三，我决定不给高兴打电话道歉，毕竟我已经同我的导师、高兴的父亲高教授事先沟通好了，让高教授去做高兴的工作不仅效果会更好，我也有回旋的余地。

令我依旧不安的是，一连过去几天，高教授却没有给我打电话。高教授向儿子高兴转达我的歉意了没有，高兴到底是否能原谅我，对此我一无所知。

就在我仍惴惴不安、想主动给高教授打电话询问的时候，我盼望的电话却主动打来了，但令我意外的是，打电话的不是高教授，而是高教授的儿子高兴。

"哦，是高兴啊！你好！"我拿不准高兴是否已经原谅我，忐忑不安地等待着他说话，出乎我意外的是，高兴不仅已经怒散气消，而且带来了好消息。

高兴在电话中开门见山："胡博士，王进财经理已经联系好中国证监会那边的朋友了，说好后天可以见面。你赶紧通知你老家的荷花集团股份有限公司吧，让他们的老总赶快到北京来，准备好后天见面。"我喜出望外，内心激动得怦怦直跳。我此时此刻的心情，不亚于当年的红卫兵见到毛主席。

我对着话筒，兴奋得几乎语无伦次："高兴，这是真的吗？太好啦、太好啦！真太谢谢你、太谢谢你啦！我……我这就通知黄总，让他尽快来北京。"

高兴却异常冷静，他在电话那头提醒我："你别忘了通知黄总，让他带上见面礼，还有该公司上市的有关资料。"

我说："好吧，你放心。我这就联系黄总。"

放下电话，我想立即拨打黄总手机，同室的同事崔德强此时站在一旁挖苦说："胡博士，咱们办公室的电话都快成你的专用电话了，能不能让我也打一个啊？"要放在平时，我肯定会将电话让给崔德强。可眼下我既激动又心急如焚，急于联系黄总，只好赔笑说："德强，实在对不起，我有急事，让我先打吧。"一边说着一边查找黄老板手机号码，不由分说给黄老板打电话。虽然我注意到崔德强此时满脸不悦，可我也顾不了那么多了。那时候手机在中国尚未普及，手机只是大款和少数高官的专利。办公室里的电话当然成了上班时同事们对外通话的唯一选择。

很快，我打通了黄老板的手机，将联系到后天与中国证监会的人见面的事说了，黄老板很高兴，问是联系到中国证监会的什么人？因为我对此一无所知，支支吾吾说不出个所以然，只明确说是间接联系到的，中间有两个人介绍，中国证监会那边到底是什么人我不是很清楚。黄老板听罢当即说，这样吧，我这边实在太忙，你跟你的朋友说一声，往后推些天再见面可以吗？黄老板这么说令我很意外，原本我以为盼星星盼月亮，我费尽九牛二虎之力好不容易联系到中国证监会的人，黄老板应该喜出望外才对，无论如何也会来见中国证监会的人的，不料他却出了这么个主意。我说："黄老板，我可是费尽周折，

好不容易联系上中国证监会的人的，你不能将手头的事放一放
到北京来吗？"

黄老板说："对不起胡博士，我实在是放不下，麻烦你同
对方解释一下吧。"听声音，黄老板说得很诚恳，看样子确实
是工作太忙难以脱身。数月之后我才得知，黄老板那时不能来
北京，不仅仅是因为工作忙，还有两个原因：一是他与女秘书
偷情被他的老婆捉奸，老婆不依不饶跟他闹得满城风雨，他不
便离开；二是他判断我所联系将要见面的证监会人员不是什么
要员，并非马上见面不可。当然，这些都是后来我家乡的朋友
告诉我的。

黄老板说确实不能来京，我只好如实向高兴转达，希望
高兴能通过王进财与中国证监会的人商量一下，可否将见面
的时间往后推几天。不料高兴一听又不高兴了："操，你以为
中国证监会的人是你自家的人啊，想什么时间见就能什么时
间见？你不是很焦急一催再催要联系与他们见面吗？王进财
早在二十几天前就联系他们了，现在好不容易排上了日程，
你以为想改时间就能改啊？你知道想找他们见面的人有多少
吗？比医院挂专家号都难！"高兴这么说，我的心更急了。

黄老板不能来，这边见面的时间又不能改，我焦急地说：
"这……这可怎么办？"

"操，我可告诉你，反正见面的时间是不能改了，中国证监会那边的人我们可得罪不起！"高兴在电话那头骂骂咧咧，瓮声瓮气。显然，他那边已经没有商量的余地。再说我也得罪不起高兴，准确地说我得罪不起我的导师高教授。何况高兴说的也不是没有道理，当初我心急火燎地找他帮忙，眼下好不容易摸到一丝门缝、看到一丝希望，怎么说也不能放弃呀！我只得对高兴说："高兴，你说得有道理，我这就给黄老板打电话，让他无论如何到北京来。"

放下电话，我立即打通了黄老板手机，心急火燎地将情况同黄老板说了，要他无论如何到北京来，否则事情将很难办，事态将会变得严重。黄老板听罢，叹着气说："胡博士，实在抱歉！这两天我们公司确实碰到了点棘手事，我真的实在难以脱身。"

"那我该怎么办啊？当初你可是心急火燎要我帮助你找关系的！"我有些气急，声音也大了起来。

黄老板沉吟片刻，声音忽然洪亮："这样吧，你以我们公司副总的名义，全权代表我去同证监会的人见面，需要什么费用你先垫付，开出发票寄来，我给你报销。"

又是一个令我意外的主意！我哭笑不得。心想你黄老板不来北京也就罢了，竟然还冒出如此主意，这成何体统？这不是弄虚作假欺骗中国证监会的人吗？何况我对企业经营和上市运作完全是门外汉，见面时怎么跟他们谈，万一穿帮了可怎么办？我将内心的疑惑与担心同黄老板说了，黄老板安慰我说："没关系，就算你这次是打前站，先跟中国证监会的人搭上线，见个面，简单将我们的公司介绍一下，公司的有关情况我马上安排传真给你。具体怎么运作上市，等你们见面后视具体情况，另找时间我再到北京来与他们详细谈。"话说到这个份上，我不能驳对方面子，只能骑驴看唱本，硬着头皮走着瞧了。

我惴惴不安地将黄老板的意思告诉高兴，生怕高兴不同意。不料高兴却满口赞同，说："既然黄总来不了，也只好将计就计了。要知道，中国证监会的人可得罪不起。他们本已经定好的时间，你随意爽约，以后想再约他们可就难了。"我连忙附和，连声说"是"。

接下来，我们就该商量着如何假戏真做、准备后天与中国证监会的人见面的事宜了。由于事情复杂，又比较敏感，我在办公室当着众多的同事，不便在电话里一一与高兴商定。只好与高兴约定下班后，与王进财到上次聚会的沪江香满楼饭庄见面，商定具体事宜。

那天晚上的聚会，我又花了近五百块钱与高兴和王进财吃晚餐，一同商定了具体办法。王进财说，中国证监会那边将见面的是一位处长和一位副处长，共两个人。按照他们两人的意见，由于他们工作很忙，后天见面只能利用中午休息时间，地点只能安排在他们证监会办公楼附近。高兴的意见是酒楼必须定高档的，除了吃饭，还必须送他们礼品，比如香烟、茶叶和酒什么的，但必须是高档的，要不就是冬虫夏草之类的高级补品。王进财说："香烟、茶叶和酒是不是太俗了？没啥特点，恐怕证监会的人都不缺，最好还是送冬虫夏草。冬虫夏草是高级补品，这东西比较稀缺，每人送一斤吧。但光送冬虫夏草太单一了，送礼要成双，不能单，每人再送一件高级衬衣吧。"王进财这么说，我和高兴都不便否决了，毕竟他是中国证监会那两位处长的直接联系人，他的意见我怎么能否决呢？

那一天是星期三，我跟我们室主任请假时撒了个谎，说我儿子病了，得带他到医院看病。一大早，我就带上银行卡上街，在我家附近一家私人复印店加急制作了一盒假名片，名片上赫然印着"浙江荷花集团副总经理胡文生"，这是昨晚高兴给出的主意，高兴说既然黄老板全权让你代理，你就得像模像样弄个头衔，好让人家证监会的领导信任你。制作完名片，我又直奔王府井，买了两份一斤装的冬虫夏草，每斤 3680 元（好在那时候冬虫夏草还不像现在的天价那样贵得吓人）；两件红都牌高级衬衣，每件 320 元。这些礼品总共花了 8000 元，都是准备送给中国证监会那两位处长的。冬虫夏草是王进财昨天指定要买的。红都牌高级衬衣则是我妻子昨晚给出的主意，那时候的红都衬衣还比较有名，"红都"二字因有"红"字，能图个好彩头，价钱也还能够接受，这主意我当即就采纳了。至于要与中国证监会的人见面送礼的事，因为要预付那么多钱购买，昨晚我如实向妻子说了，这回她十分支持。毕竟她也知道这些日子我神魂颠倒似的，求爷爷告奶奶的，好不容易联系上了与中国证监会的人见面，再不支持丈夫，于情于理都说不过去。何况我已有言在先，钱只不过是先垫付，到时候黄老板会全部报销的。更何况如果此事能办成，我们一家也有益无害，说不定还能发一笔小财，何乐不为呢？知妻莫如夫，这时候我知道妻子肯定会权衡利弊，内心的小算盘也会算得一清二楚的。

中午刚十一点，我提前到了中国证监会附近的顺峰酒楼，那里有我昨晚提前预订的 1616 号雅间，1616 也是我刻意指定的吉祥数字，意为"要顺要顺"，祈求通过本次宴请，能顺顺利利找到可靠关系，取得中国证监会有关领导的鼎力支持，能在黄老板的公司上市时助一臂之力。

我进入雅间不到十分钟，高兴和王进财也提前来了，可见他们对今天中午的宴请也特别重视。刚一见面，俩人不约而同要看看我买来的礼物，我将带来的两份冬虫夏草、两件红都衬衣从雅间的沙发上拎过来，让他俩一一过目。他俩接过礼物，左看右瞅，不约而同频频点头，看样子都比较满意。

但高兴忽然问："礼物就这两份？"

我说："是啊，不是说证监会只来两个人，一个处长、一个副处长吗？昨晚咱们几个也商量好的呀。"

高兴忽然瞪我一眼，刚才还生动的脸掠过一丝不易察觉的不满，欲言又止。我正纳闷，王进财这时却打起哈哈，招呼高兴说咱们点菜。我说好，咱们赶紧点吧，我开始翻看桌上的一本菜谱，高兴却不由分说地一把夺过去，递给王进财，说："王经理先点吧。"我内心有些不悦，心想你高兴又不买单，干吗喧宾夺主啊？不悦归不悦，嘴上却连声附和说："对对对，还是让王经理点吧。"

王进财也不推辞，接过菜谱一页页翻着。此刻我的心却七上八下，咚咚直跳，心想他可别光挑高档昂贵的菜点啊，太昂贵我担心自己的银行卡上的钱不够付账，即使够付，钱太多我找黄老板报销也不好开口吧（虽然黄老板电话中也很爽快答应给报销，但我想那多半也有碍于情面的客气），再说一开始就如此花钱不惜血本大把投入，公司上市的事最终办不成可怎么向黄老板交代？

虽然此时我内心忐忑不安、翻江倒海，口头却依然鬼使神差、言不由衷："王经理你看着好菜点吧，可别亏待证监会的领导。"

王进财边翻菜谱边说："当然当然，好不容易将他们请出来了，咱们要是亏待他们，那就前功尽弃了，俗话说舍不得孩子套不得狼，你说是吧，胡博士？"王进财忽然抬起头冲我笑着，露出了爆米花般的牙齿，那些牙齿又黄又黑，还参差不齐，看样子没少糟蹋食物。

高兴此时也频频点头，笑着说："王哥说得对，舍不得孩子套不得狼，嘿嘿，王哥你就尽管点吧。"

话说到这份上，开弓就没了回头箭。王进财此刻眼睛一亮，唤来服务员，翻着菜谱开始纵横捭阖、指点江山：凤城蟹肉炒牛奶、葱香干烧辽参、澳洲龙虾、黄烧汁扣花胶扒、秘制香妃鸡、顶汤红烧血燕、极品佛跳墙……林林总总，不少菜名我闻所未闻。王进财每念出一个菜名，就像抽了我一鞭子，只听我的心被抽得隐隐作痛，心想这些闻所未闻的高档菜得多少钱啊？可千万别超出我的支付能力！虽然我忧心忡忡，表面却装作若无其事。王进财一口气点了十二个菜，点完了还礼节性地问我："胡博士你看点这些菜行吗？"

我咧开嘴嘿嘿笑着，但感觉自己是皮笑肉不笑，内心焦灼不安，口头却说："王经理您比我在行，您……您就看着办吧。"高兴也在一旁附和说："王哥可是美食家，点菜的行家里手，咱们听他的没错。"高兴边说边看着我，嘴角挂着笑，笑得有些意味深长。

身边的服务小姐此时眉开眼笑，嗲声嗲气地冲我说："老板那我下单了呀！"我无可选择，只得点了点头。

说话间，中国证监会的领导也来了，我们赶忙起身，笑脸相迎。王进财喊了声："张处长、李处长驾到，不胜荣幸！我们可是盼星星盼月亮，总算盼来了二位处长，真是太高兴啦！"说着他率先上前与二位处长握手，然后笑呵呵将高兴介绍给他们二位，"这是我的哥们高兴，股市高手，他父亲可是大学里的著名教授。"然后又介绍我："这位是远道而来的胡总，浙江荷花集团副总经理胡文生先生。"

张处长轻轻"哦"了一声，平静地审视着我，点头说："幸会。"我急忙笑脸相迎说"幸会幸会"，主动与张处长、李处长一一握手，并将早已经准备好的假名片一一递给二位处长。我发现，二位处长接过名片，看都没看就随手装进衣兜，更没有半点儿要回赠名片的意思。

几句寒暄之后，王进财招呼大家落座，他将主位让给张处长，将主位左边的副主位让给李副处长，右边的副主位让给我，并向我挤挤眼睛，示意我行使集团副总和主人角色。我诚惶诚恐，外表却故作镇定，装模作样努力寻找着副总和主人的感觉。此刻我感觉自己像被赶上架的鸭子，除了硬着头皮伸长脖子嘶叫扑腾，已经别无选择。如此不由自主、装模作样，冒充别人身份说别人的话，干本来与自己不相干的事，我活了三四十年，这还是第一次，因而内心既惶惑又感觉滑稽，既惴惴不安，又认定自己必须义无反顾。此刻我不断给自己打气，告诫自己眼下就是荷花集团的副总，现在正身负重托，全权代表荷花集团拜会中国证监会的领导，正在全力为集团争取股票上市机会。这么想着，我竟然也胆由心生，劲由身出，只觉得自己忽然间抖擞起精神。我首先唤来服务小姐，让她送来酒水单，然后递给张处长，带着几分主人的豪气询问："张处长要什么茶、喝什么酒？您来点吧！"张处长也不客气，他接过酒水单，从前到后审阅，用手指了指普洱茶和茅台酒，潇洒地说："就这两样吧。"我一激灵，像忽然间被马蜂蜇了一下，心想：糟了，酒水还得一大笔开销呢，看来今天真的是快刀抹脖子，得大出血了！心怦怦跳着，脸却堆出笑，连声说"好的好的"，并转脸对服务员说："一壶普洱茶，两瓶茅台酒，上吧！"我这回是横下心了，既然费尽九牛二虎之力，好不容易才请到中国证监会的这两位处长，该出血就得出血，反正出了血也是黄老板给报销。人生难得一潇洒，老子今天就潇洒走一回吧！

菜很快送来，酒也斟上了。一阵推杯换盏之后，我期待着张处长和李处长说话，我以为张处长或李处长会主动说话，询问我关于荷花集团申请股票上市的有关情况，不料他们却与王进财和高兴谈天说地，东拉西扯。他们一会儿大谈美国对伊拉克发动的海湾战争，一会儿又大骂中国足球真他妈臭不可闻；一会儿津津乐道生财之道，一会儿又绘声绘色说某某酒吧的美妞多么多么地丰乳肥臀，而且多么多么性感开放。说着喝着，张处长越发兴致盎然，讲起了笑话。说一美女游泳上岸后众人都瞧着她，她神气无比，心想这有什么好看的，难道没见过美女吗？忽觉不对，原来不知何时泳裤已丢，春光暴露。她顺手将池边一块木板拿过来遮羞，众人却偷笑。她低头一看，上面写着"此处危险，深约2米"。她忙丢掉再拿另一块挡上，众人大笑。她急看，上面写着"只限男性出

48

人"。她又羞又气扔掉后拿最后一块来遮羞，众人笑翻。她低头又看，立刻昏倒，上面写着"大众玩50元，团队玩30元，小孩免费"。

张处长话音未落，大家已经爆笑，雅间的气氛瞬间轻松起来。

李处长不甘落后，也端出一个段子。说某领导发短信给女秘书：想死你了，现在国际大酒店532号房，快来！却不小心按了群发键。片刻回复纷至。女秘书：死鬼，干吗猴急！女友：昨晚刚做，现在还要？女科长：今天不行，大姨妈来了！男副主任：我咋不知道你也是同志啊？女部下：马上到！对门王姐：今天老公在家，明天行吗？女副主任：你才想起我呀！离异女同事：早不说！我离异都半年了。女副科长：正在外面办事，得两小时后才到。女上司：去那么远干吗？到我办公室来！……

李处长这个段子讲得绘声绘色，每讲一个角色回复的短信，就引来一阵哄笑。在座的除我礼节性地赔笑之外，都笑得此起彼伏。我之所以只是赔笑，是因为内心正琢磨着怎么开口，将话题引到"荷花集团申请股票上市"的正题上来，毕竟我费尽心机花钱请客，不只是要博得眼前这庸俗廉价的玩笑。

我将目光投射到王进财脸上，希望他尽快讲讲本次意图。不料他对我视而不见，李处长话音刚落，他兴致勃勃举杯向二位处长敬酒。敬毕，他抹着嘴，一边为二位处长夹菜，一边笑呵呵说："二位处长，你们吃菜、吃菜！这顺峰的菜可都是高档菜，货真价实，绝不像一些野鸡菜馆有名无实，乱忽悠人。各位，我给你们讲讲某些野鸡茶馆最忽悠人的菜名吧？"

张处长说："好啊，你快讲讲！"李处长和高兴这时又来了精神，竖起耳朵期待王进财说话。

王进财一看更是来了精神，他说，有一个菜叫"裸体美女"，各位知道是什么菜？王进财停下话头，环视各位，各位你看看我，我看看你，纷纷摇头。王进财笑："哈哈，就是去了皮的花生米呀！"

众人大笑。笑毕张处长骂："操，真能蒙人！"

王进财接着讲："有一道菜叫'母子相会'，菜上来一看，你们猜是什么？"他又收住话，看众人摇头、发愣，得意地给出答案："哈，居然是黄豆和豆芽！"

众人纷纷笑骂，都说这菜名太坑人。看各位笑得前仰后合，王进财索性打开话匣子。说有道菜叫作"波黑战争"，原来是菠菜炒黑木耳。另一道菜叫"火山下大雪"，就是凉拌西红柿上面撒上白糖。某日他吃饭点了道"悄悄话",端上来一看,原来是猪舌头和猪耳朵。还有一道菜叫"绝代双骄",菜名很玄乎,却只是青辣椒加红辣椒。另一道菜叫"红灯区",说的是辣子鸡丁。那个著名的"穿过你的黑发的我的手",就是海带炖猪蹄……

王进财不愧是美食家,他滔滔不绝一口气讲了一大串忽悠人的菜名,张处长、李处长听得津津有味、笑声不绝,雅间里像过节一样欢声不断。

笑过了这一阵,王进财端起酒杯,频频向二位处长敬酒。敬毕,这才郑重其事地说:"今天能请到二位处长,真是难得,非常感谢二位处长百忙中赏光。二位处长也知道,今天我们是有事相求,就是关于荷花集团公司上市的事,还请二位处长鼎力支持!"说着,他将目光转向我,说荷花集团的胡总专程从浙江过来,为的就是公司上市的事。王进财这么一说,张处长和李处长一下将目光投向了我。虽然我早有准备,但毕竟是冒牌的副总经理,此刻心情还是不免有些紧张。不过,我还是极力为自己打气,镇定自己,然后按照我这些天对荷花集团相关材料的恶补和了解,将集团的大致情况和上市计划向二位处长做了汇报。毕竟是博士出身,十几年的求学和应试经历让我身经百战,对恶补功课、应对备考得心应手,自我感觉对荷花集团的介绍基本不打磕巴、应对自如。

二位处长一边吃着菜，一边静静地听着，间或也做了个别提问。我一一做了回答。王进财和高兴在一旁也不时插话帮嘴，大谈荷花集团的实力，希望二位处长尽力帮忙，事成之后一定重谢。王进财说完"重谢"两字，意味深长地注视着我，道："对吧，胡总?"我赶忙附和说："那是肯定的！滴水之恩当涌泉相报，集团一旦成功上市，二位处长就是第一功臣，我们将百倍回报，这点请二位处长一定放心！"

张处长咽下一口肉，擦擦嘴边的油腻，表态说："这样吧，你们先将资料报上来吧，我们看了以后再说。只要你们集团的条件成熟，我们会尽力而为。"说完，不动声色地审视着我。话说到这份上，基本达到我本次宴请的目的，我心花怒放，端起酒杯向二位处长一一敬酒，连连道谢。为表达我的由衷谢意，平时滴酒不沾的我竟也将半杯茅台一饮而尽。酒被强行咽下，我却被呛得龇牙咧嘴，不住咳嗽。

酒足饭饱，二位处长起身告别。我连忙将带来的两份礼物……每人一斤冬虫夏草、一件高级红都衬衣交到他们手里，一边介绍礼物一边说这是荷花集团总裁黄老板的一点小小心意。二位处长二话没说，一一笑纳。王进财和高兴也二话没说，双双起身送二位处长下楼。我本想跟他们一起送二位处长，不想服务小姐拦住我的去路，笑呵呵地说："对不起，先生，您还没买单呢！"我这才意识到自己无法下楼送客，不免尴尬。高兴马上说："你甭送，我们送。"我正想与张处长和王处长道别，却发现他俩早已转身下楼。出于礼貌，我在后面大声喊"二位处长慢走啊"，却不见回音。

结账的时候，服务小姐送来的账单让我目瞪口呆：4444.44元！我脑袋"嗡"的一声巨响，像被谁撞了一下。我以为自己看错了，使劲眨了眨眼，定了定神，却仍然看到4444.44元，准确无误！尽管如此，我还是心有不甘，虽然感觉内心怦怦狂跳，虽然感觉此刻脸上热血奔涌、阵阵热辣，可我还是指着账单上的这个惊人数字，傻呆呆、直愣愣地问那位原本漂亮可人的服务小姐："这账单……有……没有搞错？"大概是我此时的傻样很滑稽可笑，服务小姐扑哧笑出声来，摇了摇头肯定地说："这是电脑打出来的单据，不会错的。"这回答不出我的意料，但我还是盯着服务小姐，极力捕捉着她脸上可能值得怀疑的蛛丝马迹。我忽然发现，服务小姐原本那张漂亮可人的脸此刻已经彻底扭曲，那原本迷人的笑靥此刻变得丑陋不堪。大概是我此时的表情过于吓人，服务小姐的笑容也僵住了，惊诧地看着我。

空气令人窒息，我感觉到呼吸困难、心跳急促。要命的是下楼送客的高兴和王进财并没有回来，我没有援兵，可我急于等待援兵。因为我知道自己的银行卡中的余额不足以支付本次餐费。那时候我还没有手机，不仅自己没有，高兴和王进财也同样没有，我不可能将高兴和王进财叫回来。我眼巴巴地盼望着高兴和王进财回来。

时间在一分一秒过去，可他俩已经逃之夭夭。五分钟过去，他们连影儿都没有出现。服务小姐有些不耐烦了，催我赶紧买单，我双腿发软，额头冒汗，结结巴巴如实相告："嘿嘿，实在对……对不起，这么大一笔餐费，我带的钱可能……可能不够，您看能不能让……让我等等那两位同伴回来？"我边说边擦冷汗。

服务小姐睁大眼睛，满脸疑惑："他们啥时候能回来？他们能回来吗？"

我悻悻地说："应该能吧，实在是对……对不起，你再等等。"

"那得等到啥时候啊？我还得干活呢！"服务小姐满脸不悦，她"哼"的一声，扭身走出雅间。我正纳闷，不知她要干什么，她却领来了一位穿戴整齐、不苟言笑的中年女人，看样子是酒店经理，或者至少是领班。中年女人见到我，不笑不恼，平静地问我："先生，怎么回事？"我讪讪赔笑，极尽谦卑尴尬之态，涎着脸如实相告，"嘿嘿，实……实在是对……对不起，我带的钱不够……"

不容我说完，中年女人抢白道："你带多少钱？"

"我……我也不知道。"我边说边掏出钱包，将钱包里仅有的三百多元钱抠出来，又从钱包中抽出一张工商银行卡，那是我的工资卡。

中年女人问："是信用卡吗？"

我说："不是，是工资卡。"

中年女人接过我的银行卡，瞄了瞄，道："先查一查里面有多少钱吧。"说完，她让我跟着她来到一楼的收银台，吩咐一位留着长发的女收银员查我的银行卡。那位长发收银员接过卡，熟练地插进 POS 机查询余额，很快报出 2250 这个数字。就是说，我的银行卡只有 2250 元可供支付，距离 4444.44 元这顿饭菜的消费还有近一半的差额。尽管我早已预感到自己的银行卡不足以支付这顿饭菜的费用，但当预感变成现实、银行卡被报出准确金额，并且在眼前几位漂亮女人的众目睽睽之下，我脑子"嗡"的一下，忽然间感觉像被当众脱光衣服，恨不得立刻从地面上找个洞钻进去。

中年女人见我尴尬，倒是安慰起我来："你甭着急，这也是常有的事。你打电话让朋友或家里人送钱来吧，唉，这有电话……"她话音未落，那位长发女收银员已经将服务台上的电话机递到靠近我的台面上。这一来，我倒也解除了刚才的尴尬，内心不免浮出几分感激。可我该给谁打电话呢？给高兴或者王进财？他们肯定还在回去的路上，再说他们没有手机，根本没法联系。让我百思不得其解的是，他俩为何送走张处长和李处长就一去不返？为什么他俩不回来等我结完账一起走？如果确实要先走一步，他们至少应该同我打个招呼啊！莫非他俩预感我带的钱不够付账，怕被我拖累帮助掏钱付账？可即使真是帮助掏钱付账，我也不可能不还他们钱呀！

真正的朋友，就是当你最需要帮助的时候拉你一把。我现在正急需帮助，可谁是真正的朋友，谁能拉我一把呢？此时此刻，我脑子在放电影，像蒙太奇一样将记忆中可能伸出援手的朋友、同学、同事快速扫描了一遍，但很快被一一否决，并非我不信任他们或他们不可能伸出援手，而是如此败走麦城的事，既尴尬又丢脸，何况为荷花集团股票上市找证监会的事，怎么说也算是商业机密，让外人知道总是不好吧？

思前想后，我找不出一个可供依赖的朋友，只得将希望寄托在自己妻子身上。当着酒楼几位漂亮女人的面，我将电话打给妻子，像做错事一样低声下气地将事情的来龙去脉告诉了她，让她无论如何速取钱送来，否则我将无法脱身回家。这时候妻子正在上班，她听完我的讲述大惊失色，大声埋怨："唉，胡博士啊胡博士，你看看你干的什么好事，没有金刚钻偏要揽这瓷器活，钱一分没挣着却让黄老板给害惨了！我正上班手头正忙呢，你让我怎么走啊？"我说："哎呀，你就请个假吧，就说家里有点急事。你要是不来，我可被抵押在这儿，今晚可回不了家了！"一听"不能回家"这几个字，妻子心软了下来，说话也没了底气。夫妻这么多年，平时她最在意最担心的就是我晚回家，尤其是晚上不回家。何况这回我是被酒店抵押，她不来我就不能回家。担心丈夫不回家大概是女人们普遍的软肋，妻子也一样，一听我不能回家她就开始着急了。反正她只说了声"那你等着我吧"，就把电话给挂了。我担心她刚才没听清楚我所在的顺峰酒楼方庄店的名称与地点，将电话又打了过去，那边却已经没人接听电话。

我不知道妻子是怎么请假，怎么回家取钱，又怎么找到我所在的顺峰酒楼的。反正两个半小时之后，她风风火火地找到了我，气咻咻地冲收银台几位正在聊天嗑瓜子的女人喊："谁收钱，还钱！"说着将布兜里的一叠钱"啪"地一下甩到台面上，那做派像极了富婆大款。我瞠目结舌，刮目相看，甚至有几分扬眉吐气。要知道刚才被酒楼抵押的那两个半小时，我是多么的狼狈不堪、垂头丧气，因为这是我活了三四十岁、一路顺风顺水、春风得意之后，平生头一次遭遇滑铁卢。如此难堪的尴尬事，我恨自己也直骂自己真是瞎了狗眼自讨苦吃，你不好好当你堂堂正正的博士、风风光光的科研员，非要不务正业接下黄老板交给的这个你力不能及的苦差，这不是癞蛤蟆想天鹅肉、不自量力吗?! 虽然我心里窝着火，但毕竟欠着人家酒楼的钱，一时全没了底气。当着收银台那几个漂亮女人，我活像一个泄了气的皮球，耷拉着脑袋坐在收银台旁边的一只椅子上，蔫蔫地百无聊赖，寻找着地板上偶尔来来往往的蚂蚁，一分一秒打发着时光。让人气恼的是，那几位已经下班的女人在收银台不断聊天说笑，一点也不顾及我的感受，甚至还时不时拿眼瞅我，不是生怕我跑掉，就是打心眼嘲笑我这个被抵押的落难男人。眼下妻子的到来，无异于天降神兵，让我原本低落的情绪陡然升温，瞬间抖起了精神，此刻妻子的豪气着实给力，让我破天荒感激不已，我内心暖融融的。

收银员将妻子的那叠钱接过去，放在点钞机上嗒嗒嗒一扫，点钞机显示出一个整数：5000。那位年轻漂亮的收银员面无表情，冷冰冰地甩出一句："甭这么多。"将多出的 500 元退了回来，又点出 55.56 元找给妻子。妻子交钱的时候，我站在一旁傻傻地看着，像个在外惹是生非的孩子眼睁睁看着家长与当事的大人们交涉、帮助自己解围。妻子做这一切的时候，眼看都不看我，待到交完钱，她才瞪我一眼："发票怎么开?"我"噢"了一声，忙不迭报出浙江荷花集团有限公司的名字，让收银员开出了一张面额为 4444.44 元的发票。妻子接过发票，"哼"的一声，说："你瞧瞧，死死死死……这数字多不吉利!难怪你今天倒了这么大的霉!"她扔下这一句，看都不看我，匆匆往外走。我赶紧跟着她，悻悻地离开顺峰酒楼方庄店这个是非之地。

走出酒楼，我紧赶几步追上妻子，赔着笑脸讪讪地对妻子道："嘿嘿，亲爱的，今天多亏了你! 你……一下子拿来了五千块钱，工资卡都取空了吧?"

妻子没好气地瞪我一眼："哼，你还有脸问我? 岂止工资卡，我……连家底都被你掏空了!"她说的是实话，那时候她的月工资也就是五百多元，今天一下子取出了五千元，不知攒了多长时间呢，要知道那是她除日常开销之外攒下的零钱呀! 她今天的壮举，着实让我感动，也不得不心存感激。以至于上了公交车，我抢着帮她占座位，到了家又抢着洗菜做饭。晚上睡觉，上了床我想主动示好表示恩爱，妻子却"哼"的一声说，"去去去，我没心情"，转身丢给我一个脊背。

第二天，我给黄老板打电话，将昨天宴请中国证监会张处长和李处长并给他们送礼的事说了，并请黄老板尽快将荷花集团申报股票上市的材料准备好寄来，黄老板听后十分高兴，连声说"太好了太好了"。当听到让他将申报材料寄来的时候，他说："不，这回我要亲自送到北京！"听口气他兴致高涨，对我工作取得的进展十分满意，对荷花集团上市的事充满信心。见黄老板心情大好，我不失时机将昨天请客和送礼的开销费用情况说了，告知他一共花了一万两千二百多元呢，黄老板说："没事没事，钱不成问题，只要公司能够上市，花多少钱都值。你将发票寄来吧，我安排财务将报销款寄还你。"听了这话，我原本多少有些悬着的心总算放了下来。原先我还担心昨天花的钱是不是太多了呢。与黄老板通完电话，我怕夜长梦多，将昨天的所有发票复印了一份，又马不停蹄到邮局将原始发票用特快专递寄给黄老板。

忙完这一切，我还想给高兴打电话，打了几次他都没接。打到第四次，高兴接听电话了，却似乎有些不高兴，声音懒洋洋、冷冰冰的。我不在意，开门见山兴致勃勃地说："高兴啊，昨天与证监会两位处长的事，多亏了你和王进财经理，真得谢谢你们啊!"

话音刚落,高兴却在电话那头泼过来冷水:"哧,你还知道好歹啊?你还知道谢谢啊?"

我愣了一下,丈二金刚摸不着头脑,搞不清对方什么意思。我说:"高兴你说什么?你说什么?我没听清楚,你再说一遍。"我抓紧话筒,竖起了耳朵。

高兴又说了一遍:"我说你还知道好歹,还知道谢谢啊?!"

我又一愣,但肯定自己这回是听清楚了,便耐着性子问:"高兴,你说这话是什么意思?"

高兴声音陡然升高:"你他妈的是装傻还是装蒜啊?!你昨天只给两位处长准备了礼物,其他人你就不给啊?人家王进财都生气了你知道不?"

我像遭了当头一棒,脑子嗡嗡响,却争辩说:"前天晚上咱们……咱们在一起吃饭,不是说好就准备两个人的礼物的吗?"

高兴气不打一处来:"操,胡博士啊胡博士,你让我怎么说你好呢?别看你读到博士学位,似乎装了一肚子墨水,智商很高,可你知道你的情商有多少吗?几乎是零!你真不会办事啊,你托人办事,要说感谢每一个环节都得感谢,要送礼物每一个环节都得送,这都是商界规矩你懂不懂啊?你看看你昨天干的好事，你不是厚此薄彼，故意寒碜人吗?!"

s我恍然大悟，难怪昨天中午刚见面的时候，高兴和王进财都有些不悦呢！难怪结账的时候他们俩对我甩手不管逃之夭夭呢！我说："原来如此。高兴啊，实在对不起，是我考虑不周，再说咱们给荷花集团联系股票上市的事，事成了黄老板不是说会重谢你们，给你们每人部分原始股吗？所以……"

"你别口口声声许诺什么原始股原始股的！要是这股票上市的事最后没成，老子就都白忙活了！"高兴气咻咻的。

"那……你说怎么办？要不，我再跟黄老板说说，给你和王进财每人补送一份礼物？"

"你看着办吧!"说完，高兴"啪"的一声，将电话扣了。这一扣，像往我的脑袋里扣了一团糨糊，我脑子一团混沌，黏糊糊、乱糟糟的，一时间没了主意。真没想到事情刚刚出现曙光天上又罩过来云翳，我不知如何是好。

想了想，我还是给黄老板打电话，将刚才的情况如实说了。我说："黄老板，实在是不好意思，昨天是我考虑不周，光顾给中国证监会的两位处长送礼物了，忘记给两位中间人，惹得他们不高兴，这事怨我!"

黄老板说："那就给他们俩都补上。你赶紧再买两份吧，发票也寄来，我安排一块处理。"

云开雾散，黄老板一句话便解开了我内心的疙瘩！我要的就是他这句话，黄老板这人痛快！

这天下午下了班，我骑着自行车直奔王府井，在王府井昨天去过的那个商店买了两份一斤装的冬虫夏草，每斤3680元；两件红都牌高级衬衣，每件320元。这些礼品总共又花了8000元。我当然没有这么多钱，因为收入本来就不高的我，经过昨天几次消费，我工资卡里的钱远远不够。下班前我厚着脸皮找我的导师高教授（也就是高兴的父亲）借了6000块钱，我当然不会告诉高教授借钱做什么用。而是谎称一外地朋友在北京出了车祸急需用钱，我得赶紧赶到医院送钱。高教授二话没说，当即让师母林老师给我拿出6000块钱现金。我要写借条，高教授却死活不让，说："人命关天，你赶紧去医院吧，可千万别耽误了！"高教授边说边将我往外推搡，硬生生将我推出门外。我感动不已，对高教授的为人又一次佩服得五体投地。联想到他的儿子高兴，我怎么也想象不出高兴怎么会是高教授生养的儿子，他们俩人的基因相去甚远啊，不会是当初出生时在医院妇产科抱错的吧？

买完这两份礼物，我一鼓作气骑着自行车，狂奔近十公里的路程将两份礼物交给了高兴。接过礼物，高兴却没有我想象得那样高兴，一副宠辱不惊的样子，淡淡地说："行，我交给王进财。"如此语焉不详，让我搞不清楚他究竟是将两份礼物都给王进才还是自己留下一份。有了上次不能绕过他直接找王进财的教训，我只能单线与高兴打交道了，反正我已经将两份礼物交给他。眼下，我最关心的还是荷花集团股票上市的事。我告诉高兴，说黄老板对你们帮助联系荷花集团股票上市的事取得的进展很满意，他们会尽快将荷花集团申报上市的资料准备好，黄老板这回要亲自来北京送，届时还得请你和王进财联系中国证监会的张处长和李处长。

高兴冷冷地说："这个，到时候再说。"没想高兴这一说，就成了本次交道的绝唱，这是后话。

翌日，我早早来到我家小区附近的一家个体商店，将昨天补买礼品的发票复印存留，紧接着又赶到邮局，将原始发票用特快专递寄给黄老板，然后才到研究所上班。

没几天，荷花集团财务部就将报销的费用共两万余元寄给了我，速度之快、效率之高，令我感动之余，对黄老板和他的荷花集团刮目相看，也不由得产生了几分好感。心想仅凭高效率这一点，荷花集团就应该具备上市公司的素质，荷花集团理应上市，黄老板理应成为更大的老板。

取了汇款单，我当即抽空到邮局领回了汇款，又马不停蹄来到高教授的家，将其中的 6000 元还给了高教授。高教授一见是我来还钱，一个劲问我："你怎么这么快就来还钱？那位外地朋友怎么样？伤好些没有？"我撒谎说："好多了，好多了，多谢高老师！"师母也凑上来关切地问："如果你的朋友需要钱，就先用着，别急着还啊！"我说："谢谢林老师，不用了。那天急于到医院送钱，是因为我来不及到家里取钱。"对两位尊敬的长辈撒谎，我内心多少有些惶惑，所以不敢久留，还了钱寒暄着敷衍了几句，就匆匆告辞了。

又过了两天，黄老板给我打电话，说荷花集团公司股票上市的申报材料已经准备好了，无论如何这回他要亲自将材料送到北京来，并且要亲自见见中国证监会的那两位处长。黄老板想与我商定来北京的时间，他好提前订机票。我说你来北京没问题，但何时能与中国证监会那两位处长见面，我得与那两位帮忙联系证监会的朋友商定后再通知你。黄老板说："好吧，那我等你消息。"我说："行，联系好我会及时通知你。"

我给高兴打电话，打了几次都没人接听。下午下了班，我径直来到高兴的公司，高兴的公司门窗紧闭，紧闭的门上还贴着公安局和工商局的两张封条，一上一下，赫然醒目。我大感意外，疑虑重重：高兴怎么啦？出了什么事？

我找到附近的一个电话亭，想给高教授打电话，忽然觉得不妥，便直接给王进财打电话。但那边的电话也没人接听。没办法，我只能打给高教授。高教授家的电话响了七八下，才有人接，接听的是女人的声音，只听"喂"的一声，却不见下文。我猜是师母林老师接的电话，便问："是林老师吗？"没有回答，过了一会儿，话筒才慢吞吞传出对方的回答："是……"声音凝滞，带着明显的沙哑。我说："林老师，我是小胡，高老师在家吗？"那边没有应答，停了一下，才说："老高他……他不好，他……他病了……呜呜……"接下来是师母激烈的抽泣。我内心咯噔一下，不断往下沉。心想糟了，无论如何我得去看高教授。我想给妻子打电话，告诉她我得看高教授今天得晚点回家，妻子的办公室却没人接，打到家里也没人接。我才意识到妻子大概还在回家的路上。自打我摊上黄老板托付联系荷花集团股票上市的事，我几乎魂不守舍，自认为平时很顾家的男人一段时间以来除了应付工作，对孩子和家务事几乎是大撒把，让妻子不免心生抱怨。我为此也深感内疚。我今天本打算早点回家、将功补过的，没想又节外生枝摊上这种意外事件，无论如何我是必须去看高教授的。

我骑着自己那辆老旧的永久牌自行车，风风火火来到高教授的家，高教授心脏病发作正躺在卧室的床上，哼哼唧唧地现出痛苦的表情。他的夫人林老师愁眉苦脸，站在床边不停地抹眼泪。我使劲安慰师母，一边询问高教授的病情。林老师说他刚才已经吃了救心丹了，我问要不要送医院啊，林老师不置可否。我低下头问高教授要不要去医院，高教授苦着脸摇了摇头。林老师见罢，说先观察观察看吧，以前发作的时候，吃了救心丹就缓解了。我问高兴知道吗？不料不问还好，这一问，林老师"呜"地哭出声来，不住抽泣。我心里乱糟糟的，直骂自己混账，怎么哪壶不开提哪壶啊！可转念又想，我不就是想找高兴来的吗？我要不提这壶怎么能找到高兴啊？！

我将林老师扶到客厅的沙发上，倒了杯水端到她跟前，不断安慰说："林老师您别急，别生气，您慢慢说，高兴到底出了什么事？"

时间是最好的疗伤药。当林老师随着时间的流逝慢慢平静下来的时候，她这才一字一句地张口说："高兴……高兴让派出所的人给带走了！说是他涉嫌一桩什么诈骗案。这怎么可能呢？这不可能吧？我们自己的儿子我们能不知道吗？小胡你说你相信吗？"林老师边说边摇着我的手臂。

　　我轻轻牵过的手臂，摇着头安慰道："不相信。林老师您先别急，也别生气，生气会伤身体。您看看高老师都气成这样了，您再气病了可怎么办啊？"我苦口婆心，好言相劝，言辞恳切。林老师不知是被我感染了，还是因为我的话提醒了她担心自己气病了没人照顾高老师，反正她竭力强制自己平静下来。及至后来，我陪她继续聊天，才知道同高兴一起被公安局带走的，还有一个叫王进财的朋友。至此，真相大白，我知道自己为什么找不到高兴和王进财了。尽管情况已经明了，我也不敢离开高教授夫妇，恩师危难之际，我觉得自己不应该一走了之。

　　我给家里打了电话，告诉妻子说，我的导师高教授病了，我来看他，今晚晚点回去。妻子听罢愣了一下，紧接着气咻咻说："哼，你总有事，反正这个家你是不要了！"我赶紧扣了话筒，生怕被身边的林老师听到。

　　之后，我一直陪着高教授和林老师，帮着林老师洗菜做饭，为高老师端水送药。直到晚上十一点多钟，见两位老师精神慢慢好了，我才离开……

　　高兴和王进财被抓，断了我的关系线，我也无法回复黄老板，因为无法同他确定他来北京的时间。我想等再过两天，待高兴和王进财从公安局放出来了，或者何时放出来能有准信，我再与黄老板联系。不想黄老板却迫不及待，第二天我刚上班，他就将电话打到办公室来。没等他开口，我主动说："黄老板，实在抱歉，那两位帮助联系证监会的朋友出差去新疆了，最早也得十天半月才能回来。"我不敢告诉黄老板真相，而且采用了缓兵之计。毕竟高兴和王进财的事情尚未水落石出，他们俩只是被公安局的人带走，事情到底严不严重？他俩何时能够释放回家？这一切都还是一团迷雾。

黄老板听了我的话，多少有些扫兴，他在电话的那头喃喃说："那……只好等他们回来再说了。"我说："是啊，没别的办法，咱们只能等他俩回来再说。"黄老板听后欲言又止，似乎多少心有不甘，犹豫了一会儿才说"好吧"，然后把电话挂了。

等待高兴和王进财消息的日子，在焦灼中一天天流逝。这期间，我几乎每天都要利用中午或下班时间去看望高教授夫妇，安慰、开导他们，帮助他们做些力所能及的家务，比如买米买油，换煤气罐，换桶装矿泉水，陪他们夫妇俩到医院挂号看病，等等，毕竟他们俩只有高兴这么一个孩子。如今高兴出了事，我作为高教授的得意门生，自然是责无旁贷。所以，那些天除了工作，我是自家和高教授家两头跑，累得晚上一上床就像一摊烂泥。

时间一晃又过去一周，高兴和王进财终于有了消息，但不是好消息：高兴和王进财因涉嫌一桩金额三百余万元的诈骗案，被拘留并将移交检察机关提起公诉。这意味着，他们将至少被判刑几年或十几年，甚至是更长时间。等待他俩联系中国证监会张处长和李处长与黄老板见面的事，至此也已化为泡影。

这个坏消息，还是我费尽周折，通过朋友的朋友三托四托，转了好几个弯才从市公安局打听到的。我不敢将这个真实消息告诉高教授夫妇，也不敢告诉黄老板。不敢告诉高教授夫妇，是担心老两口承受不了这个巨大打击。不敢告诉黄老板，则是我心有不甘。既然高兴和王进财已经不能指望，我为何不试着直接找中国证监会那两位已经见过面的处长呢？由于中间人高兴和王进财已经意外折戟沙场，我直接找张处长和李处长已经不算违反商界规矩吧？

主意已定，我开始想方设法联系张处长和李处长。可是我没有他俩的电话，甚至说不清他俩叫什么名字。当初花那么多钱请他俩吃饭，见面给他们毕恭毕敬递上名片时，我是多么希望他们能回赠我名片啊，可他们却无动于衷。如果不是高兴和王进财在场，而我又担心再次违反商界规矩越过中间人惹高兴和王进财不高兴，我是多么想直接找张处长和李处长索要名片呀。然而，就是因了商界的规矩，我索要对方的名片也竟也成了奢望。

不知道两位处长名字，也没有他们电话，我只能通过114查号台查到中国证监会总机。总机号码很快查到了。电话打过去，女接线员问我找谁？我说找张处长和李处长。她问我他们是哪个处室的？我支支吾吾，说不清楚，只知道他们叫张处长和李处长。她问这两位处长叫什么名字？我说对不起，我只知道他们的姓，不清楚他们的名字。她说那对不起，我没办法给你转电话。我心急如焚，生怕她挂了电话，就苦口婆心央求对方："哎呀同志啊求求您了，我有急事找他们，您能不能帮助我查一下哪个处室有姓张的处长和姓李的处长啊？"对方说："你有啥急事？""我……我……"我急中生智，谎称我是从浙江前来送我们公司股票申报上市材料的，而且是事先同张处长和李处长约好了的，只是来北京的路上我不小心将他俩的名片弄丢了。听我这么一说，女接线员说那你等等吧，我帮助你转到发行监管部。我连连道谢。电话很快接通，我说您好，我找张处长和李处长。一个瓮声瓮气的男声说："我们这儿可没有什么张处长、李处长啊！"我愣了一下，问："那有姓张和姓李的同志吗？"对方说："没有。"说着将电话挂了。我急得百爪挠心，欲言又止，心存不甘。我再次拨通中国证监会总机，接电话一听是刚才那位女接线员，我就讨好地说："同志，您行行好，刚才发行监管部那边说没有姓张和姓李的处长，您能不能给转到有姓张或姓李的处长的部室？"谢天谢地，女接线员一听，没有反对。她说你等一等，我帮你查一下。少顷，她又接通了一个电话。接电话的是一个女声，我说，您好，我找张处长。她说我就是，你是哪位？我一听傻了，怎么是个女的呀？我赶紧说对不起，我找姓张的男处长。她说我们这儿没有姓张的男处长呀？我说对不起，那有姓李的处长吗？她说有位副处长姓李，但也是个女的，你要找她？我说不是，我要找的是男性的李处长。她说你到底是哪位？有什么事？我说我是从浙江来送股票申报上市资料的，她说那应该送发行监管部啊。我说联系过了，他们那儿没有姓张和姓李的处长。你们证监会哪个部室还有姓张和姓李的处长吗？是他们让我来送资料的，可我不慎将他们的名片弄丢了。她想了一下说，我们这儿只有机构监管部有一位姓张的男性处长，但没有姓李的男处长。我说谢谢，那我打电话到机构监管部吧。我再次拨通中国证监会总机电话，请那位我已经熟悉声音的女接线员将电话转到机构监管部的张处长，通话很快接通。接电话的是一个男声，我说，您好我找张处长。他说你是哪儿？我说我是浙江荷花集团来联系股票上市申报事宜的，他说股票上市的事不归我们负责，你找发行监管部吧。我说不是，是一位姓张的处长事先让我与他联系的，您就是张处长吧？他说我就是，可我并不认识你，更没有与你联系过什么股票上市申报的事啊？说完，他"啪"的一声，将电话挂了。我仍然心存不甘，再一次打通中国证监会的总机，接电话的依然是那位声音熟悉的女接线员。但这一次她也不耐烦了，刚听到我的声音就没好气地说："你找了一圈，都没有找到你要找的人，到底是怎么回事啊？你自己是不是弄错了？你先自己弄清楚找谁再说吧！"不由我分说，她就将电话挂了。

忙了半天，我所有的努力，就此付诸东流。不仅如此，办公室的同事又挤眉弄眼地嘲笑我，同室的崔德强更是冷嘲热讽，他冲我挤着眼说，怎么样，胡博士？股票上市要发了财，可别忘记请大伙撮一顿啊。此时的我已经像泄了气的皮球，连理会的力气都没有了……

一切都徒劳无功。接下来，我该如何向黄老板交代？

我内心正无比纠结的时候，黄老板的电话晚上却偏偏打到我家来了。他第一句便开门见山："胡博士，我何时能去北京见中国证监会的人啊？眼看就快到年底了，公司上市的事宜快不宜拖……"

一听是黄老板,我忽然间像吃了一口芥末,"嗡"的一股麻辣味直冲脑门,我龇牙咧嘴一时不知该说什么。待那阵麻涨过去,我才耷拉下脑袋,如实相告:"黄老板,联系贵公司上市的事,情况……情况有些不妙……唉!"我叹口气,艰难地咽了一口唾液,继续说,"是这样,帮助联系证监会的那两位朋友,意外……意外出了车祸,两人都重伤,生命垂危,已经指望不上。"黄老板"啊"的一声,说不准是惊讶还是绝望,反正他是一时无语。我继续说:"他俩出事之后,我一再联系上次请他们吃饭的中国证监会那两位处长,可……可电话一直联系不上。"

黄老板沉默片刻,声音低沉下来:"那……那中国证监会的那两位处长,到底还能不能联系上?"

我说:"说不好。我……我只能再试试看。"

黄老板说:"我操,难道折腾了这么久,我们都白折腾了?"

我安慰说:"黄老板,实在是对不起。我自己也万万没想到股票申请上市的事会这么难,也万万没料到那两位帮助咱们联系证监会的朋友会出了意外。不过,你也别急,我……我再试试联系中国证监会的那两位处长,情况怎么样我会及时联系你。"

黄老板又沉默了一会儿，有气无力地说："行……吧。"

此后几天，我并没有如几天前那样，像无头苍蝇一样一次次打电话到中国证监会去找那两位子虚乌有的张处长和李处长，因为我知道再打也将徒劳无功。中国证监会到底有没有我见过的那位张处长和李处长，甚或我见过的那位张处长和李处长，到底是不是真的属于中国证监会的工作人员，我已经无从考证。

令我意外的是，黄老板也没有像先前那样，三天两头打电话联系我。而黄老板的那位女秘书小赵，同样也没有像以前那样时不时嗲声嗲气来电话与我套近乎。他们大概对我都已经不抱希望。对此，我深感负疚，同时也感觉释然。我想，只要他们不再来找我，这件让我深感负疚的事，也许会随着时光的流逝悄无声息，在我的记忆中渐渐淡忘。

冬去春来，转眼间春节临近，就在我准备带妻儿举家回浙江老家过春节的时候，我父亲却一反常态专程打来电话劝我："儿子，你甭回来了。"这大出我的意料。父亲以前总是巴不得我每年春节都能衣锦荣归、光宗耀祖的呀！

我问父亲："怎么啦？出了什么事？"

父亲支支吾吾，嗫嚅着说："没什么，我……我是怕你们花太多钱。再说，春节人太多太拥挤……"没等父亲说完，话筒已传出母亲的声音："儿子，你甭听他乱说，他是死要面子活要脸，怕你回来给他丢脸！"

我一头雾水，搞不清父亲和母亲唱的是哪一出双簧。正纳闷，母亲的声音又传了过来："儿子，是这样。荷花集团股票联系上市的事，黄老板不是找你帮忙吗？你说实话，这事你到底帮上他忙没有？"

我说："帮忙了，但股票上市的事……最终没成。"

母亲说："我说呢，黄老板当初不是死皮赖脸找你吗，你不可能不帮忙。至于事情最终没办成，这能怪你吗？老话说，谋事在人，成事在天。这世上哪有啥事一帮忙就一定成的呀？可黄老板他……唉，儿子啊，我跟你说实话，你可别往心里去啊？"

我说："妈，放心，你说吧。黄老板到底怎么啦？"

母亲稍微犹豫，还是讲出了实情。原来，我没帮助荷花集团联系成股票上市的事之后，黄老板大为不悦，到处说我空有博士虚名，笨书生一个，身居京城却什么也办不成。甚至还说我只知道吃喝送礼，光花钱不办事或办不成事，说什么读那么多书有啥鸟用，云云。要命的是，此事在我们家乡已经被作为笑话广为流传，说得有鼻子有眼，闹得沸沸扬扬。弄得父亲不仅几次与笑话他儿子的人吵架翻脸，甚至到后来时常是闭门不出，索性躲在家里生闷气。

原来如此！听完母亲的讲述，我仿佛冷不丁挨了一闷棍，只感觉热血瞬间呼呼直冲脑门，我内心急剧狂跳、隐隐作痛。要知道，自打考上大学又读了硕士、博士，最终还进了京城工作，我就成了父亲的骄傲和津津乐道的谈资。在我的家乡，父亲原本就爱出风头吹牛皮，喜欢串门聊天，这些年尤以谈论我为荣。我这个有着博士头衔并在京城工作的儿子，简直就是他戴在头上的电灯泡，让他走到哪里哪里亮。我参加工作之后，每逢春节父亲都要我回家，一是为了全家团圆，二是为了提升自己在左邻右舍、亲戚朋友乃至所有乡亲父老中的威望与影响。所以每逢我回家，父亲喜欢领着我到处串门走亲戚。而我仿佛就是他带在身边的兴奋剂、光荣榜，走到哪里，他笑到哪里，也津津乐道到哪里。而眼下春节在即，父亲却怕我回家给他丢脸，这是多么大的反差啊！我没能帮上黄老板的忙，难道真成了不可饶恕的罪人？早知今日，当初他为何死乞白赖找我帮忙？而我又干吗非得强迫自己不自量力越界干不在行的事自讨苦吃、自取其辱呢？在中国这样一个人情社会，人有时候真的不知该如何主宰自己！

既然如此，我干吗要花钱遭受旅途劳累回家过春节？

我决定遵从父亲的意见，取消了这一年春节举家回乡与父母团圆的计划，尽管这不免会让我母亲失望与伤心，但是凡事不能两全，我只能权衡利弊选择其一了。母亲，儿子不孝，这个春节我对不起您啦！

然而，作为儿子，我觉得最对不起的还是我的父亲。尽管我断然取消了这一年春节回家团圆的计划，但这毕竟是我的无能导致父亲做出的无奈选择。假若我在京城能有一官半职，假若我在京城无所不能、呼风唤雨，假若我能帮助黄老板的荷花集团成功申报到股票上市的指标，甚至假若当初黄老板压根不来找我帮忙让我最终弄巧成拙，这年春节父亲能不欢迎我们回家吗？

父亲啊，作为您的儿子，我让您失望了，我实在是对不起您！您儿子纵有博士头衔，在京城也算好不容易谋到了一份职业，但在这座熙来攘往竞争激烈的皇城古都，在这座少壮咸集、群贤毕至、藏龙卧虎的特大城市，我只不过是无权无势、百无一用的一介书生。

我的渺小，我的无能，说不定还不及这大千世界中的一只蚂蚁！

春节不回老家，这倒省却了我们一家三口每逢春运旅途的劳累与烦恼。但人不回去不等于礼数全无，孝敬父母这是古往今来天经地义必不可少的事，特别是春节这个中国人谁都重视的传统节日。

为了安抚父亲那颗受伤失落的心，星期天我一狠心背着妻子到王府井那家商店，同样花了 3680 元买了一斤冬虫夏草，又花了 800 元在一家烟酒商店买了两条中华牌香烟，然后到邮局一并寄回老家，这是我参加工作以来破天荒如此破费为父亲和母亲买的春节礼物。按理说，这样的开销远远超出我的工资收入，好在这个春节不用回家已经省了路费，用省下的路费去孝敬父母尤其是安抚父亲，如此破费我想也算值得。

寄出包裹的同时，我给家里打了电话，接电话的正好是父亲。我说："爸，我刚才给您寄了年货，一斤冬虫夏草，两条中华牌香烟，过几天就能到家，您注意查收。"

父亲听罢连连追问："儿啊！你说啥你说啥，你买冬虫夏草？还买中华烟？那得花多少钱啊，你咋敢这么大手大脚?!"父亲虽是农民出身，但他当过村长，在农民当中也算见多识广，知道冬虫夏草和中华烟价值不菲。

对父亲的担心和责怪，我早有心理准备。我安慰说："爸，这您就别管啦，这东西不是我花钱买的，是我替别人办事朋友给送的。"

父亲听罢，先是一愣，然后"呵呵……呵呵……"地笑，紧接着问："儿啊，你说你寄的冬虫夏草还有中华烟，都是别人送的?"

我肯定说："是啊。这些东西都那么贵，我哪儿买得起?"

父亲又"呵呵……呵呵……"地笑，笑声浑浊、老气横秋，却掩饰不住内心的喜悦。"儿啊，这么说，你在京城还是挺能耐，还是能帮助别人办事?"

我说："爸，黄老板的事我也帮忙了，但最终没有办成，这是事实，但这不等于我就什么事都不能办，更不等于什么事都办不成，您说对吧?"

这一下，父亲在电话那头彻底笑开了："哈哈，哈哈，对! 儿啊，你说得对! 说得对! 哈哈，哈哈哈哈……"

这年春节，我一家三口真的没有回老家团圆，但我姐姐来电话说，父亲这个春节过得特别高兴。姐姐说，初一那天一大早，父亲就穿上她买的一套新衣服，叼着中华烟走街串巷到处溜达，逢人便从衣兜掏出红艳艳的中华牌烟盒冲人家晃了又晃，得意地说："看见没? 中华烟! 别人进贡给我儿子，儿子又从北京寄来孝敬我的。"

//介 入//

一

　　郭丁昌老汉是在单位组织退休老员工体检的时候，被查出肝癌的。当然，对于这样一个结果，郭丁昌并不知道。因为体检的那天，他有孝顺的大女儿陪着。郭丁昌这年刚好七十，虽已是古稀之年，但干了一辈子钳工的他身体依然硬朗，手脚麻利。退休之后，他每天都到附近的公园与众多同龄拳友伸展腰身，挥拳劈腿，切磋拳艺。往年厂里组织体检，他每次都不屑参加，每次面对老同事和老伴的催促或劝说，郭丁昌总是叉腰挥拳，擂鼓一样捶着自己尚且壮实的胸脯大声嚷嚷："你们都睁眼看看，我这把身子骨还用得着体检吗？"眼看郭老汉固执又虎虎生威的样子，催促和戏说者都只好偃旗息鼓。但这次体检，对郭丁昌老汉是个例外。近一段时间，不知怎么的他总感觉有些疲乏，精力和体力大不如前。踢腿，腿像灌铅；挥拳，拳如沉锤，迈步扭身仿佛都有无形的阻力掣肘着。以前他练起拳来健步如飞，身轻似燕，练上一两个小时都不成问题。可最近十几天来，他练不上十分钟就气喘吁吁。更要命的是，有时候他感觉腹部右边的某个部位还隐隐作痛，以至睡也睡不好，饭也吃不香了。一向对自己身体充满自信的他，不得不在一天晚上躺下时，低下高傲的头颅，如实将这些情况向老伴交代。老伴听后大惊，然后手指如鸡啄食般频频点着老头子，一个劲抱怨："你瞧瞧，你瞧瞧，平时老提醒你注意身体，老逞能不是？这回也知道自己早不是大小伙子了吧！"话虽这么说，老伴却心急火燎，半夜三更的立马就打电话给大女儿郭秀英，将情况向郭秀英说了。郭秀英还没听完电话，就打断母亲的话说："妈您甭说了，我马上安排时间带爸到医院检查！"

郭秀英在郭家是长女，大学学财会专业的她如今是一家贸易公司的财务总监。郭秀英下面还有一妹一弟。弟弟郭英俊在某机关给领导当司机，虽然与大姐生活在同一座城市，但终日屁颠屁颠地跟着领导早出晚归，辛苦不说，月工资也只有两千多一点。妹妹郭秀梅在国内学完牙科硕士，五年前远赴美国旧金山攻读博士，毕业后已经留在那里的一个研究所工作。郭家的这三个孩子，可谓阴盛阳衰，两个女儿都上了大学，工作学业都春风得意、顺风顺水，男的却连大学都没考上，眼下只能干苦力勉强养家糊口。论生活条件，目前当然是郭秀英最好，她自己是财务总监，丈夫唐建设则是某房地产公司的销售经理，她家不但早已经有房有车，儿子唐诗学习还挺争气，目前在本市上重点中学。俗话说长女如母，让郭家老两口一直感到幸运和欣慰的是，长女郭秀英是典型的孝女，打小她就爱家顾家，孝敬父母。前几年就发达了的她二话不说在自己居住的小区附近买了一套二居室房子，置了席梦思、沙发、彩电、冰箱、洗衣机等一应俱全的全套崭新家具，将原本居住在郊区的老爹老妈接到市中心来。郭秀英自己住的是一套一百八十平方米的房子，与父母住的小区只有一条马路之隔。虽然她忙于工作，平时与父母各自生活，但她三天两头来看父母，每次来手也都没空着，都是大包小包送来吃的喝的用的。可以说，郭家老两口即使自己不上超市，东西也是应有尽有，吃的用的都不缺。当司机的儿子虽然也隔三岔五来看父母，但来时往往是两袖清风，囊中羞涩。对此，郭家老两口也充分理解，从不抱怨，心想儿子如今也拉家带口，活得也不容易，能惦记着来看父母就不错了，还计较什么？相反，老两口还明里暗里让儿子带东西给孙女……

接到母亲电话的第二天，郭秀英一早就赶到父母这边，风风火火地敲开门，说是上午要带父亲去医院检查。正巧父亲单位又来电话通知明天组织退休工人体检，郭秀英当即改变主意，推迟一天陪父亲随大流前去本市第二人民医院体检。那天，或许冥冥之中有种不祥的预感，临检查前，郭秀英还多留了一个心眼，她找到父亲工厂组织体检的工会主席，特意叮嘱他："如果体检情况不好，无论如何绝不能将结果告诉我父亲。"末了还不放心，又进一步叮嘱说，"尤其是B超、胸透等重要环节，事先一定要同相关大夫先打招呼。"眼看她恳切而又忧心的样子，姓王的工会主席拍胸脯说："小郭你放心，我一定照办，我马上去同相关的大夫打招呼！"

世事有时候就是如此捉弄人，越担心的事似乎往往越亲近你，越怕的事偏偏就越落到你的头上。郭丁昌随着大伙排队，按照事先安排的体检程序和环节一步步检查下来，B超的结果发现肝部有强回声，疑是肿瘤。只有肝功能检查未出结果。但前一项的结论都已经让郭秀英吓得半死，拿着父亲体检表的双手霎时抖得厉害，双腿也软软的，像忽然泄气的车胎，眼看就要歪斜下来。幸好父亲厂里工会的王主席早有准备，一把扶住并一个劲提醒她："小郭，你别着急别着急，镇静，镇静……"她这才慢慢回过神来。好在这时候父亲不在身边，郭秀英攥着父亲的体检表强制着自己镇静，然后才慢慢抬起头，盯着对方，按住自己急促的心跳一字一句地说："求求你，千万……千万……不能让我父亲知道！"待喘了口气，又忧心忡忡地问："接下来，我……该怎么办？"王主席道："医生说，你父亲需要再做加强 CT，必要时还要做核磁共振，以便进一步确诊。只不过……只不过这两项是自费。你知道，厂里经费有限，每年职工体检只做必要的常规检查。"郭秀英一挥手说："这个您甭担心！钱不是问题，我自己出，这两项检查都做！问题是我现在需要尽快让父亲再做检查，越快越好。您赶快帮助联系吧！"

在工会王主席的协调下，院方很快安排郭丁昌单独做加强 CT 和核磁共振。

郭秀英将父亲从人丛中接出来，准备前去检查的时候，郭丁昌起初懵懵懂懂地跟着，走到 CT 的检查室前才开口问女儿："秀英，怎么……怎么就我一个人检查？厂里其他人不来吗？"女儿说："对，就你一人检查，因为往年你没来体检，我

跟你们工会的王主席说了，你好不容易来一趟，这回给你特殊
照顾，查详细些。"

郭丁昌听罢，这才跟着女儿进了检查室。

第二天一早，郭秀英开着她那辆红色雅阁匆匆赶到医院取
父亲的检查结果。

CT的结果显示，郭丁昌的肝部发现一处大小2.5厘米的
肿瘤，疑为肝癌，但医生仍不敢确诊。又看看昨天做的核磁
共振，结果是肝部有同样大小的肿瘤，初步确定为肝癌。虽
然两项结果诊断一致，肝功能检查结果多项指标也都呈阳性，
郭秀英还是心有不甘。面对这个可恶可恨的结果，她压抑住
自己的恐惧，惴惴不安地问医生："这……是确诊吗？会不会
是误……"话未出口，医生便打断她："你要是不放心，那就
再穿刺做病理活检吧，早诊断早治疗。若是癌症的话，做介
入治疗也是这样的途径。若不是癌，那岂不是可以彻底
放心？"

医生这么回答，是郭秀英所希望的。毕竟前面又出现一道
检查的关卡，只要这个检查的关卡还未到达，就还有一线希
望。郭秀英希望前面所有的检查结果都是误诊。

然而，什么是穿刺活检？什么又是介入？郭秀英对此一无

所知。她想问刚才的那位中年医生，医生却忙着要接待其他患者，于是指了指检查室外面楼道的宣传栏："呶，那边有介绍，你去那边看看就知道了。"医生的口气冷冰冰的，很职业，似乎丝毫不理解也不同情正心急火燎的郭秀英。

郭秀英只好走到楼道，楼道两边的墙上果然是琳琅满目的宣传栏。郭秀英很快找到了"穿刺活检"的介绍：

> 肿瘤是严重危害人类健康及生命的疾病。正确的诊断需要临床、影像及病理三结合。其中，病理诊断对治疗方案的选择起着关键作用。穿刺活检是获取病理诊断的主要途径。不正确的活检，往往因取材时造成肿瘤对局部重要结构如血管、神经束的污染，使肿瘤无法彻底切除。因此穿刺活检前，应对肿瘤的性质、分期及治疗有充分的了解，进行充分的术前计划，并确保取材的针道位于手术切口上，以便能在手术时完整切除。所以大量文献均强调穿刺活检应由经验丰富的专科医师操作，且最好由主刀医生亲自进行活检操作，以提高穿刺活检准确率，减少并发症……

郭秀英睁大眼睛一字一句看上述内容时，内心翻江倒海，喜忧参半。喜的是上述的简介说明 CT 和核磁仍然不能百分之百确诊肿瘤，也就是说父亲郭丁昌已经疑似的肝癌还存在误诊的可能，这是她内心一直所期望的；忧的是穿刺活检危险性高，手术要求也高，更重要的是眼前所面临的局面，自己该如何向父亲说明，又该如何动员父亲同意穿刺活检呢？一想到这儿，郭秀英头都大了，脑子乱糟糟的，感觉既像被人塞进一团乱麻，又像是被人灌进一盆糨糊。活了四十几岁，她可从未遇到这种难堪局面。

郭秀英本想回到诊室找刚才的那位医生，问一下何时能做活检，要不要事先挂号约定时间。可一想到父亲这一关还没过呢，问也是白问，她便转身离去，回到自己那辆红色的雅阁车上，她决定先回家做父亲的工作。发动汽车引擎的同时，她也开动脑筋，极力盘算着如何将检查的结果告诉父亲。糟糕！还有母亲呢，这么大的事，对两个老人可怎么交代呀？

郭秀英开车往回走，一边琢磨着对策。可脑子乱糟糟的，怎么也理不出个头绪。忽然他想到应该先与弟弟郭英俊见个面，父亲可能得的这个绝症，自己昨天到今天还顾不上将情况告诉他呢。这么想着，她就转了方向盘，向弟弟单位的方向开去。

郭英俊上班的单位位于市中心，不算远。大约开了二十分钟，郭秀英的车就到了郭英俊单位的楼下。郭秀英将车停下，拨通弟弟手机。正巧弟弟没出车，在办公室待着呢。不一会儿，郭英俊就从楼上下来。

"大姐，你怎么来了？有事吗？"郭英俊躬腰低头，探望着座驾上的姐姐。

"我不下车了，你赶紧上车吧，车上说。"郭秀英打开车门，示意弟弟坐到副驾驶的位置上。

"大姐，都到午饭时间了，你下车一起到食堂吃饭，边吃边说吧。"

郭秀英急了："哎呀！现在哪儿有心情吃饭，叫你上来你就上来吧！"

郭英俊满脸疑惑。他感觉到姐姐今天有些异常，便不再争辩，听话地坐到副驾驶的座位上，扭过头问："姐，出什么事啦？"

"大事！咱爸得……得了绝症。"郭秀英咬了咬牙，说出了这句本来不愿意说的话。

"什么……这，这怎么可能?!"郭英俊像挨了当头一棒，瞪眼张嘴的，就差没从座位上弹起来。

郭秀英将检查结果一一拿出来，递到弟弟怀里："这是检查结果，全都在这里，你都看看吧！"

郭英俊感觉"嗡"的一声，脑袋像要被炸开了。他斜歪着脑袋，愣愣地望着正心急火燎的姐姐，将信将疑。又低下头翻看着父亲的病历和检查结果，耳边仍然嗡嗡乱叫，似山呼海啸，如天旋地转。他感觉天和地黑压压的，像不断挤压着他。他急促地喘气，脸涨得通红。半晌，他才又扭转过脸，蹙着眉看着身边的姐姐："姐，这……这可怎么办？"

郭秀英瞟了一眼弟弟，喘着气，咽着唾液，将医生建议穿刺做活检的事说了一遍。末了，她说："这事太大，我在考虑该怎么做咱爸咱妈的工作，让咱爸同意去做活检。"

"大姐，这事……不能跟咱爸咱妈说吧？"

"你觉得能说吗？说了他们怎么受得了！"

"那……到底该怎么办？"

"我来找你，就是想跟你商量。你觉得应该怎么着好？"

"大姐，你看你……嘻！你怎么问我呢，我……我哪里有什么主意！嘿嘿，你说怎么办就怎么办吧。"郭英俊搓着手，涨红着脸，讪讪地似笑非笑，似哭非哭。

郭秀英瞥他一眼，冷静下来，这才意识到自己问错人了。这事怎么能问弟弟呢！自打有这个弟弟，家里的事他从来都是没主意的，主意从来都是她这个当姐姐的拿。妹妹郭秀梅倒是个有主意的，可郭秀梅远在美国，远水救不了近火，有急事也不好商量。眼下家里出了这件急事大事，只有和弟弟商量了。虽然郭秀英也知道弟弟不会有主意，但不知怎么，这事她首先想到了要与弟弟商量，至少要先让弟弟知道。毕竟父亲是她与弟弟共同的父亲，母亲也是与弟弟共同的母亲，眼下父亲可能得的这个绝症，她能不告诉弟弟吗?!

冷静下来的郭秀英，终于拿主意了："英俊，咱爸这个体验结果，千万千万，不能让咱爸知道。也千万千万，不能让咱妈知道。"郭秀英说这话时，一字一句，都加了重音，仿佛生怕弟弟郭英俊听不进去似的。

"没问题，我听你的。"郭英俊拍着胸脯答，忽然又说，"那我二姐呢? 这么大的事，是不是得跟我二姐说，也听听她的意见?"

一句话，提醒了郭秀英。心想，秀梅虽然远在美国，但父亲得了绝症，怎么说都得通知秀梅，也听听她的意见。"我这就给秀梅打电话。"说着，郭秀英掏出手机。郭英俊急忙阻拦："大姐，你怎么用手机打? 这多贵呀! 要打……也得用电话卡，找个固定电话啊。"

郭秀英瞥一眼弟弟，不耐烦地说："哎呀! 都什么时候了，我哪儿还顾得了那么多!"说话间,手机便拨通了大洋彼岸那边妹妹的电话。

对方的铃声至少响了十声,话筒才传出秀梅的声音,声音还懒洋洋的。

郭秀英说:"秀梅,你怎么才接电话呀,急死人了!"

郭秀梅道:"哦,是姐呀,三更半夜的,什么事那么急啊?"声音仍懒洋洋的。

郭秀英这才意识到,美国那边正是午夜,是这个电话将秀梅吵醒了。她缓和口气说:"秀梅,是有急事要同你商量,不然我不会在这个时候打电话吵醒你。"

"什么事那么急啊?"

"坏事。"

"什么?坏事?姐,你可别吓唬我……"那边的声音明显升高,还传来窸窸窣窣的杂音,像是秀梅在掀被子。

郭秀英沉住气,冲手机的话筒喊:"告诉你一个不幸的消息,咱爸得了……得了绝症!"

"什么?姐你说什么……"手机传出的声音骤然提高了八度,而且"吧嗒"一声,像是一骨碌从床上爬了起来。

郭秀英竭力控制自己的情绪,用低沉的声音,一字一句地将父亲体检发现肝癌并准备活检的事简单地说了一遍,末了强调："秀梅,这事千万千万要保密,千万千万不要对咱爸咱妈说。我给你打电话,是想将事情告诉你,听听你对咱爸治疗的意见。"

手机那边沉默片刻,才又响起来："天呐,咱爸怎么这么倒霉呀!……姐,我知道了。可是,是否要对爸妈保密,咱们还得慎重考虑。"

郭秀梅这句,让人丈二金刚摸不着头脑。郭秀英和郭英俊面面相觑,满脸疑惑。少顷,郭秀英冲话筒说："秀梅,你刚才说的是啥意思?这事对爸妈保密难道还有异议吗?这事难道还要让咱爸咱妈知道不成?!"

郭秀梅说："姐,咱爸得这病,是飞来的横祸,我跟你一样从没料到,也很难过。但是咱爸是当事人,他应该有权知道自己的病情。只有让他知道自己的病情,他才能好好配合医生治疗。"

郭秀英没好气地说："秀梅,亏你想得出,怎么能让咱爸知道自己得的是绝症?就是咱妈,咱们也绝不能让她知道!"

"为什么不能让他们知道?"

"这还用说吗?这种事他们要是知道了,能受得了吗?"

"怎么受不了?他们又不是小孩!"

"你……你简直是胡闹,你想将咱爸咱妈吓死啊!"

"姐，话可不能这么说。在美国，得绝症的人都有权知道自己的真实病情，即使是自己的家人也从不隐瞒……"

"你疯啦？这是在中国！你别读了几年书喝了几滴洋墨水，就忘记自己是中国人，忘记你爸你妈都生活在中国而不是美国。你没听人说：得癌症的人，首先是被吓死的，其次是被治死的，再次才是疾病本身致死的！"

"姐，你听我说……"

"你别说啦。保密的事绝无商量余地，你要是敢向咱爸咱妈透露一点风声，我可跟你没完！你就说说咱爸这病该怎么治疗吧。"郭秀梅是学医的，虽说学的是牙医，与医治肿瘤风马牛不相及，但怎么说也沾了个"医"字，多少比与医不沾边的懂的多些吧，因而郭秀英想先听妹妹的意见。

不想郭秀梅却嘟囔道："姐，你听都不听我说完，我……我还能说什么呀！"

"你爱说不说，咱爸这病可是火烧眉毛，我可没工夫同你废话！"郭秀英说着将手机通话掐断，对一直愣在身边的郭英俊说："甭理她，再说远水救不了近火，指望不上她了，咱们商量着自己拿主意吧。"

望着大姐期待的眼睛，郭英俊神情怯怯的，眼里一派茫然。此刻他嗫嚅道："大姐，你说怎么办就怎么办吧，我……

我听你的。"

二

其实，到底如何过父母这一关，郭秀英自己也心中没数。她只有一点拿定了主意：那就是无论如何，一定不能让父亲知道自己得了癌症，也不能让母亲知道父亲得了癌症。两位老人都已年过古稀，心理和身体都那么脆弱，要是让他们知道病情真相，无异于家里冷不丁折了房梁，屋顶真要垮塌下来，他们怎么承受得了？

可到底如何瞒住两位老人，又让父亲心甘情愿按医生要求配合检查与手术呢？

郭秀英对郭英俊说："那好，你听我的，现在咱俩回家看爸妈！"

郭英俊说："那我……我得上楼跟领导请个假！"

郭秀英瞪了他一眼，说："你还上什么楼呀，你给你们领导打个电话不就得了？"

郭英俊面露难色，犹豫了一下，还是拨通了领导手机："王局长，我……我爸得了癌症，我得赶紧回家，跟你请个假。"那边的王局长一听，先是惊讶，然后满口答应，还一个劲安慰郭英俊先别急，该怎么办就怎么办。郭英俊脸上的难色这才缓缓消失。

郭秀英开着车，带着弟弟朝着家里的方向行驶。她原本打算到家里去见父母的，可一想到自己迄今都还不知道该怎么应付两位老人。又觉得不妥，应当先找好医院，拿定医疗方案再说。车到十字路口，她忽然将方向盘左打，往市肿瘤医院行驶，边开车边将刚才的想法跟郭英俊说了。

市肿瘤独院是专科医院，也是全市医治癌症患者最好的医院，她想一定要为父亲找到最好的医院和专家，让父亲接受最好的治疗。然而，车到肿瘤医院，望着肿瘤医院大门口赫然树立的医院名称，郭秀英感觉"肿瘤"那两个字忽然间像两头张着血盆大口的怪兽，嗷嗷地冲她怒吼，让她不寒而栗……她下意识踩住刹车，左打方向盘，继续前行。

坐在副驾驶的郭英俊侧过脸看姐姐，满脸疑惑："大姐，肿瘤医院不是到了吗？你这又是要上哪儿去？"

郭秀英没有马上回答，她鼓着气一个劲踩着油门，逃也似的只顾一溜烟向前跑。待轿车跑出了数百米，这才喘着气说："我改变主意了，绝不能让咱爸到肿瘤医院来治！"

郭英俊心中的问号被郭秀英这句话撑得更大了："为什么呀？你不是说肿瘤医院是最好的医院吗？"

郭秀英说："是，没错。可你想没想过，肿瘤医院门口那个大牌子，肿瘤这两个字有多么可怕。咱爸要是到这儿来，病没治恐怕就得吓死！"

郭英俊一听，觉得这话在理，再说大姐不是说绝不能让父亲知道病情真相吗？真要让老头儿到肿瘤医院来，等看到"肿瘤"二字，病情可还怎么保密呀？这么一想，郭英俊就越发佩服自己的这个姐姐，便说："大姐，你说得对，咱们不能让老爸看到肿瘤这两个字。只是不上肿瘤医院，咱们……咱们上哪儿呀？"

郭秀英说："还是上市第二人民医院吧，咱爸是从那儿体检发现绝症的，让爸在那儿接受治疗，不易引起咱爸的怀疑，也能减少咱爸的心理负担。再说那儿是咱爸单位的合同医院，医疗费报销也方便些。"

郭英俊使劲点头："大姐，你说得对。"

说话间，车就开进了市第二人民医院停车场，姐弟俩下了车。郭秀英走到医院挂号处，想挂个专家号，不想却吃了闭门羹。她看了一下手表，拦住从楼道正匆匆走过的护士，问："已经是下午两点半，专家挂号处怎么还不开门呀？"那护士收住步，白了她一眼："嗤……专家号上午早挂完了，下午从来就不挂专家号！"扔下这一句，护士又匆匆赶路。

郭秀英一愣，心想自己平时都不怎么上医院，只是老听说现在看病难看病贵，从来就不知道下午挂不上专家号啊。她瞥了眼弟弟郭英俊，无奈地摇了摇头。寻思片刻，她决定重新找上午的那位中年医生再咨询咨询。这么想着，她后悔上午忘记问那位医生姓甚名谁了。好在她运气不错，来到放射科，郭秀英又找到了上午那位中年男医生，瞅准他的诊断间隙，她上前问：“大夫打扰您一下！我是上午来取检查结果、见过您的，我还是想问问，您说要是做了活检之后，该怎么办？”

医生瞥她一眼，想起自己上午的确见过这位女士，便耐着性子说：“那得看看活检的结果。”

郭秀英说：“我想知道，如果活检结果真的确诊是……是绝症，那该选择哪种治疗方案？”

医生说：“上午我不是跟你说过了吗，如果活检确诊，最好用介入法治疗，因为已经做穿刺了，介入治疗顺理成章。不过，我这只是参考意见，至于治疗，你还是去找肿瘤科的专家吧。”

郭秀英说：“这我知道，只是现在专家号挂不上了，我想先找您咨询。我想知道，您说的介入法治疗到底是怎么治法？”

医生有些不耐烦了，他指了指楼道：“上午我不是告诉过你了吗，那边有介绍，你去看看吧！"说完，他招呼一位早已在身边等候的患者，不再理会郭秀英。

郭秀英一拍脑门，记起上午医生是同她说起穿刺活检时也说过介入法治疗了，而且也告诉过她楼道里的宣传栏有介绍，自己怎么只看活检介绍而忘记看介入法治疗的介绍了呢？看来父亲这事也将自己急糊涂了。

郭秀英一边责怪自己，一边招呼郭英俊来到楼道的宣传栏前，很快找到了介入治疗的有关介绍：

介入治疗（Interventional treatment），是介于外科、内科治疗之间的新兴治疗方法，包括血管内介入和非血管介入治疗。简单地讲，介入治疗就是不开刀暴露病灶的情况下，在血管、皮肤上做直径几毫米的微小通道，或经人体原有的管道，在影像设备（血管造影机、透视机、CT、MR、B超）的引导下对病灶局部进行治疗的创伤最小的治疗方法。介入治疗其特点是创伤小、简便、安全、有效、并发症少和住院时间明显缩短。正是由于以上诸多优点，许多介入治疗方法成为一些疾病（如：肝癌、肺癌、腰椎间盘突出症、动脉瘤、血管畸形、子宫肌瘤等）最主要的治疗方法之一……

郭秀英睁大眼睛一字一句看完上述介绍，似乎隐约看到绝望之后的一丝希望。因为这是她第一次知道癌症还有介入治疗这种方法，以前她只知道癌症患者需要做肿瘤切除手术或者化疗，而且知道癌症患者的肿瘤切除手术成功率很低，因为手术不久癌细胞又将扩散，难以根除，癌症患者一般都经不起一而再再而三的反复手术；而化疗给癌症患者带来的痛苦，以及脱发等副作用让患者丑陋不堪变了人形，想起来都让人不寒而栗。郭秀英公司的一位年轻女同事，原本眉清目秀、身体婀娜、秀发飘逸，前年不幸患上子宫癌，做了肿瘤切除手术还不断化疗，不但飘逸的秀发谢了个精光，人也形销骨立，瘦成了丑八怪，可悲的是她新婚没多久的大款新郎也另寻新欢离她而去，万念俱灰的女同事一气之下从十七层高的家中跳楼自尽……

郭秀英觉得，假如父亲真的做穿刺活检确诊是绝症，介入法治疗对父亲来说再合适不过了，因为介入法最能减少父亲做手术的创伤和痛苦，还有利于对父亲隐瞒病情真相。如果按传统方法做肿瘤摘除手术，甚至是化疗，那么大的动作，那么多的痛苦，那么明显的痕迹和特征（比如脱发等等），怎么能够对父亲和母亲隐瞒真实病情呢？当然不能，绝对不能！这么想着，郭秀英就把这些想法同郭英俊说了。郭英俊听了，连连点头，说："大姐你说得对，就按你说的办吧。只是到底如何能让咱爸来做活检，甚至做介入治疗呢？"

郭秀英瞥一眼弟弟，若有所思，招手说："走吧，咱们回家，路上咱们再想想，总会有办法的。"

开车回父母家的路上，姐弟俩边走边聊，一个隐瞒父亲病情的想法渐渐形成。

三

门依然是那道门，家也依然是那个家——老爸老妈的家。

这是一套八十平方米的二室一厅房子，朝向正南。晴天且有太阳的时候，光线充足，屋里明亮通透。这套离自己家仅一路之隔的楼房，是郭秀英这个孝女几年前购买，用来孝敬父母，让老两口安度晚年的安乐窝。

因为只有一街之隔，郭秀英每天都要往这里跑。因为父母在这里，这里成了她的另一个家。所以每次来这个父母住的家，她都像小鸟归巢般脚步轻快，心情舒畅。

可眼下她又一次来到父母居住的这个家时，却心情压抑。原本只是位于二层的房子，她却步履沉重，双腿像是灌满了铅，每迈一步都像有一股无形的力向后拽着她，使她爬得气喘吁吁，仿佛那二层高的楼就是珠穆朗玛峰。就连她举手按门铃的时候，那手似乎也像拉伤了似的，小心翼翼，缓慢迟钝。倒是弟弟郭英俊眼疾手快，抢先一步将手按在门铃的按钮上，那熟悉的音乐铃声随即响了起来。

门开了。

"爸，妈……"郭秀英的愁容瞬间藏了起来，脸上竭力堆出笑，装作若无其事的样子。

郭英俊也若无其事地叫了一声"爸、妈"，将刚才与姐姐在自由市场买的一条鲈鱼、一袋菜和一袋水果交给了母亲。当然，他的若无其事也是装出来的，路上姐姐一再交代他，一定要严密封锁父亲病情的真相，见到爸妈一定与平时一样，尽可能装得若无其事。

要是在平时，母亲见到郭英俊来，肯定会喜上眉梢，笑声朗朗。但这一次，母亲只是轻描淡写地回应儿子，说了声"英俊你也来啦"，便接过儿子手中的鱼、菜和水果，一声不响地进了厨房。

父亲郭丁昌坐在沙发上，举手招呼他俩落座。姐弟俩在沙发的另一侧坐了下来。

父亲问郭秀英："怎么样，我的体检结果出来了吗?"

郭秀英说："爸，结果出来了。您是不幸中的万幸，医生说您的肝部长了个囊肿。"

郭老汉"噢"了一声，问："囊肿？啥……啥是囊肿？"

这时候，母亲也端着两杯水过来了。听到"囊肿"二字，忽然收住步愣在那里。

郭秀英呵呵笑着，赶忙起身接过母亲的两个水杯，一个给了弟弟，一个端到自己手里，似乎很专业地说："囊肿呀，通俗点说就是水泡。肝囊肿就是肝脏中长了水泡。医生说，囊肿都是良性的，不要紧，摘掉就好了。"

郭老汉"噢"了一声，点了根烟低头吸着，若有所思。

郭老太满脸疑惑，看看女儿，瞧瞧儿子，又瞅瞅老伴，嘟囔道："奇怪，肝里头也长水泡，敢情肚子里也着火，把肝也烫着了？"

郭秀英一听就乐了。她强迫自己将水喝下，抹着嘴说："妈您说话真逗，我爸肚子里又没装柴火，可怎么烧呀！"

她瞅了瞅母亲，又注视着埋头吸烟的父亲，开始贩卖刚才与郭英俊在网吧里临时查阅的知识。"爸，妈，你俩听我说，早上我到医院取结果，刚刚听到'囊肿'这两个字的时候也紧张，以为囊肿就是肿瘤呢。我拿着结果去问医生，医生说得一清二楚。医生说，囊肿不是肿瘤，囊肿只不过是水泡。囊肿是怎么形成的呢？医生也说了，绝大多数的肝囊肿都是先天性的，就是说，是因先天发育的某些异常导致了肝囊肿的形成。后天性的因素少有，比如在牧区，如果有人染上了包囊虫病，在肝脏中便会产生寄生虫性囊肿。还有，外伤、炎症，甚至肿瘤也可以引起肝囊肿……"郭秀英说这番话时，如数家珍，胸有成竹，侃侃而谈，俨然像一位医学专家。她的这番表现，令一旁的郭英俊暗暗叹服，心想大姐就是聪明，就是记性好，在网吧那么一会儿的工夫怎么就将囊肿的知识记得一清二楚，难怪她考大学时那么轻而易举。相比之下，他自己考了两年还是没有考上。

听了郭秀英这番话，两位老人还是将信将疑，但原本紧蹙的眉头明显比刚才松弛了一些。

郭秀英瞥了一眼弟弟，示意他说话。

郭英俊心领神会，趁热打铁，接着说："爸，姐说的都是实话。我大姐早上去医院取体检结果的时候，开始也有些担心。她给我打电话，恰好今天我们单位的头儿也不外出，我就跟大姐一块儿到医院了，而且从头到尾跟我大姐在一块儿。医生说的我也全都听着，我大姐刚才说的全都是医生今天说的，有我做证呢，这您放心。"

郭秀英趁机又加了一句："而且医生说了，囊肿是常见的病，百分之十的人都有肝囊肿。也就是说，普通人当中，每一百个人就有十个人有囊肿，这……这不跟感冒发烧一样普通吗？"

"嗯……"郭老汉吐着烟，点了点头，问："那……囊肿有啥症状？有啥害处？医生怎么说的？"

郭秀英道："医生说，肝囊肿一般是没有症状的。可当囊肿长大到一定程度，可能会压迫胃肠道而引起症状。比如上腹不适饱胀。也有因囊肿继发细菌感染而有腹胀、腹痛、发热、乏力、食欲不振，等等。爸，您最近一段时间不就是腹胀、腹痛、乏力、食欲不振吗？这些症状与医生说的囊肿的症状一模一样啊！"郭秀英说得头头是道，但她说的这些症状并非均属于肝囊肿，比如腹痛、乏力、食欲不振，等等。她描述这些症状时并非像前面那样完全依照网上查到的有关肝囊肿的症状说，她是尽量对照父亲最近出现的症状说。总之，她连哄带骗，目的是千方百计让父亲和母亲消除顾虑。

母亲听罢，忙对女儿说："可不是嘛，你说的这些症状你爸这几天都有过。"又扭头安慰郭老汉，"老头子，我看这回秀英给你查清楚了。虽说这囊肿呐，也是个病，可幸好不是恶物，更不是什么大病，只不过像普通的感冒发烧。咱就听大夫的，尽早摘除就好啦。尽早摘除，也好了却你这些日子心头上的一块心病。"

郭老汉吸了一口烟，将烟头往茶几上的玻璃烟灰缸里用力一揞，笑呵呵地对老伴吞云吐雾："知道啦。这个肝囊肿啊，是得尽早摘除，不然不仅我自己睡不着觉，你更是睡不着觉呀！"侧转脸又问女儿，"秀英，那接下来你怎么安排？上哪个医院治疗？"

郭秀英说："就在市第二人民医院吧，囊肿是在那儿查出来的，咱们就在那儿治。再说那儿也是三甲医院，水平没问题。爸，您说行吗？"

郭老汉道："你们……看着安排吧。"

这时，站在一旁的母亲不置可否。她嘴角嗫嚅了一下，说："刚才秀梅来电话了。"

"啊……"郭秀英睁大眼睛，心忽然悬了起来，"秀梅……秀梅来电话了？啥时候打来的？"

郭老太道："就你们来之前的半个小时。"

"秀梅她……她都跟你们说什么了？"郭秀英忽然站了起来。

郭老太说："你不是也跟她打电话说你爸的事了吗？"

郭秀英一听更紧张了："我是跟她打过电话，她……她都跟你们说什么了？"

郭老太说:"嘻,还不就是问问你爸的身体情况。"

"哦,她没再说别的什么吧?"

"没说。"母亲答,看秀英表情有些异常,老人有些诧异,又问,"怎么啦,你跟秀梅那边,有啥事吗?"

"噢,没……没啥事,我只是问问。"郭秀英似乎意识到自己有些失态,赶紧将自己紧张的情绪藏了起来。又扭头对父亲说:"爸,那我明天一早就到市第二人民医院挂专家号。挂上号,我就接您到那儿住院,等待手术。您看行吗?"

郭老汉咳嗽一声,审视着女儿,半晌才说:"秀英,我这病,真的是肝囊肿?"

郭秀英内心"咯噔"一声,愣了,心扑通扑通狂跳,一跺脚说:"哎呀爸,刚才我说了半天您还不信呀,就是肝囊肿,而且是医生说的,可不是我说的!您……您要是不信,明天到医院亲自去问医生。"

郭秀英说这话时,口气斩钉截铁。郭老汉望着女儿,将信将疑。

郭英俊见状,赶忙说:"爸,您……您就一百个放心吧。我和大姐又不是小孩子,说话哪敢瞎编?姐说得对,您要是不信,明天,您……您到医院亲自问医生不就得了?"

郭老汉看看儿子，又瞅瞅女儿，没说话。

郭老太忙说："哎呀，老头子，您就听儿女们的吧。明天到医院，问问医生，什么也就知道啦。"

郭老汉这才"哦"的一声，点了点头，若有所思。

四

郭秀英告别父母回到自己家的时候，外套都顾不上脱，就火急火燎地扑到客厅的沙发上，抓起茶几上的电话筒，往美国拨打电话。

刚一接通，郭秀英就没好气地质问妹妹："秀梅，你是不是给咱爸咱妈打电话了？"

郭秀梅说："是啊，姐，怎么啦？"

郭秀英绷着脸，一字一句问："你给咱爸妈打电话，是不是把咱爸的病情都说了？"

郭秀梅诧异，答："没有啊。"

"到底说没说？"郭秀英的声音大了起来。

"哎呀！姐，我倒是想说的，可你还没同意我能说吗？"

"你真的没说？"

"我真的没说！"

"好，没说就好。我可丑话说在前，你要真敢将真实病情告诉咱爸咱妈，我可饶不了你!"

"哎呀! 姐，你放心，你不让我说，我……我可以不说。可我还是觉得，你应该将病情如实告诉咱爸。"

"你给我闭嘴!"

"哎呀! 姐，我是学医的，你听我说几句好不好?"那边的声音也大了起来。

郭秀英愣了一下，耐住性子："行，你说吧。"

郭秀梅说："从医学的角度讲，如果一个病人想得到有效治疗，必须知道自己的真正病情，然后在医生的指导下，按照医生的治疗方案，一步步配合医生治疗。这就像任何单位里的任何一位员工，你要让他去完成好一项工作，如果他对所要完成的工作懵懵懂懂，一知半解甚至是一无所知，只知道蛮干，姐，你说他能干好吗?"

"这……我没想过。"郭秀英一时语塞。治病怎么就如工作? 她还是第一次听到这样新鲜的比喻，她想反驳，却又觉得妹妹说的话似乎有那么一点儿道理。

郭秀梅继续说："而且，从人的角度讲，人对自身都应该有充分的自主权，无论是对自己的前途、命运，还是疾病的治疗，他都应该有权自己选择、安排、追求，也就是说他应该有权主宰自己。否则……"

"得了得了，你别又跟我讲美国的那一套逻辑！"郭秀英又不耐烦了，"我只知道眼下咱爸得了绝症，急需手术，你别烦我了！"

"姐，你听我说……"

"我没工夫，我等着做晚饭呢！"说完这句，她"咔嚓"一声，将话筒扣回到电话机座上。

这时候，郭秀英的丈夫唐建设也刚好下班回来，见妻子气哼哼的样子，关心地问："怎么啦，冲谁发脾气呢？"

郭秀英说："还有谁呀，还不是秀梅这死妹子，她自己又不回来，却站着说话不腰疼，尽给我出馊主意添乱！"说着，便拎上刚才带回来的菜和肉，进厨房洗菜做饭去了。

唐建设也放下公文包，脱去外套进厨房帮忙。平时别说进厨房，就是晚饭他也很少回来吃，因为他在房地产公司负责销售，每天几乎都有应酬。今天上午妻子第一时间给他打电话，得知岳父得了绝症，他也放心不下，推掉应酬早早回家来了。

唐建设一边帮助妻子洗菜，一边问今天她去医院的情况及父亲治病安排。郭秀英一一将情况说了，又说了刚才跟妹妹郭秀梅通电话的情况。

唐建设说："咱爸的病，是不能让爸妈知道，他们都这把年纪了，说了怎么能受得了？不过，咱爸治疗的事，你最好还是同秀梅和英俊商量，毕竟，父母是大家的，可别让他们闹出什么意见。"

"英俊倒好说，我也已经同他商定了。秀梅那边还真没来得及说。"

"那你今晚应该打电话跟她说，这么大的事，不说不适合。"

"嘻，晚上再说吧。"

不一会儿，饭菜做好了：辣子鸡丁，土豆烧牛肉，清炒油菜，西红柿鸡蛋汤，三菜一汤和一锅米饭热腾腾端到了餐桌上。郭秀英一边收拾着餐桌，一边招呼一直在房间里做作业的儿子唐诗快出来吃饭。唐诗以前上小学时，郭秀英每天都要接送他上下学，自打他上了初中，郭秀英就不接送了。是唐诗自己不让送的，他说自己都长成大小伙子了，再送丢不丢人啊。当妈的拗不过儿子，只好随他。好在唐诗所在的中学离家并不远，不过三四站地，唐诗也不坐公交车，他自己每天骑车上下学。开始郭秀英挺不放心的，可唐诗每天快乐而去高兴而归，而且每天比母亲回来得还早，郭秀英慢慢也就习惯了。

这时候，一家三口像往常一样围坐在餐桌上享用晚餐，只是少了往常的热闹。要在往常，无论是三口之家还是母子两人，饭桌上都是有说有笑。但眼下，一家三口只顾埋头吃饭。或许是觉得沉闷，唐建设问起儿子今天的学习情况，不想儿子不但没有回答，反而转移了话题，问起了妈妈："妈，我外公得了绝症？"

这一问，郭秀英像触了电，筷和碗突然停在嘴边，眼和腮鼓着，整个人瞬间木在那里，怔怔地看着儿子。鼻子忽然一酸，眼泪扑簌簌冒了出来。

唐建设也愣了。他看看妻子，又望着儿子，问唐诗："儿子，你……你怎么知道的？"

唐诗说："我妈一进家门就跟我姨通电话吵架，我能不知道吗？"

郭秀英一听，抬手抹了一把眼泪，将碗筷放到桌子上。苦笑着，歉意地说："儿子，对不起。是妈不对，妈不应该让你知道，妈一时忘记你已经放学在家里做作业了。"

唐诗将碗筷往桌上一墩，说："不，你应该告诉我！我已经十四岁，个子比你都高了，家里的事你们都不应该瞒着我。"

郭秀英说："儿子，不是妈不想告诉你，妈是怕影响你学习。再说，有些事完全是大人的事，你帮不上忙的，你知道了也没什么用，只会分散精力。"

"谁说我知道了没什么用？你太小看人啦!"唐诗反唇相讥，母亲反倒被问住了，半晌找不到话说。

唐建设忙出来解围："儿子，你妈确实是怕影响你学习，她完全是为了你好。"

"不，我知道了，也是为了你们好，同时也是为外公好。"唐诗有些执拗。

唐建设满脸疑惑，他望着妻子，妻子也满脸疑云，不知道儿子到底要说什么。于是，唐建设又将目光落到儿子脸上："儿子，那你就说说，大人的事你知道了，怎么就为我们好，又怎么就为外公好？"

唐诗说："就说我外公得的这病吧，我觉得我阿姨说得对，不应该对外公隐瞒病情，应该将真实病情告诉我外公。"

郭秀英一瞪眼，说："哟，你怎么跟你姨一路货色？你要知道你外公得的可不是发热感冒，而是癌症，是绝症，这你懂吗？你想将你外公吓死啊!"

唐诗据理力争："妈，你怎么就知道我外公会被吓死呢？"

郭秀英说："这还用说吗？你没听人说：得癌症的人，首先是被吓死的，其次是被治死的，再次才是疾病本身致死的！这你懂吗？"

唐诗执拗地说："这个我懂。可我觉得我阿姨说得很有道理，治病就像是工作，要想收到好的效果就必须事先知道实情。所以，我还是觉得你应该将病情告诉我外公。"

郭秀英急了，声音大了起来："得得得，你给我闭嘴！你小孩子懂个什么？我本来就够烦的了，你别给我添堵了好不好？"

见妈妈生气，唐诗不作声了。但他噘着嘴，满脸不快。

唐建设忙安抚儿子："行啦行啦，儿子，你外公得了这个病，你妈急着呢，她心情不好，你别惹她了。她不愿将病情真相告诉外公，也是为了你外公好。"

唐诗说："哼，你们大人都自作聪明，都强奸民意，剥夺别人的自主权，却口口声声说为谁好。我怎么没觉得？"说完这句，他不再说话，只埋头吃饭。

郭秀英瞪着儿子，还想说他几句。丈夫却拿眼色阻止她，郭秀英只好作罢。屋子顿时静了下来，只有一家三口此起彼落的吃饭声音。

郭秀英内心却并未平静，反而是波澜起伏、翻江倒海，脸色也阴沉沉的。刚才儿子的话刺伤了她。她觉得自己辛辛苦苦将儿子养了十四年，一直以来呵护有加，他要什么给什么，吃的穿的用的乃至上学所需要的东西，一切都给他安排好了，怎么到头来换了这么一句话，真没良心啊。儿子刚刚十四岁，要说也还乳臭未干，翅膀却先硬起来了，真让人担心呢！

吃完晚饭，收拾完房间，郭秀英原本想给妹妹郭秀梅再打个电话，将父亲明天要去医院做活检的事详细说说。此举并非要征求妹妹的意见，只是出于情理要向她通报。可一想到儿子唐诗在家，不便说话，她又犹豫了。

丈夫提醒她："要不你到卧室，用手机打，关上门。"

郭秀英听罢，觉得有道理，遂进了卧室。她随手关上卧室的房门，一头躺倒在柔软的席梦思上，拿着手机开始一键一键拨打妹妹郭秀梅电话，刚刚拨了一半号码，却又按了取消键。

丈夫唐建设这时也推门进了卧室，见妻子躺倒在席梦思上正望着天花板发呆，问："咦，怎么还不给秀梅打电话？"

郭秀英噘着嘴答："不打了。"

丈夫一头雾水："怎么啦？不是都说好了要打的吗？"

郭秀英说："打了我跟她说什么呀？该说的我下午都跟她说过了。"

唐建设说："那……治疗的事怎么安排？你跟她说过吗？"

"没有。"

"这么大的事，你还是再打个电话说清楚吧。"

郭秀英一骨碌坐起来："打不打明天我都得带爸去做活检，她能帮上忙吗？她又不能一下子飞回来！再说，我担心她又纠缠那几句话，什么要把病情跟我爸说清楚啦，什么……嗐，反正是越缠越乱。"

唐建设正要说什么，客厅的电话铃这时却响了起来。他赶紧到客厅接电话："喂，你好！哦，是秀梅呀，你……"他还没往下说，话筒却被妻子一把抢了过去。妻子一屁股墩在沙发上，冲话筒说："秀梅，是我。唐诗正在屋里写作业呢，我怕吵着他，你重新拨一下电话，打我的手机吧，我到卧室里面接听。"也不由对方分说，她就将话筒扣了，重新回到了卧室。不一会儿，她的手机响了，果真是郭秀梅打来的。

郭秀梅这回开门见山："姐，咱爸的病，你打算怎么安排治疗？"

郭秀英说："我跟英俊商量好了，明天一早带咱爸去医院做活检。"

郭秀梅问："上哪家医院？"

郭秀英说："上市第二人民医院。"

郭秀梅说："怎么不上市肿瘤医院呀，那儿是专科医院，咱爸这种病还是上专科医院好。"

郭秀英说:"做活检是为了进一步确诊。我咨询过了,市第二人民医院的活检做得更好。"她灵机一动,撒了个谎,她不想同妹妹说出自己的真实想法,她怕妹妹又搬出美国的那一套逻辑跟她纠缠。

郭秀梅说:"姐,我不在家,咱爸的事就靠你多操心了。请你一定给咱爸找最好的医院,请最好的医生,用最好的药。钱的事你甭担心,我随时可寄来。咱爸的病情,也请你及时告诉我,我会视情况找时间回国看看咱爸咱妈。"

妹妹的一席话,让郭秀英内心忽然间酸酸的,也甜甜的,骨肉之情的那种温暖倏忽间从内心深处冒出,慢慢地弥漫全身。大难当前,虽说她这个当大姐的就是家里的主心骨、顶梁柱,自打父亲被诊断出绝症,她心急火燎、里里外外忙碌,潜意识中觉得全力以赴为父亲治病义不容辞、责无旁贷,还从没有想到过要弟弟、妹妹更多操心。刚才妹妹的这番话,却触动了郭秀英内心深处的柔软,让她不由得有些感动。此刻她心一酸,感觉眼眶倏忽间也热热的,她清了清嗓子,有些哽咽地对妹妹说:"秀梅,你放心,家里有我呢。咱爸的病,我会千方百计,全力以赴。有事我会及时同你通电话。"

岳父得了癌症，身为女婿的唐建设也很着急。他一方面安慰妻子，另一方面帮助妻子出谋献策为岳父寻找治疗方案。当他得知妻子准备安排岳父到市第二人民医院治疗而放弃选择去市肿瘤医院治疗时，他当即表示了支持。他说："咱爸的病，不仅不能让他自己知道实情，也不能让咱妈知道实情。否则他们心理压力太大，吃也吃不香，睡也睡不着，身体还不得急垮了？"

郭秀英说："就是嘛，可秀梅这死妹子真不懂事，非说得将真相告诉咱爸，这不是添乱嘛！"

唐建设说："不过，你也不能跟秀梅急，有话得慢慢说。咱爸这病怎么治疗，也得同她沟通，免得她有意见。刚才你是不是跟她都说清楚了？"

"该说的我都说了。"说这话时，郭秀英又打了埋伏，她也不想让丈夫在这件事上过多纠缠。她觉得大难当头，自己作为长女跟在父母身边，父亲治病的事虽说要同弟弟、妹妹商量，但说一千道一万，大主意还得她这个当大姐的拿。如果因为意见不一扯皮，耽误了父亲治疗，岂不更对不起父亲？这么想着，她内心又焦躁不安，便转移话题，对丈夫说："明天一早我得去市第二人民医院挂专家号，也不知道能不能挂上。"

唐建设说："你别急，我也正在想办法，看看能不能托关系找到医院的熟人，不仅是挂号，咱爸住院、手术什么的，眼下要是没有熟人，麻烦着呢。要是能够找个熟人关照一下，岂不是更好。"

郭秀英说："那最好啦，你能找到熟人？"

唐建设说："我试试看吧。"说着，他拿着手机不断翻阅着通讯录，走进卧室接二连三给朋友打电话。不一会儿，他果真找到了一个朋友，这位朋友的表姐叫刘艳霞，在市第二人民医院财务科当科长。

唐建设如获至宝，他立即记下刘艳霞的名字及电话。

五

第二天一早，唐建设自告奋勇到市第二人民医院，赶在医院八点钟上班前找到了医院的财务科长刘艳霞。见面时，唐建设将一张面额两千元的购物卡交给了她，接着将岳父的病情并急于做活检的打算向她一一介绍，恳切希望她能帮忙挂上专家号，帮助安排岳父住院和手术。由于有朋友这层关系，也由于有两千元购物卡这张见面礼，刘艳霞很热情，对唐建设的帮忙请求满口答应。

财务科长是医院的实权人物，把持着医院的财政命脉，挂号安排住院对她来说还不是小菜一碟？当着唐建设的面，她一个电话就把事情办了。

挂上话筒，刘艳霞对唐建设说："没问题了，已经给你预约孙树德主任的号，他是我们医院肿瘤科最好的专家。你到挂号处去办理挂号吧，提我的名字就可以，我已经打过招呼了。"唐建设连连致谢，并表示日后一定再谢。

有了刘艳霞的帮忙，唐建设不但避免了排队之苦，还避免可能挂不上专家号的窘境。他一路绿灯在医院挂号处挂上了孙树德主任的专家号，并立即通知妻子郭秀英安排接岳父准备入院。

接下来，一切都顺风顺水。当天上午，郭丁昌老汉接受了孙树德主任的检查诊断，入住市第二人民医院的单人间病房，护士为老人进行了血常规、凝血功能等方面的术前体检。为了尽可能减少穿刺后肠道细菌引起的传染、发热，甚至败血症，医生还让老人口服抗肠道菌群的抗生素数天，以便术前需灌肠排尽大便……

做这一切准备工作的时候，郭秀英每天都忙前忙后、来回奔波。她既要上班，又要给上学的儿子唐诗做饭，还时不时去照顾独自在家的母亲。当然，更多的时候，她都将精力和时间都放在已经住院的父亲身上。白天，她请了一位护工守在父亲身边照看陪伴；晚上，她安排丈夫唐建设和弟弟郭英俊轮流陪床，为的是减少父亲对手术的恐惧与寂寞。按说，医院是不准许家属陪夜的，但由于有医院财务科长刘艳霞的疏通，纸上的刚性规定也被轻而易举化解了。大难当前，丈夫和弟弟都很配合，他们自觉地承担起了家中男人应有的职责，这一点让郭秀英颇感欣慰。

虽然一切都安排得井井有条、顺风顺水，郭秀英也不惜花钱自费为父亲争取到了医院最好的各方面条件，入住医院单人病房的父亲却仍然心事重重，每天都沉默寡言，这与他以往开朗乐观的性格形成了明显的反差。

事实上，入院之前，郭秀英已经通过刘艳霞跟主治大夫孙树德主任沟通过了，希望严密保守父亲郭丁昌的真实病情，协调一致统一口径，一律对老人说他得的病是肝囊肿，并非什么大不了的病，摘除就好了。开始孙大夫并不同意，说自己并不愿意欺骗患者，最好是让患者知道真实病情以利于配合治疗，后经郭秀英再三恳求，加上刘艳霞的反复劝说，孙大夫总算答应了。但孙大夫纠正了郭秀英"摘除就好了"的说法，他说如果穿刺活检进一步确诊出老人患的是肿瘤，紧接着就要为老人实施介入手术，跟摘除肿瘤是两种不同的治疗方法。如果是恶性肿瘤，不可能"摘除就好了"，因为癌细胞会继续扩散，肿瘤也得多次摘除。介入治疗法也是反复多次，但创伤要比肿瘤摘除小得多，患者的感觉也不大一样。即使不告诉患者介入治疗的真实情况，至少也应让他知道个大概，免得弄巧成拙，适得其反。

郭秀英说："孙主任，只要能对我父亲隐瞒病情真相，该怎么对老人说您尽管看着办，千万千万拜托，谢谢您了！"说着，她将一个准备好的信封递到孙大夫手里，信封里面装着事先准备好的两千块钱。

孙大夫心领神会，他见这时候周围没有其他人，顺势将信封装到了身上穿着的那件白衣大褂的衣兜里，微笑着对郭秀英说："这你放心，我不但不会向老人透露病情真相，还会让我的助手和护士也对老人保密。"

郭秀英感激地说："那就太谢谢您了！"

虽然孙树德信守谎言，让自己和其他医护人员一开始就对老人保守病情真相，还不断开导老人，让老人放松不要紧张，甚至哄老人说穿刺活检就像蚊子叮咬一样，不会太疼的，可老人依然心事重重，沉默寡言。郭秀英起初很不放心，担心父亲是不是知道实情了。可转而一想，又觉得父亲的这种变化也是理所当然，毕竟他从来都身体强壮，平时连感冒发烧都很少得，更未住过医院，突然间让他住院做手术，没有一点心理负担显然是不符合常理的。

手术的前一天，孙树德的助手林大夫递给郭秀英一份肝脏穿刺活检签字同意书。郭秀英仔细一看，上面写着这样的文字：

患者因病情需要进行肝脏穿刺活检，该项检查有如下风险：

1. 麻醉意外如心跳骤停、过敏等；

2. 穿刺部位出血、感染、损伤神经；

3. 肝脏撕裂；

4. 气胸形成、胸膜性休克；

5. 胆瘘，胆汁渗漏，胆汁性腹膜炎；

6. 周围脏器损伤如肾、肾上腺、结肠、胃、胰腺等；

7. 穿刺失败；

8. 其他不可预料的意外。

以上风险已经向患者或者患者家属（监护人）详细说明，患者或者患者家属（监护人）表示理解，并同意进行该项检查。签字为证。

看着上述这份签字同意书，郭秀英感觉那一行行字仿佛柄柄重锤，一次次撞击着自己的心房，令她内心阵阵疼痛，心情异常沉重。她抬头注视林大夫，仿佛罪犯面对警察或法官，眼前的林大夫既威严又狰狞，她忽然感到有些紧张、害怕，握在手里的笔不由自主微微颤抖起来。林大夫见状，忙安慰说："你别紧张，这是例行公事，手术前按规定必走的程序。上面所列各类风险出现的几率很低，而且不会同时都出现，放心。"

郭秀英满脸疑惑地看着林大夫，问："真的几率很低？"

林大夫说："真的很低。"

郭秀英依旧茫然，喃喃道："那……不签字不行吗？"

林大夫答："不签字肯定不能做手术。"

郭秀英看看站在一旁的丈夫和弟弟郭英俊，又看看跟前的林大夫，一咬牙，狠心地握紧笔，唰唰几笔，在同意书上签上了自己的名字。

第五天，郭丁昌老汉接受了孙树德主任的活检手术。

为了不让郭丁昌老汉过于紧张，术前孙大夫有意对老人开了个玩笑："老人家，你先上卫生间方便一下吧，好轻装上阵，一会儿蚊子就要叮咬你了。"一句话，让身边的助手和护士都笑了，唐建设、郭秀英、郭英俊也都笑了。见大家都笑，郭丁昌老汉原本紧绷的神经明显松弛，多日阴郁的脸也掠过一丝笑容，只不过那笑容不大自然，讪讪的，有些尴尬。但他还是嘿嘿笑着，顺从地回答面带笑意的孙大夫："好吧，我去方便。"

从卫生间出来，穿着病号服的郭丁昌老汉被护士带进手术室，儿女和女婿被挡在手术室外面。

林大夫让郭丁昌老汉取仰卧位、稍向左侧躺到铺着白色床单的手术台上，背部被护士垫了枕头，并预先铺好了腹带，右臂举于头后。护士给老人肝区局部消毒。孙树德主任也笑容可掬地走过来，对老汉说："老人家，别紧张，请一定放松。现在你先深吸气，再呼气，然后屏息五至十秒钟。"老汉听话地跟着深呼吸、呼气、屏息。孙主任连声说："对，对，就这样。你再反复练习几次。"老汉还是很听话，反复做了几次。孙主任说："很好。现在给你局部麻醉，一会儿给你扎针就不痛了。"

老人说："真的跟蚊子咬一样？"

孙主任微笑着说："我跟你说过了，你又不是小孩，我骗你干吗？"

郭丁昌老汉见孙主任笑容可掬，怦怦的心跳渐渐趋于平静。

按照孙主任的要求，郭老汉老老实实地躺在手术台上。身边的几位白衣天使开始忙忙碌碌。接下来，手术在 B 超的引导下逐步推进。开始，他感觉到肝部有点刺痛，但很快觉得麻木，慢慢感到不那么疼痛，转而有些压迫感……

六

郭秀英一直祈盼的那丝希望和奇迹到底还是没有能够出现，穿刺活检的结果，进一步印证了郭丁昌老汉肝部长的是中晚期恶性肿瘤。

按照穿刺活检诊疗恶性肿瘤的医学要求，紧接着应该进行肿瘤介入手术，这也是郭秀英为父亲事先了解并选择的医治途径，对此她已经有充分的思想准备。尽管如此，父亲确诊肝癌这个消息最终从孙树德主任的口中发布出来的时候，郭秀英内心原本的那丝希望被无情掐灭了，她感觉到自己的心刹那间掉进了冰窟窿，一股冷飕飕的寒气直侵入她的躯体，令她不由得打了一个寒战，天和地瞬间阴沉下来。幸好理智不断提示着她，父亲的病不但已经成为事实，还等待她尽快找医生救治。作为家中长女，她没有退路，她必须承担起救治父亲的责任。

依然要在手术前做出抉择，依然要在医生递上来的手术风险同意书上签字。同意书上依然列出手术可能出现的各种风险，包括麻醉药物过敏反应及意外，术中或术后咯血，空气栓塞，穿刺部位血肿、感染，活检针等器械损坏，甚至断裂，可能需要多次、多点穿刺，并有操作失败风险，等等。每一种风险都像一柄利剑悬挂在你的面前，令人不寒而栗，而你却无法躲避。

经历过活检术前家属同意书的签字，郭秀英这次内心虽然也忧心忡忡，但比先前镇定多了，也从容多了。因为弓已发力，箭已弹射，前面纵有万千荆棘，也只能奋勇前行。因为病不饶人，时不我待，她必须尽快安排父亲接受介入手术。

不过，接过手术风险同意书的时候，郭秀英还是下意识地望了一眼弟弟郭英俊。弟弟的眼神是迷离的，有些听天由命、不知所措的意思，郭秀英对此已经习以为常。家里的大事小事，向来都是她这个大姐拿主意，也向来都是她这个大姐说了算，郭英俊对大姐从来都言听计从，百依百顺，也充分信任。所以，大凡家里碰上什么事，尤其是大事，郭秀英都用不着征求弟弟的意见，因为每每都会得到"大姐你定吧"的回答。眼下父亲急于做介入手术，事关重大，郭英俊当然也只有听大姐的，何况郭英俊也不会有什么主意。

郭秀英又注视了一下身边的丈夫唐建设。唐建设的目光是坚定的，充满了信任与支持。唐建设知道妻子此刻的压力，也知道妻子此刻在想什么。于是上前一步，一只手拍着妻子的肩膀说："都这个时候了，签字吧，要不就让英俊签一次。"

郭秀英内心一亮，觉得这个主意不错，毕竟父亲是他们姐弟共同的父亲，大难当前，也该让弟弟分担部分责任了。再说，她自己上午已经代表家属在父亲的活检手术同意书上签字，眼下父亲的介入手术让弟弟签一次字，也无可厚非，自己怎么从没有想到这个主意呢？这么想着，郭秀英深情地瞥了一眼身边的丈夫，内心浮出一丝感激。

郭秀英让郭英俊签字的时候，郭英俊很是意外，甚至有些惊诧，他蹙眉睁眼久久地直视着大姐，一副大感不解的样子。同时，他有些紧张，有些害怕。他用颤抖的声音问郭秀英："大姐，你这……这是怎么啦，咱爸是不是快……快不行了？"

"哎呀，你胡说什么呀！"郭秀英嗔怪道，"你不是咱爸的儿子吗？咱爸的手术是大事，医生要咱们签手术风险同意书，我是女儿，上午我已经签了一次。你是儿子，现在你也签一次。手术是咱们已经了解、确定选择了的，你别胡思乱想了。"说着，郭秀英将笔和同意书塞到了郭英俊手里。

郭英俊被动地接过来，不由得有些颤抖，手中的那支笔似乎不听使唤。那张薄如蝉翼的同意书抖动着，发出轻微的沙沙声，如泣如诉。他有些惊恐。他哭丧着脸本能地将笔和同意书推回给郭秀英："哎呀！大姐，还……还是你签吧，咱爸手术的事，你比我了解，你就全权决定吧，我听你的。"

郭秀英说："你听我的是吧？"

郭英俊说："我听你的。"

郭秀英说："那好，那这次你就在这张同意书上签字。你是男子汉，也都是有老婆、孩子的人了，理应分担家里的责任，别什么都让我担着。"

郭英俊傻眼了："这……"

一直站在一旁的唐建设看不下去了，他上前搂住郭英俊肩膀，给他打气："英俊，你姐说得对，咱们是男人，男人就该承担起家庭的责任。上午你姐已经签了一次字，这次由你来签，也天经地义。手术是你姐和你事先一起商定了的，只能听大夫的了，现在签字只是例行公事。有什么问题，也不会让你一个人担着，该怎么办咱们就怎么办，这你放心。"

郭英俊听罢，凝视着姐夫。姐夫目光温和而坚定，透着信任。他又看看大姐，大姐的目光灼灼逼人，五味杂陈，那里面既有责备，又有信任，既有抱怨，也有期待……他张着嘴，目光迷离，欲言又止，心事重重。少顷，他一咬牙，将父亲的手术风险同意书铺在医生值班室的写字台上，抓起笔，唰唰签下了自己的名字……

郭丁昌老汉的手术终于如期举行，主刀的依然是市第二人民医院肿瘤科的首席专家孙树德。手术进行得还算顺利，大约六个小时之后，郭老汉被推出手术室送回病房。但按规定，术后病人穿刺一侧的下肢制动二十四小时，为便于观察须禁饮食六至十二小时。还须密切观察病人的呼吸、血压、脉搏等变化，刀口有无渗血，注意小便的量及颜色，肝癌介入治疗术后补液及抗生素预防感染治疗三至五天。因此，回到病房的郭丁昌老汉依然被限制在病床上。

七

中国银行短信通知，郭秀英在该行的银联卡账户多出了一万美元。

郭秀英知道这肯定是妹妹郭秀梅为父亲治病汇来的。接到银行短信的时候，刚刚经历父亲手术煎熬的郭秀英，内心不由升起一丝暖意。这丝暖意氤氲着，慢慢弥漫开来，逐渐溢向全身。妹妹虽然远在美国，却心系父亲，钱说寄就寄来了。兄弟姐妹，情同手足，血浓于水，有福同享，有难同当，家的感觉就是好啊！这么想着，郭秀英不免有些欣慰。

郭秀英正要发短信给妹妹，告诉她钱已经收到了，不想手机铃声却迫不及待地响了起来。郭秀英赶紧按下手机的接听键，是妹妹郭秀梅的声音。

"姐，咱爸活检的结果如何？顺利吗？"

郭秀英说："还算顺利，只是……结果不好。"

"怎么不好？"郭秀梅的声音流露出焦灼。

郭秀英叹了口气："唉，活检结果印证，咱爸肝部的肿瘤还是……还是恶性的。"

"是吗……"沉默。片刻，郭秀梅又问："那……是不是紧接着做介入手术了？"

郭秀英说："是。手术大约进行了六个小时，还好，总算顺利，已经回到病房。"

郭秀梅说："介入还是在市第二人民医院？"

郭秀英说："是。活检与介入手术过程是一个整体，很紧凑。"

郭秀梅说："这个手术，市二院水平到底行不行啊？"

郭秀英说："哎呀……这个你就放心，事先我都咨询好了。再说，你姐夫也有熟人在这所医院，我们请的都是最好的专家，有什么事他们也能关照。"

郭秀梅"噢"了一声，又问："咱爸现在的感觉如何？"

郭秀英说："还行吧，才刚刚回到病房，正在休息。"

郭秀梅说："病房的条件怎么样？"

郭秀英说："我们找医院的熟人要了间单人间，虽然房间小了一点儿，但带卫生间，还行。"

郭秀梅说："吃饭怎么办，医院食堂行吗？"

郭秀英说："医院有食堂，但饭菜肯定好不了。再说咱爸现在也吃不了干的，我准备回家煮点粥、熬点鸡汤什么的送过来。"

郭秀梅说："姐，你受累了。我刚刚去银行汇了一万美元，请你注意查收。"

郭秀英说："钱已经收到，刚才银行已经发来服务短信提醒。你怎么寄那么多啊？其实我这儿现在不缺钱。"

郭秀梅说："不是缺钱不缺钱的问题，而是我应该负的责任。我这段时间确实太忙，暂时回不去，咱爸的手术让你和英俊费心了，我于心不安呢！我能做的，就只能先寄些钱回去。咱爸的手术肯定少不了用钱，还有营养什么的，反正该花就花。医生一定要请最好的，药也要用最好的。术后的营养品更不要省，咱爸愿意吃什么就给他买什么吧，钱不够我随时汇来。"妹妹的这番话，郭秀英听起来很受用，内心暖融融的。

郭秀英说："秀梅，你有这番孝心，这就够了。我会转告给咱爸咱妈，你放心忙你的吧，有事我会及时给你打电话。"

与妹妹通完电话，郭秀英回到病房看望父亲。丈夫唐建设和弟弟郭英俊都守候在父亲床边。

父亲刚刚从昏睡中苏醒过来，但神志依然模糊，也依然半醒半睡。刚刚经历手术的他脸色憔悴、苍白。此刻，他右手臂的血管还挂着藤蔓一样长长的输液管，一位年轻护士正在观察吊针的刻度。

郭秀英走到父亲床前，伏下身来轻轻地叫了一声："爸……"

郭老汉没回应。郭秀英握住父亲的一只手，又轻轻地叫了一声："爸……"

郭老汉苍白的嘴唇稍微动了动，没有吱声。睫毛却抖了抖，眼睛慢慢地睁开了。

郭秀英悬着的心放了下来，又叫了一声："爸，我是秀英。"

过了一会儿，郭老汉才慢慢将眼珠转向外侧，斜视着大女儿，微微点了点头。

郭秀英忙问："爸，您现在感觉怎样？"

郭老汉轻轻地摇了摇头，艰难地抬起左手，指了指自己身上手术的伤口，又艰难地张了张嘴，说："疼……"

郭秀英的心揪了一下，捏了捏父亲的手，安慰道："爸，没事，刚开始肯定有点疼，慢慢会好的。您先忍一忍吧。"她又扭头问身边的护士，"大夫，我父亲大概什么时候能出院？"

护士说："如果伤口恢复得快，用不了一周就可以了。"

郭秀英对护士说了声"谢谢"，转回头又对父亲说："爸，您听见了吧，大夫说了，您如果身体恢复得快，用不了一周就可以出院了。您好好休息，慢慢调养吧。一会儿我去买只鸡给您炖鸡汤，您还愿意吃什么？"

郭老汉无力地摇了摇头。

唐建设见状，对郭秀英说："秀英，要不买鸡的事我去吧，还需要买什么你说。"

郭秀英转身望了望丈夫，刚要回答，郭英俊却抢先说："姐，要不你和姐夫都走吧，我留在这儿照看咱爸。"

郭秀英看了看弟弟。问还在身边的护士："大夫，我父亲这儿还有事吗？"

护士答："输完液就没什么事了，让病人休息。你们留一个人就可以了。"

郭秀英对弟弟说："也行，那你就一个人留这儿照看咱爸吧，我和你姐夫一块儿去买东西。晚饭我给咱爸和你送来。"

唐建设又对郭英俊说："晚上我来接替你照顾咱爸，你可以回家。"

郭英俊说："不用，你忙吧，我在这儿照顾就行了。"

郭秀英说："别争了，这一周晚上反正得你们俩轮流陪护咱爸。白天咱们请护工和护士就行了。"

八

整整一周，郭秀英忙得不可开交。

每天上午，她上班忙于工作，中午下了班便匆匆赶到医院看望父亲。下午一点半，她又回到单位上班。下午下班，她马不停蹄到自由市场采购，买鱼买肉，回家做饭炒菜。为了不让母亲一个人留在家里寂寞，这一周，郭秀英也将母亲接到自己家里来了，吃住都在这边。这样一来，郭秀英既可以照顾儿子，又可以照顾母亲，一举两得。只是她的确太忙，太辛苦了。每天从早到晚，她的神经都像上足了劲的发条，绷得紧紧的。家务与工作，公事与私事，一件件接踵而来，让她应接不暇，让她忙得快要透不过气来。

丈夫唐建设和弟弟郭英俊也没闲着，他俩白天上班，晚上轮流到医院照看病人。远在美国的郭秀梅每天打电话来询问父亲的状况。

这段时间，郭秀英上中学的儿子唐诗似乎也懂事不少。他白天上学，晚上安安静静地躲在自己的房间做作业。不像以前，回家没事时爱与父母说东道西，争论抬杠。

唯一让郭秀英担心的是年过七旬的母亲。自打父亲患病，母亲也像打了霜的南瓜秧一样蔫蔫的，本来就话语不多的她变得更加沉默寡言，整天心事重重。郭秀英虽然将母亲接到自己身边住了，母亲三餐不用操心，晚上有女儿陪着，但她依然心神不安，魂不守舍。她整日愁眉苦脸，偶尔说话，问得最多的问题是："你爸到底得的什么病？能治好吗？"郭秀英最怕回答母亲的，也是这个问题。母亲却偏偏哪壶不开提哪壶，她问得最多的就是这个问题。母亲每次提出这个问题时，郭秀英都心如针扎，阵阵刺痛，然而她却无法回避。她竭力掩饰自己，竭力将自己的压抑、沉重和担忧藏匿起来，代之以一种轻松和若无其事。她总是淡然一笑，耐心地对母亲说："妈，我不是早就给您说过了吗，我爸只是长了个肝囊肿，很常见的一种病。没事的，摘掉就好了。"这种回答，母亲其实听过好多次了，可每次听完，她还是愣愣的，似懂非懂，又喃喃说："囊肿……囊肿到底是什么东西呀？"这话从老人嘴唇里挤出来，既像问女儿，又像自言自语。

郭秀英不放心，总是耐心地给母亲解释："哎呀妈，囊肿这东西，我早先也跟您说过了嘛，囊肿呀，通俗点说就是水泡。肝囊肿就是肝脏中长了水泡。医生说，囊肿都是良性的，不要紧，摘掉就好了。"

郭老太听罢，似信非信。她既不点头，也不摇头，而是换了一副口气说："你爸一辈子可没做过亏心事，但愿老天开恩，不要跟你爸过不去。"

郭秀英听了，心酸酸的。可她强抑着自己，安慰母亲："妈，您就放心吧。我爸不会有事的，他过几天就可以出院了。"

如郭秀英所言，没过几天，郭丁昌老汉果真出院了，他被郭秀英接回到老两口原来的家。本来，郭秀英想将父亲接到她自己的家，方便她每天照顾，可当她将主意说出来，父亲却执意不肯，母亲也不同意。老两口的意见不约而同：郭老汉身体不好，老辈与晚辈生活习惯不同，更主要的是人多嘈杂，既影响外孙唐诗学习，又影响父亲休息。这个意见，郭秀英、唐建设夫妇都觉得在理，也就不再勉强。只不过二老回到自己的家，郭秀英会更加忙碌。她每天得照顾两个家，自己的家和父母的家，买菜须买两份，下了班要两头跑。好在母亲从来就是烹调的好手，她炒得一手好菜，炒烧蒸炖，咸甜香辣，稀的干的，清淡的浓香的……她无所不能。父亲一辈子被父母照顾得心满意足，也一辈子离不开母亲做的饭菜和口味，这一点让郭秀英很放心。郭秀英唯一需要操心的是每天到自由市场采购，而且是按照母亲的菜谱安排采购。

自打郭老汉出院回到家中，郭老太压在心里的一块石头总算落了地。虽说大病初愈的老伴脸色依然苍白，身体依然羸弱，说话还都缺少先前的底气，但老伴毕竟已经回家。一个陪伴了几十年的大活人回到自己身边，每天又朝夕相处，形影不离，郭老太感觉就像从缥缈的空中又回到地面，脚一着地，内心就踏实多了，也舒坦多了。虽然整天要为照顾老伴操心忙碌，但郭老太的心情却比老伴住院时好多了。她整天不再愁眉苦脸，也不再沉默寡言。她最关心的事依然是老伴的身体。老伴刚出院那几天，她时常问老伴："做手术的时候你到底什么感觉？"

郭老汉开始不说，两片厚厚的嘴唇哼哼唧唧却蹦不出几个字。郭老太并不急，她深情地注视着眼前这个与自己生活了近半个世纪的丈夫，浑浊的双眸却像当初恋爱时那样溢出柔情，也充满期待。郭老汉虽然只瞥了一眼，却感觉到了老伴灼人的关爱。最终，他拗不过老伴的期待，喃喃地说："唉，就是……"他刚要说"就是疼"，忽然记起手术前孙树德主任哄他时说过的话，又改口说："就是像蚊子叮咬一样，有点疼。"

郭老太瞪大眼睛："哎，怎么……怎么可能只跟蚊子叮咬一样呢？现在的蚊子可不少，谁每天不都叮个一次两次的。依你这么说，每天被叮咬，岂不等于每天都在做手术哇？"

郭老汉扑哧一声，禁不住笑了，但笑得有些苦涩。他觉得老伴这比喻真逗，仿佛当年恋爱时那般天真、那般傻，但傻得可爱。其实大凡做手术，都出针动刀、伤皮破肉的，怎么可能只像蚊子叮咬一样呢，哄孩子哩！手术前，他被孙大夫这样哄了，现在他又哄老伴，目的都只有一个：让对方减少心理负担。虽然穿刺活检时手术是麻醉的，但麻醉不可能是万能药，何况他只是局部麻醉，手术时不可能不感觉疼，只不过这种疼并不如想象的那么厉害，还可以承受罢了。

郭老太见老伴笑了，似乎也感觉到自己刚才的比喻有些不伦不类，也哑然失笑，自嘲地说："哟……你瞧我，怎么又没头没脑地乱说。唉，不说了不说了，反正手术已经过去了，但愿老天开恩，帮助你尽快恢复身子，尽快好起来。"

郭老汉无力地望着老伴，安慰道："放心吧，我会好的。"

九

美好的愿望人人都有，只是人世间冥冥之中似乎有一只无形的巨手总在与芸芸众生作对。

郭丁昌老汉手术回到家里不到一个月，病情又复发了。其实做完手术回家之后，刚开始的时候，郭老汉虽然也身体虚弱、恶心、食欲不振，但经过服药尤其是老伴和大女儿郭秀英的精心调理，身体开始有些好转。比如，每餐的食量日渐增加，食物的品种也日渐多起来，开始的时候只能喝汤和粥，慢慢地，肉、蛋、鱼，甚至水果也能吃一点。最明显的是他的睡眠越来越好了，力气也逐渐恢复，不但能在屋里走动，还时不时下楼到户外散步，甚至见到昔日的拳友还有点儿跃跃欲试，不由自主地要抬腿挥拳，拉开架势想比画几下，无奈他力不从心，感觉浑身缺少底气，四肢也不听使唤。紧跟在身边的老伴也及时嗔怪制止了他，他只好作罢。所以每次下楼，他只是跟着老伴慢慢地在小区里，绕着自家楼房四周的林荫道溜达，甚

140

至连小区的大门都未迈出。尽管如此，相比于整天窝在家里，郭老汉已经感到一些满足，因为这样他可以呼吸户外新鲜空气，欣赏小区里的绿树红花，看看猫狗追逐、小孩嬉戏，时不时还能见到左邻右舍和昔日拳友。他已经逐渐习惯这种慢生活，感觉每天能够到楼下转转，对于自己已经算得上享受。只是这种享受，只给了他半个多月的时间。

半个多月之后的一天。早饭后，郭老汉还想跟往日一样下楼，忽然却感到腹痛，痛得他下楼时抬腿都觉得艰难，以至刚走下两级台阶就力不从心，迈不动腿了，浑身打战。惊得身边的老伴瞪大眼睛，赶紧搀扶住他，关切地问："你怎么啦?"郭老汉没有回答，他一只手紧紧地抓住楼梯护栏，另一只手捂着右腹部，转身说："我……我怎么觉得这儿有点疼。"他怕老伴担心，忍着疼，竭力掩饰自己，尽可能说得轻描淡写。其实，他已经疼得额头冒汗，浑身发软。老伴看在眼里，急在心头。她使劲搀扶住他："疼就回家，咱别出去了。"说罢，她搀扶着他，老两口一步一瘸，艰难地回到了屋里。

郭老汉在自家沙发上歇着，气喘吁吁，脸色苍白。老伴风风火火地给他端来一杯开水，让老汉慢慢地喝了下去。本以为忍一忍，疼痛就会过去，但不痛只是短暂的，而且是身体不活动的时候。只要身体一活动，郭老汉就还是感觉到那个部位隐隐作痛。

郭老太急忙拨打电话给郭秀英，将情况说了。郭秀英听罢，当即向老板告了假，急急地赶来看望父亲。

郭秀英见到父亲的时候，父亲仍然倚靠在沙发上，有气无力、没精打采。母亲陪伴在一旁，愁眉苦脸。

郭秀英关切地问父亲："爸，您怎么啦？"

父亲一手捂着做过手术的腹部，艰难地说："唉，不知咋回事，腹部……有点疼，也有些胀。"

郭秀英摸了摸父亲的手心，又摸了摸他的额头，感觉发热，说："爸，我看咱们还是上医院看看吧。"

母亲说："不行吧，你看他这个样子，能下楼吗？"

郭秀英一愣，问："爸，我扶您，您能起来吗？"

父亲犹豫了一下，一手撑着沙发扶手，一使劲，在女儿的搀扶下艰难地站了起来。

母亲说："秀英，不是还得下楼吗？你一个人不行吧？是不是打电话让英俊过来？"

郭秀英说："爸，您行吗？如果还行，我扶您下楼，不行我就打电话叫英俊过来。"

父亲紧咬牙关，紧锁眉头，强打精神，慢慢挪动步子。

郭秀英抬起父亲的左手臂，让其搭在自己臂膀上。自己的右臂楼住父亲，用力挽他。父亲继续挪步，比刚才稍微轻松，步履却依然沉重。

母亲一串碎步，挡在女儿跟前，焦急地说："秀英，这不行。还是叫英俊过来吧！"

不想郭老汉却倔强地说："算了吧，英俊正上班呢！我……我能行。"

郭秀英说："爸，我扶您。你紧搭我肩膀，咱们再试试看。不行我就叫英俊过来。"

郭老汉说："我……能行。"他用力抓住女儿肩膀，凭借女儿的挽扶，一步一步挪动脚步，一步步走出房间，又一步步走下了楼梯，终于来到女儿开的那辆红色雅阁前。

一直忧心忡忡紧跟在后面的郭老太发现，老头子此时已经气喘吁吁，脸色苍白，额头青筋鼓胀。内心既担心又嘀咕：这倔老头，一辈子就爱逞能，这一下可又累得不轻呢。

好不容易将父亲扶上车，郭秀英发动车子的那一刻，又意识到自己一个人带父亲到医院，既要挂号又要照料父亲，跑前跑后肯定忙不过来，何况父亲病情紧急，没人商量相互照应，单打独斗的确不行。于是掏出手机给弟弟郭英俊打电话，让弟弟赶快到医院来。

不料接电话的郭英俊支支吾吾的，说："姐，我……我这会儿正送我们局长外出呢。能不能等会儿啊?"

郭秀英一听火了:"等什么等!你也不看看到底是啥事儿,咱爸急着看病你知不知道?"

郭英俊愣了,他没想到姐姐这么火急火燎,内心也不由得起急,可他眼下正开车在半途,只得告饶:"姐,你……你先别急。这会儿我正送局长外出,实在难以脱身。送完我马上赶过来,你稍等会儿,哝?"

郭秀英听罢,急得直想臭骂对方一顿,却骂不出来。她狠狠地按掉手机通话键,仿佛那按键是郭英俊的一块肉,非得掐痛他才能解气。反正,她感觉自己此时有一肚子气从内心深处不停地往上蹿,却无从发泄。可恨这个所谓的弟弟,不说平时将照顾父亲的事全甩给了她这个姐姐,就是关键的时候也指望不上,哪儿像个男子汉啊!她正想发泄出来,骂几句,忽然意识到父母亲在身边,便强忍着咽了回去。

郭秀英发现母亲这时仍紧跟着,便回头对母亲说:"妈,您回去吧。我带爸去医院。"

母亲说:"我跟你去,好陪你爸,你一个人忙不过来的。"

"妈,您……"郭秀英还想劝母亲回去,不想母亲径自打开车门,钻进车来。郭秀英有些感动,又有些不落忍。她还想说什么,却听父亲说:"秀英,就让你妈一起去吧,好有个照应。"

郭秀英拗不过，也觉得父母说的不无道理。毕竟自己单枪匹马，自己忙着挂号交费取药什么的，有母亲在，好在一旁陪伴父亲。这么想着，她也就不再说什么，只顾发动汽车带着老爸老妈，急急地向市第二人民医院的方向开去。

到了医院，郭秀英将父母安置在大厅的椅子上等候，自己穿过人丛来到挂号处，想挂孙树德主任的号，转念一想，觉得这号肯定挂不上。她又径直到了肿瘤科找孙树德主任，不想却扑了个空，安排候诊的护士说孙树德主任今天没出诊，让明天再来找他。郭秀英一听就急了，觉得这护士真是站着说话不腰疼，父亲急着检查呢，哪儿等得起呀！转而一想，又觉得今天真不走运，父亲最需要的时候孙树德主任怎么就不出诊呢?!

幸好这医院她有熟人，郭秀英找到了唐建设朋友的那个表姐、先前已经用两千元购物卡拉近了关系的财务科长刘艳霞，将父亲的情况向她说了，请她帮助想想办法。刘艳霞依然热心，听罢，她当即打通了孙树德主任的手机，问她现在在哪儿? 孙树德说正在青岛会诊，明天回来。刘艳霞看郭秀英焦急的样子，将郭老汉的情况向对方说了。孙树德说让老人家先住院吧，我安排助手先给老人家做常规检查，其他的明天我回来再说吧。说完孙树德就将电话挂了。

挂上电话的时候，刘艳霞嘀咕道："嘁！什么会诊啊，冠冕堂皇，他们专家整天东奔西跑，走穴到外地挣外快呢！"又对郭秀英说，"没办法，孙主任在青岛，他的意思是先安排你父亲住院，怎么治疗明天他回来再说。"

郭秀英说："行吧，那我该怎么办理住院手续？"

刘艳霞说："你先去挂个肿瘤科的普通号，我马上跟肿瘤科和住院部打个招呼。"说着，她立即打了两个电话，当即就把事情办妥了。

郭秀英千恩万谢，她按照刘艳霞的吩咐，先到肿瘤科挂了个普通号，又到肿瘤科开具住院单，最后领着父母到住院部，很顺利地住进了医院。

将父亲安顿完毕，郭秀英打电话让郭英俊晚上到医院陪护，又电话告知了丈夫唐建设。然后，按医生安排带着父亲先做常规检查，血压、血常规、肝功能、心电图，等等。医生还给郭老汉先开了点止痛药。

做完这一切时，郭英俊刚好也急匆匆赶了过来。他气喘吁吁地对姐姐说："姐，对不起，我……我陪着我们局长，实在脱不了身，来晚了。"

见他一脸负疚的样子，本来一肚子怨气的郭秀英气也消了。她对郭英俊说："啥都甭说了，你在这儿陪伴咱爸吧，我带咱妈回去买菜做饭，晚饭给你和爸送过来。"

十

第二天上午，孙树德主任如期出诊。

早上八点钟，他就到病房探望查询，询问了郭丁昌老汉的病情，察看了昨天常规检查的结果，为郭丁昌老汉安排了CT复查。

复查结果显示：郭丁昌肝部肿瘤复发，腹水，上次介入手术伤口有渗血迹象。孙树德主任的意见是马上进行第二次介入手术。这个治疗方案，孙主任说的时候轻描淡写，郭秀英内心却电闪雷鸣，这种强烈的闪电和雷鸣一阵阵撞击她的心房，使她内心不停地狂跳，眼前忽然间有些晕眩。直到她定了定神，才屏住呼吸，一字一句问："孙主任，这……这到底是怎么回事？我父亲不是已经做了介入手术吗？怎么又复发了？怎么还要做第二次？"

孙树德审视着脸色煞白的郭秀英，平静地说："这很正常，因为肝部肿瘤所在部位血脉丰富，营养充足，癌症容易复发，介入手术通常都要做两三次甚至更多次，迄今为止一次成功的几乎很少。"

郭秀英的脸由白转红,争辩道:"这……我并不了解,您事先没有告诉我啊!"

孙树德不高兴了,他沉下脸说:"我不可能没有告诉你,是你没听清楚吧?"

见这阵势,郭秀英强抑自己的激动,唯恐惹孙主任生气。她嘿嘿苦笑,说:"对不起孙主任,您别误会,也许……也许真的是我没听清楚。我是……我是担心我父亲这么大年纪,再要经受一次手术实在是太遭罪,我担心他身体吃不消。"

孙树德说:"那也没办法,现在的介入治疗手术就这个水平,全国甚至是全世界的医院都一样,不信你可查一查有关资料,看看肝癌介入治疗手术是不是需要多次。"

郭秀英说:"那……那我们现在应该怎么办呢?"

孙树德说:"我不是告诉你了吗,得进行第二次手术。"

郭秀英满脸愁云:"没有别的办法吗?"

孙树德说:"我们这儿只有这种办法,做不做你们自己决定吧。"

郭秀英说:"孙主任,这……这太突然了,我没有思想准备。我得跟家里人商量一下,再做决定。"

与孙树德说这番话的时候,郭秀英一直强忍着自己的愤怒与冲动。一方面,她没料到父亲术后的状况如此糟糕,更没想到介入手术还需要多次。另一方面，她为孙树德态度的冷漠和太过职业化而愤怒，自己的父亲大难当头，他这个主治医生怎么就如此硬邦邦的，一点人情味都没有呢？更要命的是，如果没有其他选择，只能选择做第二次介入手术，她该如何在隐瞒病情真相的情况下，继续说服父亲？又如何对远在美国的妹妹交代？活了几十年，郭秀英还从没碰到这么棘手的事，也从未面临如此难堪的局面。此刻，她感觉到自己的心仿佛掉进了冰窟窿。

就是在郭秀英心乱如麻、理不出头绪的时候，她的手机又响了，是远在美国的妹妹郭秀梅打来的。

"姐，咱爸复查结果怎样?"显然，妹妹是从妈妈那里得到消息的。

"不好。"郭秀英说。沉默，她真不忍心，也不知怎么往下说。

"姐，怎么不好啊?"听得出，妹妹声音有些着急。

郭秀英没有马上回答。她走到医院楼道的一处窗户跟前，压低声音说："咱爸的肿瘤又复发了，大夫说……需要进行第二次介入手术。"

"什么……复发了? 你……你不是说市第二人民医院肿瘤

科水平不错，你找的也是最好的专家吗?"

"在咱们市里，这医院是不错，孙树德主任也是该院最好的肿瘤专家，可穿刺介入目前就这个水平，全国其他医院，甚至全世界其他医院也就是这个水平，不然癌症怎么叫绝症?"郭秀英有些惊异于自己说话的口气像刚才的孙树德。她觉得人真是不可思议，不同时间可以说不同观点，完全看说话时的对象与需要。

郭秀梅说："姐，你这话说得太绝对了。同样是医治肿瘤，不同的医院水平肯定不一样，不同的医生水平也肯定不一样。虽然迄今为止癌症依然是世界性难题，可同样的癌症患者经过不同的治疗，效果有好有坏，患者存活期也有长有短，否则大家就不用选择好医院和好大夫，都就近治疗得了。"

郭秀英觉得妹妹的话无可辩驳，但自己说话也并无不妥，于是据理力争："反正咱们市里的医院就是这个水平，第二人民医院的确也已经是咱们市里的最好医院，孙树德主任的确是这所医院最好的专家。"

郭秀梅说："在美国，专科医院的专科水平往往高于综合性医院。咱们市里的肿瘤医院是不是比市第二人民医院更好些呢?"

郭秀英说："那是在美国，咱们国内情况跟美国可不一样。

我跟你说过，第二人民医院我好歹有熟人，咱爸在这里治疗能找到熟人照顾。你不知道现在在国内看病有多难，没个熟人连专家号都难挂上，还治个什么病啊！"

郭秀梅说："你现在打算怎么办？"

郭秀英说："恐怕没别的办法，只能按照孙树德主任说的，进行第二次介入手术。"

郭秀梅说："那你打算怎么跟咱爸说？"

郭秀英说："我……还没想好呢。"

郭秀梅说："姐，你听我说，把实情跟咱爸如实说了吧，好让他有个思想准备。"

郭秀英说："你又来这一套！你不仅想吓死咱爸，还想气死我啊？"

郭秀梅说："姐，看你这话说的！你不能老这么认为，你怎么就断定咱爸一听癌症就会被吓死？你为什么不断定咱爸要知道了真实病情就能更好地配合疗治？你为什么不能给咱爸一点儿主宰自己命运的权利呢？"

郭秀英说："得得得，你别站着说话不腰疼，你要能你就赶快回来吧！"

"姐……"郭秀梅还想说什么，郭秀英却掐断了通话。她有些气急败坏。

　　掐断了通话，郭秀英也有些后悔。原本，她是想与妹妹郭秀梅商量一下再拿主意的，可妹妹的主意郭秀英听不进，也不爱听。何况在郭秀英看来，妹妹说的也不是什么具体主意，都是些堂而皇之的观念，甚至是废话。归根结底，父亲的病还是要治疗的，现在的介入治疗，所选择的医院和专家，也都是经过深思熟虑之后做出的，如果不这样治疗，难道还会有其他选择吗？谁还会有更好的主意呢？

　　郭秀英依然心乱如麻、拿不出主意的时候，弟弟郭英俊却对她说："姐，我觉得你先前的选择和所做的一切都是正确的，咱爸的介入治疗也没什么问题，问题可能出在咱们的工作做得不细、不到位。"

　　郭英俊这话让郭秀英精神为之一振，忽然间睁大眼睛，久久审视眼前这个素来出不了什么主意的弟弟："噢，你倒说说，咱们的工作怎么不细，又怎么不到位啦？"

　　郭英俊没有直接回答，而是说："我们的局长说，现在干什么事都是'舍不得孩子套不着狼'。"

　　郭秀英竖着耳朵，等着郭英俊往下说，郭英俊却闭嘴了。郭秀英急了："咦？你没头没脑地说了这么一句，啥意思呀？"

　　郭英俊苦笑一声，说："我们局长最近想提副市长，我拉着他到处烧香拜佛，一开始希望挺大的，可现在没戏了，整天唉声叹气，到处骂娘。"

郭秀英问："嗞，不是说开始希望挺大吗？怎么又没戏了啊？"

郭英俊说："嘻，这还用说吗？他送的钱不如人家送得多啊！"

郭秀英说："你们局长，到底送多少呀？"

郭英俊说："这我哪儿知道？他只是说，舍不得孩子套不得狼，真后悔送少了！"

郭秀英眼珠转了转，似乎明白了什么，问："英俊，你是不是说咱们给孙树德主任送少了？"

郭英俊说："是。"

郭秀英说："那……你觉得给孙树德送多少才合适？"

郭英俊没有直接回答，而是说："昨天你给我打电话，火急火燎催我回来的时候，我正开车拉我们局长在路上。局长似乎也听到了，他问起咱爸的手术情况怎么样，我说不太好。局长说看病别舍不得花钱，医院啊医生啊用药啊什么的，都要选最好的。特别是医生，可得打点好了，不然他不给你好好治，那可划不来。"

郭秀英睁大眼睛，像听天方夜谭："连你们局长都这么说啊？"

郭英俊点了点头。

郭秀英问:"那,你们局长,是不是给你出主意了,他觉得应该给主治医生送多少钱啊?"

郭英俊说:"局长哪儿会说这个呀!"

郭秀英拉下脸,不高兴了:"瞧你这德行,你说了半天等于白说,瞎耽误工夫!你说咱们到底该给孙树德送多少啊?"

郭英俊说:"依我说,至少得五千。我一哥们的媳妇在二院做阑尾炎摘除手术,都给主刀手术大夫送了三千呢,何况咱爸这种手术。"

郭秀英有些惊诧:"这么多?!"

郭英俊说:"开始我也这么觉得。可我哥们说了,不送不放心,现在的大夫都是爷,要伺候不周到他给你留个线头或纱布什么在体内,你能吃得消吗?再说花钱买平安,人人都在送,你要不花这钱,心里能放心吗?"

郭英俊最后这句话,说到了郭秀英心坎上。是啊,花钱买个放心,不然总觉得心里不踏实。这么想着,郭秀英说:"英俊,啥都别说了,咱们也送。五千就五千,这一回,手术只能成功,不能失败,可不能再让咱爸受委屈了!"

十一

郭秀英想遵从孙树德的安排，让父亲做第二次介入手术的时候，躺在病床上的郭老汉问女儿："秀英，我……我得的到底是什么病啊？"

郭秀英说："爸，我不是跟您说过了嘛，您的肝部长了个囊肿。"

郭老汉说："囊肿？不是已经摘除了吗，怎么又……"

郭秀英说："爸，虽然上次将囊肿摘除了，但这次复查发现上次摘得不够干净。孙主任说了，这种情况很常见，因为肝部囊肿所在部位血脉丰富，营养充足，囊肿容易复发。"

沉默片刻，郭老汉说："秀英，我……我想看看我的病历。"

仿佛触电一般，郭秀英一激灵，感觉浑身的血往上涌，心怦怦狂跳。她与郭英俊都不约而同瞪大眼睛，面面相觑，又不约而同将惊诧的眼睛转向父亲。

郭秀英强迫自己平静下来，故作镇定地对父亲说："爸，您看病历没啥意义。有我和英俊在呢，您就不用操心啦！何况……何况病历在大夫那里，大夫也不会让您老人家看。"郭秀英一边说，一边朝郭英俊挤眼。

郭英俊心领神会，附和说："爸，我姐……我姐说得对，病历都在孙主任那儿呢。"

郭老汉说："你们不能将病历要回来吗？我自己的病历，要回来我自己看看总可以吧？"

郭秀英说："爸，病历要回来也是可以的，关键是没什么意义。我和英俊两个大活人，自打您第一次进医院我们俩就忙前跑后跟医生打交道，为的就是尽快治好您的病，难道您还不相信我们不成？"

郭老汉瞥了一眼女儿，又瞅了瞅儿子，说："不是这个意思。我……我就是想看一下自己的病历。"

郭秀英说："爸，我不是说过了吗，您真的没必要看病历，看了也真的没啥意义。反正有我和英俊在，您就甭操心了。您只管配合医生治疗就可以了。"

郭老汉躺在床上，眯着眼睛，沉默。一会儿才说："唉，依我看呀，我这身上长的，十有八九是恶物……"

郭秀英急了："哎呀！爸，您胡思乱想什么呀！"

郭老汉毫不理会，继续喃喃自语："如果我身上长的是恶物，就……就甭治了，治不好的，别花冤枉钱。"

父亲的话，像一根无形的线，霎时将郭秀英的心揪起来，很悬，很痛。她心一酸，眼泪夺眶而出，幸好父亲未发现。她强抑自己，迅速用手捂住脸，抹了抹眼泪。待镇静下来，她叹了口气说："爸，您要是胡思乱想，我……我就去找孙树德主任，把病历找来给您看看。"这句话，郭秀英并未多想，便随口说出，为的是安抚父亲。说出了，她自己都有些意外，有些震惊，就连弟弟郭英俊和父亲郭丁昌都不约而同睁大眼睛看着她。当然，弟弟与父亲眼里的意味大不相同。弟弟是震惊于姐姐的举动，搞不清她是为了哄住父亲还是真的要告诉父亲病情真相。父亲的眼神，则是平和的，多了几分信任，少了几分担心，因为他真想知道自己的病情。而郭秀英，意外和震惊之后，很快淡定下来。说出去的话，一如泼出去的水，是没法收回的。她迅速开动脑筋，竭尽全力寻找对策，并很快有了主意。

郭秀英对弟弟说："英俊，你在这儿照看咱爸，我去找孙树德主任想办法。"

说完这句话，她抬腿就往外走。刚走出病房，郭英俊便追了出来，一个箭步挡到郭秀英的面前："姐，你真打算让咱爸知道病情呀？"

郭秀英收住步，审视弟弟，淡定地说："怎么可能啊！"

郭英俊咽了口唾液，说："那……你打算怎么办？你都跟咱爸说要让他看病历了！"郭英俊满脸通红，看得出他内心的焦急。

郭秀英说："放心，我是在哄咱爸。我不可能让咱爸知道真实病情的，我正在想办法，你先回去照看好咱爸吧。"说完，她抬腿绕开弟弟，不由分说往前走。

郭英俊被晾在后面，愣愣地目送姐姐远去，消失在医院楼道的拐角处。他搞不清姐姐葫芦里面到底卖的什么药。

郭秀英原本想直接找到孙树德主任的。但转念一想，又觉得这事不妥，谁都知道熟人好办事，还是先找丈夫朋友的表姐、那个在这家医院当财务科长的刘艳霞吧。毕竟最初入住这家医院，找的就是刘艳霞。

在医院的财务室，郭秀英很顺利找到了刘艳霞。因为是财务科长，刘艳霞自己一个办公室，郭秀英找她办事说话也很方便，没有顾忌。

刘艳霞听完郭秀英的陈述，说："你是说，要请孙树德做一份假病历，专门哄你父亲？"

郭秀英说："是。"

刘艳霞面露难色："这个……恐怕不好办。孙主任不会同意的。"

郭秀英说："刘科长，我知道这个不好办，所以想求您设法帮忙，做孙主任的工作。"说着，她从自己背着的挂包里摸出一个事先准备好的信封，笑呵呵地递给了对方。"我父亲特别固执，他非要看病历，那怎么行啊，我都快急死了。求您无论如何再帮帮忙吧。"郭秀英的声音近乎恳求。

刘艳霞接下了对方递过来的信封，呵呵笑着，态度有所松动："哎呀，你太客气了！不是我不想帮忙，主要是这个事办起来，难度比较大。这样吧，我找孙树德试试，成不成可不好说。"

郭秀英说："太谢谢您啦！请您先帮忙跟他说说，我不会亏待他的。"

刘艳霞看了看表，时间已经是中午十一点半，说："我这就跟孙树德打电话，看他在不在。"电话很快拨通了，孙树德刚好还在办公室。刘艳霞说："孙主任，我有急事找你，请你等我一下。"

刘艳霞领着郭秀英来到肿瘤科孙树德办公室门口。她对郭秀英说："你在外面等等，我先进去跟孙主任说说。"

不到五分钟，刘艳霞就从孙树德的办公室出来了。她表情轻松地对郭秀英说："我同孙主任说了你的意思，他开始不同意，经我劝说，他同意先跟你谈谈，你进去吧。成不成就看你了，我那儿忙，先走了。"

郭秀英千恩万谢，连声说："刘科长，您忙吧，已经非常感谢您啦！"

郭秀英进入孙树德办公室，将一个首先准备好的信封放到了对方的桌面上，信封厚厚的，像块小砖头，里面装了一万块钱。其中的五千块，是为父亲的第二次手术准备的。另外的五千块，是请孙树德为父亲做假病历的酬劳。舍不得孩子套不得狼，弟弟郭英俊说的这句话，这回在郭秀英内心扎下了根，长出了芽。

孙树德顺手将信封拿起，很熟练地放进桌子的抽屉，面带微笑地说："听说你想让我为你父亲做假病历？"

郭秀英说："是的孙主任，自打我父亲诊断出得了……得了这个病，您不知道我和我们一家有多担心！我们最担心的，倒不是这个病本身，因为谁都知道得了这个病……最终治好的希望是很小的。我们只希望通过您的手术和治疗，能够尽可能延长父亲的生命。所以，我们最担心的是父亲万一得知自己的病情，还不得绝望、甚至被吓死？要真是那样，他恐怕都活不了多长。我们一家只希望，给他找最好的医生，尽全力提供最好条件，让他配合医生治疗。所以，无论如何，我们都不想让父亲知道他的真实病情。所以，最初找到您为父亲做手术的时候，我就请求过您替我们保密。可现在父亲面临第二次手术，他却提出要看自己的病历，我实在是没办法，才想到请您再帮忙建立个假病历。您看行吗？"郭秀英说这番话的时候，言辞恳切，近乎恳求。

孙树德听罢，说："唉，你真是个孝女！"说完，他转动着眼珠，皱了皱眉，又问："你想怎么隐瞒你父亲呢？"

郭秀英说："还是早先我同您说过的一样，肝囊肿，就在病历中写成肝囊肿吧！治疗方案、程序和药物什么的都跟真病历一样就行。反正我父亲又看不懂。"

孙树德注视着她，说："跟你说实话，我当了几十年医生，可从来未做过这种事，按说欺骗病人，有损医生的职业道德，这绝对是不允许的。看在你这位孝女的份上，我就违一次规，帮助你建立个假档案吧。不过，我只给你写出假病历，不可能给你盖章，你看如何？"

郭秀英千恩万谢，连声说："孙主任，那就太感谢您啦！不盖章没关系的，只要有医院的正式病历本，有您写的病历内容，就已经够了。反正我父亲不懂，也不可能那么细心。"说着，他连忙从包里摸出父亲的真病历，递给孙树德。

孙树德接过真病历，又从抽屉拿出一本空白病历，对照着写出了一份假病历。不到十分钟，他就将那份假病历交给了郭秀英。

　　郭秀英接过假病历，像过去的大臣接到皇上的圣旨。她有些激动，连连道谢。

　　郭秀英回到病房，将假病历递给了父亲。

　　躺在病床上的父亲在儿子郭英俊的帮助下，艰难地撑起身子，靠着床头坐了起来。郭秀英赶忙给他将枕头竖起来，垫到父亲的背后，然后帮助父亲将病历打开，说："爸，您看好了，这是我刚刚从主治医生孙树德主任那儿取回来的病历……"她先是指着第一页上"市第二人民医院病历"的印刷体和"郭丁昌"的字样，又指着病情诊断及检查结果"囊肿"两个字，最后指着孙树德的签名，一一给父亲看，"怎么样，这回您该相信了吧？"

　　郭老汉捧着病历，睁大眼睛，左瞧瞧，右看看，从前往后，翻了又翻，不置可否。

　　郭秀英问："爸，这回看清楚没？"

　　郭老汉紧锁眉头，既不点头，也不摇头。一会儿才说："既然是囊肿，为啥还那么难治呢？你们不是说，囊肿跟……感冒一样，很常见吗？怎么……怎么那么难……"他开始咳嗽，一边还捂着疼痛的肝部。

　　郭英俊赶忙端过水杯，一边让父亲喝，一边对父亲说：

"爸，您甭再说了，这回您亲眼看了病历，甭再胡思乱想了。您就按孙大夫说的配合治疗吧，不然时间再拖下去，耽误了治疗，可更不好了。"

郭老汉喝完水，嘟哝着说："你们都说是囊肿，还说这囊肿，跟……跟感冒一样常见，可为啥那么难治？"

郭秀英说："哎呀！爸，医生不是说了吗？囊肿摘除手术反复多次，这种情况很常见，因为肝部囊肿所在部位血脉丰富，营养充足，囊肿容易复发。您就别再固执，听大夫的吧，再做一次手术，我们都是为了您好，为了您尽快治好、康复！"郭秀英说这番话时，坐在父亲的病床边，言辞恳切，眼睛都闪着泪花。

郭英俊也说："爸，我姐说的都是实话。自打您得病以来，您不知道我们有多着急，有多操心。特别是我姐，不惜一切代价一直跑前跑后的，既要四处找人帮助联系为您找最好的医生治疗，又要照顾我妈，真不容易。这一切，都是为了您好，为了您身体能够尽快康复。您就听……"

郭老汉打断儿子，说："我知道你们的孝心，也知道你们都是为我好。我只是……只是想，这病要真是那么难治，你们……你们就别费心了！这种手术，太……太遭罪，又……又费钱，再说也治不好。"

"哎呀！爸，您看您怎么还这么固执！"郭秀英只感觉父亲的话像针扎一样，她再也控制不住自己的感情，眼泪夺眶而出……

郭英俊见状，焦急起来，以拳击掌说："哎呀！爸，您看您……您就别再固执了，听大夫的，听我姐的吧！"

郭老汉像做错了事一样，满脸惶然："行行行，我……我听你们的……"说着又咳嗽起来。郭秀英和郭英俊赶紧扶着父亲，帮助他躺下……

十二

就在郭秀英找孙树德主任商定郭丁昌老汉做第二次肝部肿瘤介入手术的第二天，妹妹郭秀梅突然从大洋彼岸的美国飞回家乡，而且还带来了那位高鼻梁、蓝眼睛的美国丈夫皮特·约翰逊。约翰逊是郭秀梅的博士生导师、美国著名的牙科医生，他比郭秀梅大十五岁。郭秀梅考上他的博士生没多久，约翰逊这位本已有妻子和两个孩子的美国佬，一下子就爱上郭秀梅这位漂亮聪慧且勤奋好学的中国女孩，并不顾一切对郭秀梅展开一轮又一轮攻势。

比如，周末的时候他以外出考察为由诱骗郭秀梅，一个人开车拉着郭秀梅到风景秀丽的海边兜风。又比如，郭秀梅感冒发烧的时候，约翰逊再忙也会放下手头的工作，开车带着郭秀梅到医院，忙前跑后地帮助她挂号看医生。再比如，每逢郭秀梅生日，约翰逊总不忘为郭秀梅预订花篮，并且早早地将花篮送到郭秀梅的宿舍。刚开始的时候，心性高傲的郭秀梅总是想方设法回避约翰逊的追逐与殷勤，但约翰逊毕竟是自己的博士生导师，像她自己的影子一样很难甩掉。何况，约翰逊对她的追求与殷勤一如他对待专业那样孜孜不倦，坚定而又执着，温情而又浪漫。更何况，郭秀梅对自己这位导师的学识与才华也打心眼里敬佩。最终，郭秀梅的情感防线就像被汹涌的海浪不断冲刷剥蚀的沙丘，一点点融化，日积月累，最终被融入约翰逊情感的大海。

当初，郭秀梅将自己与约翰逊恋爱的事告知姐姐郭秀英的时候，遭到了姐姐的强烈反对。郭秀英说你找个洋人，生活习惯和文化背景都不同，以后能过到一块儿去吗？再说这洋人是二婚又有两个孩子，那么重的负累以后许多事都扯不清，你们的小日子能过得安稳吗？得知小女儿要嫁给美国佬，父亲郭丁昌更是暴跳如雷，他抓起郭秀梅打来的越洋电话，大声嚷嚷：美国鬼子那么坏，老欺负咱们中国，你偏偏找个美国鬼子当丈夫，你自个不怕受欺负，我这个中国父亲还怕丢人呢！郭老汉并不知道约翰逊是二婚，还是两个孩子的父亲，这些郭秀梅都不敢告诉父母，只告诉了姐姐郭秀英。如果郭老汉知道这些，那还不得气出病来！

对于姐姐和父亲的反对，郭秀梅开始的时候也犯嘀咕，觉着姐姐和父亲的反对并非没有道理，并且也有意回避并减少与约翰逊的见面。但约翰逊对郭秀梅的爱情攻势一如既往，百般呵护，锲而不舍，持续不断，一浪高过一浪，让郭秀梅内心的防线土崩瓦解。甚至从内心深处，她也开始慢慢接受这个温存浪漫、固执专一的美国男人，郭秀梅感觉自己已经离不开他。没多久，郭秀梅背着姐姐和家人，悄悄与约翰逊住到了一起，也悄悄地办理了结婚手续。对于这个既定的婚姻现实，郭秀梅后来给姐姐和父母亲的说法是，自己最近大病一场，如果没有约翰逊的悉心照料、精心呵护，恐怕命都保不住。当然，这是郭秀梅挖空心思为自己编造的一个理由，为的是好对家人有个交代。对于这么个理由，无论是姐姐郭秀英还是父母亲，听了都无话可说。毕竟说一千道一万，郭秀梅的健康和生命安全是他们最挂心和关心的，只要能为郭秀梅的健康和安全提供呵护与保护，无论是美国鬼子还是日本鬼子做郭秀梅的丈夫，都已经无关紧要。毕竟郭秀梅孤身一人远渡重洋，有人照顾是多么重要！沉默即默认。对于家人的这种反馈，郭秀梅喜出望外，她回报家人的第一个举动便是当即寄了一万美金给自己的父母，特意说这是约翰逊孝敬岳父岳母的，同时还寄来了自己与约翰逊的结婚照片……

郭秀梅夫妇的突然到来，让郭秀英既高兴又感觉困惑。高兴的是妹妹已经几年没回来了，父亲病重她能不远万里带美国丈夫回国看望，证明妹妹也有着拳拳孝心，父亲住院手术的照料无疑也增添了强援。郭秀英感觉困惑的是，妹妹事先没有打电话给她，甚至也没有通知姐姐到机场接机，直到飞机落地的时候妹妹才给她打了电话告知。郭秀英接到妹妹电话的时候，开始还以为是妹妹在跟她开玩笑。妹妹说，咱爸重病我急都快急死了，哪还有心情开玩笑？郭秀英埋怨说，那你为什么不早点说？我好安排到机场接你啊。妹妹说，你为父亲都忙成那样，我哪忍心给你添乱，一会儿我们打个出租车就到家了。

郭秀英接到妹妹电话那会儿，正从孙树德主任的办公室走出来。她刚刚与孙主任商定为父亲做第二次肝部介入手术，时间是两天之后的星期三。与妹妹通完电话，郭秀英来到父亲病房，将手术的时间告诉弟弟郭英俊和父亲，同时将妹妹郭秀梅夫妇从美国回来的消息告诉了他们。父亲和郭英俊听了也既高兴又意外。郭秀英让郭英俊陪着父亲，自己要回家迎接妹妹夫妇，打算订一餐馆雅间，晚上安排一家人团聚，并说争取跟大夫通融将父亲也接到餐馆一块儿吃饭。

离开病房前，郭秀英打算先与护士长和孙树德主任说一声，申请晚饭时接父亲到餐馆吃饭。不料前脚刚走出病房，郭英俊就从后面追出来大声说："姐，咱爸又嚷嚷痛，出去吃饭恐怕不行。"一句话如槌击心鼓，郭秀英只感觉内心怦怦直跳。她跟着郭英俊回到病房，发现躺在病床上的父亲神情痛苦，脸色苍白。她一边说爸您怎么啦，一边揭开父亲被窝，发现父亲的一只手紧紧按着肝部。看样子，郭秀英感觉接父亲出去与全家团聚是不大现实了，遂改变主意说："这样吧，晚上我安排给咱爸送饭，让你姐夫来陪咱爸。你们一家子都到餐馆来一块儿吃饭，地点等我订好了通知你。"又俯身对父亲说，"爸，您甭焦急，再忍一忍，我这就去跟孙主任说，请他来看看您。"

郭秀英来到孙树德的诊室，发现等待孙树德看病的患者很多，根本不可能离开去病房去看望她父亲，只好瞅机会将父亲伤口疼痛的事同孙主任说了。孙主任听罢，抓过空白药方开了消炎药，让郭秀英回病房交给护士，让护士给打吊针。

安排完这一切，郭秀英才动身离开医院。她一边打手机联系订晚上吃饭的餐馆，一边开车直奔父母家。

刚进母亲家门，郭秀英就与妹妹郭秀梅夫妇撞了个满怀，郭秀梅带着约翰逊正要出门去医院看望父亲。郭秀梅娇小纤弱，约翰逊人高马大。郭秀梅面带倦意，约翰逊笑容可掬。他们夫妇俩在郭秀英面前构成了一道独特的风景，让疲惫的郭秀英精神为之一振。

郭秀梅笑呵呵地上来搂住姐姐，连声说："姐，这些日子你受累了。"紧接着挽着丈夫向姐姐介绍："呶，这就是约翰逊。"

郭秀英审视着约翰逊，礼貌地笑着："欢迎你跟秀梅一块儿来中国！"

约翰逊耸了耸肩，狡黠地笑着，用夹生的中文说："秀梅是我的妻子，我是中国的女婿，我要跟秀梅回家看看岳父。"一番话，将郭家姐妹都逗笑了。

郭秀英说："你们刚下飞机，旅途劳累，先歇口气吧，晚上再安排去看咱爸。"

郭秀梅说："不，我们现在就得去看看咱爸！"

郭秀英见拗不过，便说："那我开车送你们过去吧。"

郭秀梅说："姐，不用了，我们自己叫出租车，你告诉我们咱爸的病房号吧。你在家歇一会儿，也陪陪咱妈。"

郭秀英伸手看表，时间已是下午五点。便说："也行。我安排今晚吃饭的地方，回头到医院接你们，晚上除了你姐夫在医院陪咱爸，咱们全家聚一聚，我让英俊他们一家也来。"

十三

这天晚上，郭家人的聚餐，除了住院的郭老汉和陪护的女婿唐建设，其他人悉数到齐：郭老太，郭秀英和儿子唐诗，郭秀梅和约翰逊，郭英俊一家三口。这也是郭秀梅第一次带约翰逊回到家乡与家人团聚。按说，这样的团聚应当喜气洋洋。然而，由于郭老汉重病住院，团聚原本应有的喜气荡然无存，代之以淡淡的焦虑与忧郁，席间都有些沉默寡言。郭秀英精心安排的丰盛菜肴，也没有消除郭家人心头的焦虑与忧郁。他们只是默默吃饭，礼节性地说话，但大都是无关痛痒的，内容大都是郭秀梅和约翰逊旅途中的情况，颇像一场公事公办的外事工作餐。只有约翰逊夹生的中文和他那丰富而且有些滑稽的表情，时不时给郭家这顿特殊的聚餐注入些许难得的轻松与笑声。只有一个人自始至终不但没有一丝笑意，甚至是愁眉不展，那就是郭老太。

由于母亲郭老太在场，有关父亲郭老汉治病的话题，郭家人都有意回避，压抑着不提。直到晚饭快结束的时候，郭秀梅提议由弟弟郭英俊先送母亲、弟妹和两个孩子回家休息，自己和约翰逊与姐姐暂时留下。这一提议很快得到大家的赞同，郭秀英也满口支持，毕竟与妹妹两年不见，父亲第二次手术的事又迫在眉睫，她有太多的话要与妹妹说。

郭英俊离开之前，郭秀英不忘嘱咐他，让他送完之后回到餐厅来。

郭英俊带着母亲、媳妇和两个孩子走后，餐桌旁只剩下郭秀英和妹妹郭秀梅夫妇。雅间里顿时安静下来。

郭秀梅说："姐，这些日子你真是辛苦了！"

郭秀英说："唉，天经地义的事，说这些干吗！你们能回来看咱爸，我已经很满意了。"

郭秀梅说："姐，下午我们也都见到咱爸了。我没想到，他的身体状况，比我想象的还要糟糕，我真是担心啊！"

郭秀英说："唉，是啊。老天真不长眼，天底下千千万万的人，偏偏要跟咱爸过不去！"

郭秀梅说："姐，我这次回来，一方面是为了看咱爸咱妈。另一方面，还是想同你沟通，希望能将咱爸的真实病情告诉他老人家，不要再隐瞒他了。"

郭秀英睁大眼睛："你……什么意思？"

郭秀梅说："姐，我知道你是为咱爸好，生怕咱爸知道实情之后会吓着他。可请你相信我，我也是为了咱爸好，我认为咱爸知道实情之后，开始可能会有一点心理负担，但随着时间的推移，他的心情会平静下来，也会慢慢接受现实，这有利于他配合治疗。这一点，我与约翰逊都坚信不疑。这一点，也是西医秉持的治疗原则，这在美国等西方国家都非常普遍。"说完，郭秀梅将脸转向丈夫，示意他说话。

约翰逊心领神会，他笑着清了清嗓子，用夹生的普通话说："OK！姐，秀梅说的都是实话。在我们美国，医生都必须尊重患者的知情权，将患者的真实病情告诉患者本人，否则就有悖医生的职业道德。更重要的是，患者知道自己的真实病情之后，在配合医生的治疗时会有一种心理暗示。也就是说，当医生与患者的想法和意见一致时，比较有利于疾病的治疗。相反，如果医生与患者的想法不一致，或者医生有想法患者没有想法，就不利于疾病的治疗和患者身体的康复。"

约翰逊说这番话时，郭秀英一开始有些抵触，但出于对这位初来乍到的美国妹夫的尊重，她没有打断他说话，而是静静地听着。慢慢地他觉得这位美国妹夫的观点挺新鲜，似乎还有些道理。治病好像跟做事一样，当医生与患者想法一致时，就像两个人一起做事同心同德一样，两个人的力量形成了合力，一加一等于二。可是，这样的比喻对吗？治病与做事情能一样吗？

想到这里，郭秀英说："约翰逊，谢谢你能不远万里跟秀梅一块儿回来看看我父亲……"

约翰逊打断郭秀英的话，比画着说："Sorry，姐，你父亲也是秀梅的父亲。我是秀梅的先生，秀梅的父亲是我的岳父，也是我和秀梅共同的父亲，All right?"他睁大眼睛，一本正经地等待着郭秀英的回答。

郭秀英感觉到自己的口误和约翰逊的幽默，原本心情沉重的她差点儿被逗笑了。她表情忽然轻松下来，用英语回答说："I am sorry! 你说得对。"

约翰逊笑了笑，比画着继续说："OK，you keep going!"

郭秀英继续说："OK。约翰逊，你刚才说的那些情况是在美国。美国有美国有文化，可中国有中国的国情。就像你们美国人喜欢西餐，我们中国人却喜欢中餐一样，有些事情不能简单等同。"

郭秀梅说："可这并不能证明美国人就不喜欢中餐，中国人就不喜欢西餐。比如，中国餐馆在美国很受欢迎，西餐厅在咱们中国生意也不错。就说西医吧，当初如果中国人拒不接受，西医就不可能传入中国。可事实是，西医现在在中国比中医更加普及。"

郭秀梅这番话，一时让姐姐无话可说。郭秀英看看妹妹，又瞅瞅约翰逊，他们俩四只眼灼灼逼人，理直气壮，似乎让郭秀英无路可退。但她沉着应战，很快，她反唇相讥："我给你们举个例子。我们公司原来的一位年轻同事，体检时发现了子宫癌，她自己一开始就知道了实情，心理压力非常重。开始时，她也是配合医生治疗，让医生给做化疗的。但随着化疗的不断进行，她原本美丽飘逸的长发渐渐脱落，心理压力越来越大，最终跳楼自杀了。对于这样的悲剧，你们又该做何解释呢？"其实，郭秀英这位年轻女同事跳楼的最主要原因，是因为化疗脱发之后被当老板的丈夫抛弃，万念俱灰而自杀。郭秀英故意隐瞒了最关键的这个环节。

郭秀梅说："这，应该属于极端个案吧？"

郭秀英说："不，这应该属于普遍现象！我早就说过，在中国有一句众所周知的俗语：得癌症的患者，首先是被吓死的，其次是医治死的，最后才是被癌症本身折磨死的。所以，在中国，被癌症吓死的人比比皆是！"

约翰逊说："OK！姐，我相信你说的是事实。但是，那么多癌症患者被吓死本身，说明中国的癌症治疗环节还做得不够好。首先，一个人被诊断得了癌症，非常重要的一个环节，首先应该是进行心理治疗，无论是医生还是患者的家人，都应该开导他，告诉他癌症并没有那么可怕，只要选择好医生和正确的治疗方式，癌症也是可以治疗的，至少是可以最大限度地延长生命的。如果没有心理治疗的环节，让患者最大限度地减轻心理压力，再好的药物和治疗手段，都不可能收到好的治疗效果。我前面所说的，当医生与患者的想法和意见一致时，比较有利于疾病的治疗，这也是在首先要做好心理治疗的基础上来说的。在美国，得癌症的患者很多，但同时，很多癌症患者都活得比较长，就是这个道理。"

郭秀英认真听着约翰逊的陈述，似乎觉着有些道理，可内心却不断拒绝，潜意识不断寻找着反驳的理由。待约翰逊说完，她立即反问："如果将真实的病情告诉癌症患者，你如何能保证你的心理治疗环节有效呢？"

约翰逊说："不能保证百分之百有效。但只要努力去做，并且开导得当，肯定会有效。"

郭秀英说："那如果是赶上那百分之几，没有效果呢？"

"这……"约翰逊目瞪口呆，摊开手，不住摇头。

郭秀梅拔刀相助："姐，话可不能这么说！凡事都不能保证百分之百，但如果我们不努力去做，就肯定什么效果都没有！"

郭秀英反唇相讥："我不是一直在努力吗？"

郭秀梅毫不示弱："可效果如何呢？"

郭秀英涨红着脸："你……好，秀梅，你要有本事我就把咱爸交给你好了，你就能保证将咱爸的病治好？"

"你……"郭秀梅脸倏地红了，一时无言以对。她转过脸，向约翰逊求助，约翰逊苦笑着，摊开手摇了摇头。郭秀梅掠了掠头发，极力控制着自己的情绪，耐心期待自己内心深处的风浪从高处跌落低处，渐渐趋于平息，这才平心静气地说："姐，对不起，刚才我情绪有些激动，惹你生气了，导致你将话说得那么绝。其实，咱俩的初衷都是一样的，都是为了咱爸的病能尽快治好，只是……只是你我的观点不太一样。我也知道，这些日子你最累最苦，咱爸的治疗方案也是按照你与医生的想法确定了的，包括对咱爸一直隐瞒病情。可事实证明，咱爸的治疗效果并不好。按说，第一次介入手术做的时间并不长，可因为效果不好，导致那么短时间又得做第二次手术。虽然许多情况下，肝部肿瘤的介入手术的确需要多次，但咱爸那么短时间又要进行第二次，这种情况是很少见的。下午我和约翰逊看了看咱爸目前的身体状况，感觉很糟糕，他能否经受住第二次手术的折腾，甚至第二次手术的效果如何，是否能像你期望的那么好，我都很担心……"

郭秀英说："那……你说有什么更好的办法？"

郭秀梅说："能否转到市肿瘤医院？毕竟，专科医院一般来说要比综合性医院更好些。回国之前，我也上网查看了，咱们市肿瘤医院专家水平总体要比市第二人民医院的水平高，网友的评价也不错。"

其实，郭秀英也承认市肿瘤医院专家水平总体要高于市第二人民医院，因为她在网上也查过了。但当初为了更严密地向父亲隐瞒病情真相，她选择了市第二人民医院。这一点，郭秀英当初没告诉妹妹，现在她更不想说。她只是说："秀梅，我告诉你。市第二人民医院的孙树德也是全市最好的肝癌肿瘤专家之一。何况，通过你的姐夫，我在里面也找到了熟人关系，否则恐怕连号都挂不上，更甭说遇上什么事可以找熟人关照。你说可否转院？当然，也不是不可以，可是你能挂上最好的专家号吗？你能保证到肿瘤医院找到最好的专家吗？再说，即使真挂上专家号了，你能保证找到的专家就一定比孙树德好？"

约翰逊说："难道，在中国看病就真的这么难吗？秀梅，要不咱们明天到肿瘤医院去试试？看看能不能挂上专家号？"

郭秀英完全没有想到，约翰逊会出这种的主意。在她看来，这完全是一个馊主意，约翰逊完全不了解中国的国情。可为了不伤这个美国妹夫的面子，郭秀英哈哈大笑，大度地说："好啊，约翰逊，好主意。明天，你就同秀梅去肿瘤医院试试看吧，如果真能挂上。咱爸就可以转院，那样我也就省心了。"

　　郭秀英这番话，在郭秀梅听来，是赌气说的，是话里有话，是绵里藏针。可约翰逊听了，却一扫刚才的不快和沉闷，高兴起来。他满脸笑容、表情丰富地拉着郭秀梅的一只手说："亲爱的，我们明天一早就去挂号!"

　　看着情绪高涨的约翰逊，郭秀梅有些尴尬，有些哭笑不得。可她不忍心扫约翰逊的兴，更不愿在姐姐面前服软，也心想不妨到市肿瘤医院去试试。于是顺水推舟对约翰逊说："好啊，咱们明天去试试。"

　　其实，郭秀梅这番话，也是随便说的，也说得有些赌气。可郭秀英急了："你们明天去试试可以，可丑话说在前，市二院这边我可与孙树德主任确定做第二次手术的时间了，是下周的星期三。"

　　郭秀梅急了："哟……姐，刚才可是你同意的呀，你可别出尔反尔，自作主张!"

　　郭秀英也急了："你这完全是废话! 我怎么是自作主张了? 咱爸的病火烧眉毛需要治疗，我能等你们回来再确定吗? 你们怎么不早点回来侍候咱爸啊?!"

　　"你……"郭秀梅正要发作，弟弟郭英俊回来了。郭英俊一推门进来，郭秀梅正想说出的话被噎了回去。

郭英俊睁大眼睛,像摄像机一样来回睃巡,感觉气氛不对。他呆呆地问:"大姐,二姐,你们……你们怎么啦?刚才那么大的声音,在吵什么呀?"

没有人回答。郭秀英和郭秀梅都气哼哼的。约翰逊冲郭英俊做着鬼脸,耸了耸肩,一脸无奈。一会儿,郭秀英才打破沉默,她清了清嗓子,将刚才争执的内容简单给郭英俊介绍了一遍。末了她说:"咱们姐弟三个,都血脉相连,谁也都孝敬父母。可父母是咱们共同的父母,咱爸接下来到底该怎么治疗,在座的除了约翰逊,谁都表个态吧,少数服从多数。同意星期三咱爸在第二人民医院做第二次介入手术的,请举手!"郭秀英话音刚落,眼睛便紧紧盯着弟弟郭英俊。她自信郭英俊会举手,毕竟父亲从得病到治疗的整个过程他都知根知底,何况在这个城市,他需要郭秀英这位大姐的关照,他对大姐也一直言听计从。

郭英俊没有马上回答,他似乎有些为难。无论是大姐还是二姐,打小都一块儿长大,也都情同手足。从内心来讲,他谁都不想得罪。何况父亲大病当前,需要他们兄弟姐妹之间同心协力,共渡难关,干吗非得将关系搞僵呢?这种非此即彼的表态方式,他打内心拒绝。但此刻大姐的眼睛一如夏日正午的太阳,正直射着他,灼灼逼人,他又无法回避。窘态之中,他灵机一动，将脸转向郭秀梅："二姐，你们俩这次准备在家待多长时间？"

郭秀梅满脸疑惑，不明白弟弟为何转换话题。郭秀英和约翰逊也都一头雾水，也都疑惑地看着郭英俊。

郭英俊却目不转睛，期待着二姐的回答。

郭秀梅不得不说："我就待十天，没办法，我们正在赶一个课题，工作确实太忙了。约翰逊更忙。我俩都是请假专程回来的。"

郭英俊"哦"的一声，清了清嗓子说："二姐，啊对啦……还有二姐夫，听我说，你们俩能够在百忙中抽时间回来看咱爸，这就够了。但这么短时间，陪咱爸治病根本不可能，依我看，咱爸的病怎么治，如何治，就听大姐的吧。毕竟，大姐常年在家，凡事都知根知底。她是咱郭家的顶梁柱，她对咱爸咱妈的孝顺，多年来对咱爸咱妈的照顾，大家都有目共睹。自打咱爸得病以来，大姐既要忙工作又要顾家顾父母，整天疲于奔命，忙得团团转，几乎是操碎了心。所以，依我说，有大姐在，咱爸治病的事，你们就别操心、别介入了。你们如果有钱，留下点钱帮咱爸治病，就行了。"

郭秀梅怎么也想不到弟弟说的会是这番话，郭秀英当然也没有想到。郭秀梅觉得弟弟说的不是没有道理，却似乎又藏着玄机。郭秀英则觉得弟弟说得合情合理，也正是她所需要的，此刻她有些感动，甚至开始对弟弟刮目相看。她感觉这是有生以来她听到郭英俊说出来的最有水平的话。

只有约翰逊对此无动于衷，一脸茫然。他不明白郭秀梅的弟弟为什么要说父亲治病的事他们就别介入了，难道就因为秀梅远离家乡，父亲就不是秀梅的父亲了？

听了弟弟这番话，郭秀梅的内心一开始风起云涌，但随着时间的流逝，很快风平浪静。她长叹口气，说："英俊，你说得对，咱大姐长年在家照顾咱爸咱妈，确实很不容易。咱爸治病的事，就……就听大姐的吧。不过，是否马上做第二次手术，我觉得最好跟咱爸说一声，征得他的同意。"

郭秀英说："你这话说了等于白说！咱爸要不是老喊伤口痛，我和英俊吃饱了撑的，干吗送他进医院啊？现在复查都复查过了，孙树德主任那边也都好不容易商定好了，下周三做第二次手术，还折腾个什么呀？你们别再给我添乱了！"说这话时，郭秀英很决绝，完全是一家之主的口气，丝毫没有商量的余地。也难怪，她是郭家的长女，是英俊和秀梅的大姐，她有这样做的底气。

十四

　　郭家长女郭秀英一锤定音之后，郭丁昌老汉的肝癌第二次介入手术就箭在弦上。虽然时间在一步步逼近，虽然郭秀梅口头已经表示一切听从大姐的安排，实际上她内心却仍存忧虑。作为美国的医学工作者，她打内心反对对父亲隐瞒真实病情，她对市第二人民医院孙树德的肝癌介入手术水平，也心存疑虑，甚至还担心是否存在过度医疗。作为女儿，她恨不得接父亲到美国去治疗，这样自己可以找最好的医院和最好的医生，悉心陪护、照料父亲，可父亲现在的身体状况，根本经不起漫长的路途折腾，何况自己工作那么忙，即便父亲到了美国，自己哪有时间照顾呢？作为郭家的一员，她又觉得弟弟郭英俊说的不无道理，自己在家只能待十天时间，父亲治疗的事并非她力所能及。她爱莫能助，只能服从大局、服从大姐，只能听天由命。她所能做所要做的事，就是利用在家这不长的十天时间，多陪伴父亲和母亲，同时分担起平时由大姐负责的买菜做饭、做家务等照顾父母亲的责任。

　　约翰逊却心有不甘。那天晚上，从餐厅争吵回到岳父母的家，他与秀梅聊得很晚，用英语继续讨论晚饭聚餐时争论的问题。他说他不明白郭秀梅弟弟说的那些话，为什么父亲治病的事就不让咱们介入了？难道父亲就不是咱们的父亲？

对于约翰逊的疑问，郭秀梅只得耐心解释，告诉他你说的没错，可弟弟郭英俊说的也没错。约翰逊说为什么都没错，咱们却不能介入，只能妥协呢？郭秀梅说因为咱们在这里的时间太短，如果按照咱们的意见给父亲办转院手续，许多事情咱们力不能及。约翰逊说时间长短不是理由，谁的意见更加正确就服从谁，这才是理由。郭秀梅说我刚才不是说我们的意见没有错，可他们的意见也没有错嘛。有时候，世界上有些事情是分不清对错的，只能是因地制宜、审时度势，必要时做出让步。就像世界上既有硬的东西又有软的东西存在，如果都是硬的或者都是软的，那肯定要乱套。处理事情也是一样，需要刚柔并济、软硬兼施，你中有我，我中有你，互相配合。只有这样，才能将事情办成。也只有这样，大家也才能友好相处。

约翰逊一知半解，却听得入迷，末了他问妻子："这是不是你们中国人信奉的老庄哲学？或者形象点说，也有点像你们中国人打的太极拳？"

郭秀梅被约翰逊缠得脑子发涨，希望尽早睡觉，只好敷衍着说："就算是吧。"

距离父亲第二次介入手术还有两天时间，郭秀梅主动跟郭秀英说："姐，你和姐夫安心上班、照顾好唐诗吧，我和约翰逊来照顾咱爸咱妈。"

郭秀英说："你们照顾咱妈吧。咱爸那边，医院你们不熟悉，还是我来吧。"

郭秀梅说："没事，开始不熟悉，很快不就熟悉了？再说有事我会找你。"

郭秀英开始不置可否，想了想才说："也行。不过，我可丑话说在前，你们这些天在家里，无论是对咱爸还是对咱妈，可千万千万不能透露咱爸的真实病情！"这句话，郭秀梅听起来如鲠在喉，极不舒服，觉得大姐说这话未免太过啰唆、太过霸道，本想反击，不想说出的话却是："姐，你……你就放心吧！"话一出口，她都有些惊异于自己的隐忍，这与自己的个性南辕北辙啊。说完，她自嘲地苦笑。

接下来的日子，郭秀梅与约翰逊成双成对穿梭于家里、超市和医院之间。他们采购、做饭、做家务，在家的时候陪母亲说说话，去医院送饭并陪护父亲的时候，给父亲进行心理辅导，告诉父亲如何看待疾病和抗击疾病，同时不断给父亲讲述美国的各种见闻。晚间的时候，约翰逊也主动提出陪伴岳父，可郭老汉死活不同意，一是因为打心眼里他对这个美国女婿还是有些排斥，二是约翰逊毕竟是美国人，人生地不熟的，郭家的人都不放心。所以，晚间到医院陪护，仍由郭英俊和唐建设两人轮流。

对于父亲没能按自己的意见治疗，约翰逊还是耿耿于怀、心有不甘。他甚至在星期二的时候还执意拉郭秀梅一大早到市肿瘤医院，看看能否挂上他们在网上查到的专家号，结果却大败而归。

星期三上午，郭丁昌老汉肝癌第二次介入手术如期进行。主刀的还是市第二人民医院肿瘤科的首席专家孙树德，程序跟第一次手术一样，耗费的时间则长达七小时，比第一次手术整整多出了一个小时。术后的郭老汉疲惫不堪，脸色苍白，可按规定，术后病人穿刺一侧的下肢还必须制动二十四小时，为便于观察还得禁饮食六至十二小时。不但如此，术后的郭老汉还必须进行一系列的观察。因此，像第一次手术的经历一样，回到病房的郭老汉又一次被限制在病床上，整整二十四小时不能动弹。经历了地狱一般的第二次介入手术，郭老汉从昏睡中醒来后说出的第一句话是："太难受啦，我……我真是生不如死啊！"这声音，虽然低沉嘶哑，甚至有些脆弱，却几乎是歇斯底里从内心深处喊出来的。而且喊出之后，他老泪纵横，令在场的郭家子女惊悚不已，因为这是他们平生以来第一次看见一向铁骨铮铮的父亲的哭泣……

十五

一周之后，郭老汉出院回到家中。郭秀梅本想继续精心护理父亲，也多陪伴母亲，但由于归程在即，她爱莫能助。因为第二天，她和约翰逊就要启程回美国了。走前的这天晚上，原本大姐郭秀英还想张罗着到外面餐馆聚餐，但由于父亲不能前往，郭秀梅不同意。她和约翰逊守候在父母家中，精心为父母做了最后一顿晚餐，清蒸鳜鱼，红烧猪蹄，酸甜排骨，清炒菠菜，还有一份西式的苏伯汤，这些都是郭老汉和郭老太爱吃的。

郭秀梅和约翰逊在厨房做饭的时候，郭老汉对陪伴在身边的郭老太嘀咕了一句："老伴，秀梅这次回来，我怎么觉着她跟她姐不大……不大说话哩。"郭老太"哦"了一声，说："不会的，是你胡思乱想吧?"郭老汉听罢，望了老伴一眼，既不表态，也不再追问，而是半眯着眼睛，若有所思。

晚饭后，郭秀英和郭英俊两家人都来了，一是前来看望出院的父亲，二是为明天返回美国的郭秀梅送行，屋里一下热闹起来。郭老太陪伴着郭老汉，坐在沙发上观察着满屋活动的儿女子孙，发现秀梅与秀英姐妹的确不像以前那样亲热，她俩之间话语不多，大都还是礼节性的。不仅如此，秀梅与姐夫、弟弟和弟妹，说话也都是礼节性的，客客气气的，简直不像是一家人。这死老头儿，病得那么重，还鬼机灵呢！郭老太这么想着，却没与老头儿说。

这天晚上，姐弟两家人都离去之后，郭秀梅和母亲一起忙前忙后，帮助父亲洗漱，然后扶他上床休息，之后便一直陪伴母亲在客厅说话。郭秀梅所说的，无非是些安慰母亲的话，同时将一些护理常识告诉母亲。事实上，关于父亲的真实病情，两天前她和约翰逊就已经鼓起勇气，如实告诉母亲了。他们是经过了激烈的思想斗争，再三考虑才决意这么做的，为的是日后父亲万一身体不行了，好让母亲有个思想准备。母亲听到父亲的真实病情，开始是震惊、悲伤，后来在秀梅和约翰逊及时的开导和心理辅导下，慢慢平静下来。直至今天父亲出院前，母亲已经能坦然面对了。不过，郭秀梅再三告诫母亲，此事万万不可让大姐知道，因为大姐不让说，要是大姐知道了，她们姐妹之间就将彻底闹掰了。母亲当然明白秀梅说这话的轻重，她当场表态说："放心吧，我不会说的。"

第二天一早，郭秀梅和约翰逊要离家赶飞机，大姐郭秀英和弟弟郭英俊前来送行。临行前，郭秀梅为母亲留下了一万美元，让母亲一定保重，好好照顾父亲。她又搂着父亲说："爸，你一定保重，乐观些，好好疗养，过些时间我还会回来看望您!"

遗憾的是,父亲并没有等到郭秀梅再次回来的那一天。

郭秀梅和约翰逊走后,郭家的日子渐趋平静。尽管郭秀英对父母的照顾无微不至,可郭老汉的身体不但没有半点恢复,相反,像北方冬天的庄稼一样一天天干枯下去,直到满身的落叶纷纷扬扬飘零在凛冽的寒风之中。

弥留之际的郭丁昌老汉,生命的最后几天是在医院度过的。由于肿瘤的折磨,由于伤口的疼痛,由于腹水的鼓胀,由于吃不下饭睡不着觉等原因,原本身体健壮硬朗的他,形销骨立,肚子却鼓胀得像一个硕大的皮囊。总之,郭老汉整个儿都失去了人样……

郭老太每天守候在目光呆滞、整天昏昏欲睡的老伴身边,几乎寸步不离。她握着老伴枯树枝一样的手,为他轻轻按摩,轻轻揉搓,轻轻摩挲,甚至为他唱着童年的歌谣。她知道,眼前这个与她生活了近半世纪的男人,生命已经像一盏行将燃尽的油灯,随时都有熄灭的可能。

那一天,郭老太眼见老伴忽然醒来。心一激灵,赶紧托住老头的额头,抓住时机伏在他的耳边说了一句一直憋在心头的话:"老头子,你知道……你得的是什么病吗?"

郭老汉转动眼珠,朝着老伴的方向,艰难地问:"你说,到底……到底是什么病啊?"

　　郭老太赶紧说:"肝癌。"

　　郭老汉睁了睁眼睛:"什么……你说什么?"

　　"肝癌,就是不治之症。"郭老太重复了一遍。

　　郭老汉"哦"了一声,喃喃地说:"我……我早猜着了。可他们,偏偏……要……骗我,早知道是……得了这个,我……就不让治了。既费钱,又……治不好,还……还让我遭……这么多罪!"

　　郭老太心一颤,紧握老伴的手,眼泪汪汪地说:"都怪秀英一直不让说!"

　　郭老汉眯着眼睛,摇了摇头,嘀咕道:"也……不能怪她。秀英是……是个难得的……孝女。"说完这一句,郭老汉头一歪,再也没有醒来。

　　是年,郭丁昌老汉整七十一岁。

//红　包//

　　吴欲刚萌生送红包的想法，是从他妹妹被诊断出听神经瘤的那一刻开始的。在这之前，送红包对他来说似乎很是遥远，就如他从来不相信会有别人给他送红包一样，因为没有人会有求于他，而他多少年来也自信自己不会有求于人。

　　吴欲刚虽然出身清贫，父母亲只不过是大兴安岭某乡村小学的普通教师，家庭一不富有，二无背景，但也许是打小书香门第对他的浸染，抑或是他天生的一股子骨气，反正他硬是凭着自身的努力，高中毕业顺利考上北京的一所著名大学，而且一口气读完硕士、博士，并最终留在北京的一所高校任教。成功的经历，让他自己颇为得意，甚至自傲，因为他一路走来，凭的全是自己的努力和实力，怎么用得着给别人送红包呢？他做梦都没有想到过。

然而眼下，他必须认认真真考虑给别人送红包，如何给别人送红包的问题了。

一个月前，吴欲刚的妹妹吴玉娟因为长时间感觉到脑袋发涨、发沉、发痛，甚至耳边轰鸣不断，像有狂风摧枯拉朽在屋顶肆虐，又如有飙车从窗外隆隆碾过。吴玉娟辗转反侧，夜不能寐。不得已，她放下忙碌的小生意到镇卫生院看医生，医生左看右查，说不出个所以然，只是胡乱开了些药给她，并告诉她可能是太忙碌休息不好引起的神经衰弱，让她回去吃药，好好休息几天。吴玉娟信以为真，花数百元买了医生开给她的药，回家吃了几天，也休息了几天。可是，几天过去，一个星期过去，甚至十几天过去之后，她头疼脑涨依旧，耳边轰鸣依旧，也依旧辗转反侧睡不着觉。

眼见妻子痛苦不堪的样子，丈夫周少康急在心里，痛在心上。他下决心把连节假日都不关的小卖部关了一天，又将两岁的儿子送到母亲那里，自己带着妻子一大早乘坐长途客车赶到了县城人民医院检查。医生左看右查，还做了CT，也说不出吴玉娟到底是患了什么病，便又开单子让她做了强化核磁。到了下午，核磁的片子出来了。夫妻俩拿着片子找到上午负责诊断的那位大夫，大夫接过片子一看，惊诧得叫出声来："呀，你脑子长了个瘤，而且是这么大的瘤！"大夫一手举着片子，另一只手对着片子上那处异常的地方比画着，拇指与食指勾合着做圆圈状。

仿佛五雷轰顶，夫妻俩一下子全傻了眼。吴玉娟霎时眼冒金星，紧张得浑身发软，眼看着歪歪扭扭就要瘫倒在地，幸亏丈夫眼疾手快，一把搂住了她。医生也纷纷上前帮忙，将她扶到一边的椅子上。

医生自觉失态，忙又放松表情。待吴玉娟稍微安静下来，他举着片子上前安慰：别急，是听神经瘤，良性的，可以手术。只是这瘤大了一点儿，你们早该来检查呀！这么大的瘤得上省医院，最好是上北京的医院，北京脑神经外科水平最高，全国最好。

见医生恢复常态，周少康夫妻半信半疑，却又急着追问："脑子里真的是长着瘤？真的是良性的，可以医治？"

医生肯定地点头："没错，赶快去安排做手术吧，越快越好！"

夫妻俩踉踉跄跄地走出医院，当即给远在北京工作的哥哥吴欲刚打了电话。电话中，吴玉娟几乎是六神无主地带着哭腔:"哥,我……我不行了,出大事了,脑子里长了个瘤,你得想法子帮帮我……"话没说完,她强烈哽咽,呜呜地哭出声来。

周少康急得一把夺过电话,一五一十地将今天在县城人民医院诊断的情况告诉了吴欲刚,并申明:"医生说必须到北京做手术,北京的神经外科是全国最好的。"

接电话时,吴欲刚有些发蒙。春节回家时,妹妹还好好的,怎么刚过去数月她的脑子里就长了个瘤呢?他有些不信,也不愿相信。待他定了定神,专注地断定电话中传来的是妹夫周少康的声音时,他不由分说地催促:你们赶紧去买车票,赶紧来北京!

挂断电话,吴欲刚脑子一片空白,一种说不出的滋味和责任感油然而生。他只感觉浑身沉甸甸的,隐约有几分压抑,又有几分庄严与崇高。妹妹与他情同手足,打小一块儿长大。他们兄妹四个,吴欲刚是老大,比他小的依次是妹妹吴玉娟,弟弟吴伟刚和小妹吴玉梅,兄妹四人靠当乡村教师的父母亲那点儿微薄工资度日,家庭经济的窘境可想而知。想当初,妹妹吴玉娟是为了支持哥哥学业,帮助父母亲拉扯下面的弟弟、妹妹,才听从父亲的劝说放弃高考,外出到南方打工的。

几年下来，吴玉娟不但挣钱接济家庭，自己结婚后还回到家乡与老公开了一家小卖部，卖些油盐酱醋之类的生活用品，同时零星批发些化肥、农药之类的农用物资，日子过得算是可以。但吴玉娟这么多年为此付出的努力和牺牲，吴欲刚还是心知肚明的。为此，他曾经为妹妹惋惜过，也为妹妹愧疚过。眼下，妹妹得了重病，他急在脸上，痛在心里。他必须竭尽全力，义无反顾为妹妹寻找并联系最好的医院和最好的医生。

那几天，吴欲刚除了上课，余下时间全身心惦记着为妹妹找医院寻医生的事。他调动所有的信息工具和通信手段，上网查，打电话，终于瞄准北京神经外科最高水平的一家医院。

这时候，妹妹和妹夫也风尘仆仆地从东北老家赶来了。第二天，吴欲刚向系主任请了假，带着妹妹和妹夫，一大早便赶到那家医院挂号。没想到，挂号处窗口早已经排起了长龙，挂号大厅也密密麻麻挤满了人。吴欲刚让妹夫陪妹妹在大厅一旁等着，自己匆匆加入了排队挂号的行列，满心期盼地等着，他渴望能为妹妹挂上个专家号。然而，专家号窗口前的队实在是太长了，长得延伸到大厅外面，队伍甚至还像蛇一样逶迤蜿蜒着拐了几个弯，从后往前几乎望不到头。吴

欲刚耐着性子站了半个小时，队伍却像只病快快的蠕虫，只
是缓缓地向前蠕动了几步。这样子，恐怕排上几个小时也挂
不上号啊！一阵阵焦灼感从吴欲刚的内心深处冒了上来，吴
欲刚开始感觉不耐烦。

这时候有个陌生男子走近他的身边，悄声问他：喂，要专
家号吗？

吴欲刚打量着这个陌生男子，将信将疑，问：真的还是
假的？

男子瞟他一眼，眼神有几分神秘：不信？你可以先看病再
给钱。见吴欲刚疑惑不解，男子又凑上前来：我可以先带病人
进专家诊室，出来后你给我钱。

吴欲刚有些动心，问：要多少钱？

男子伸出三个手指：三百。

吴欲刚一听顿生反感，但仍耐着性子说：便宜点行吗？

男子瞪他一眼，有些不耐烦：已经够便宜了，三百块，一
分也不能少。专家号一天就挂出十来个，你根本就不可能挂
上，不信你就排着瞧吧。

陌生男子的口气很肯定。可吴欲刚实在又觉得对方太宰
人，三百元挂一个号，简直是抢呀，他自己一个月也才挣四五
千元呢！三百元，他实在是舍不得，何况那专家号会是真

的吗？

正犹豫间，那男子已经离开他，鬼鬼祟祟地走到别处推销他的专家号去了。

很快又走过来一位陌生的中年妇女，同样是问吴欲刚要不要专家号。要价却比刚才的男子还贵，开口就要四百元。吴欲刚更是反感，一脸不耐烦地将她支开了。刚好这时候妹夫也走过来，说想让吴欲刚休息一下，他替着排队。吴欲刚心想这样也好，让妹夫排着，自己好到前面去了解一下情况。

吴欲刚顺着队伍往前走到挂号处的窗口。整个队伍人挨人，一个个紧贴着，几乎密不透风，显然每一个排队的人都生怕别人加塞挤进去。窗口的最前面有保安在维持秩序。吴欲刚本想挤到窗口询问还有多少专家号，排队究竟还能不能挂上，可保安都不让他再往前挤。看来排队是无望的，只能找号贩子买专家号。可掏几百元买个专家号吴欲刚又的确不甘心，对于天生就痛恨歪门邪道、眼睛从来都揉不进沙子的他来说，看着他们都觉着来气，怎么可能掏钱助纣为虐呢？

吴欲刚忽然意识到自己的决策错误，他不应该一大早领着妹妹和妹夫前来排队挂号。以前他就听人说热门医院的热门科室的专家号靠排队基本是挂不上的，媒体上也报道过什么"看病贵""看病难"，只是他自己没有亲身经历，心想不至于吧，便决定前来碰碰运气。现在看来，这个决定是错误的，甚至是愚蠢的。吴欲刚意识到自己应该先找找关系，找找熟人，看自己的生活圈中有没有谁认识这个医院的医生或职工，让人家帮助牵线搭桥，毕竟眼下的社会是讲关系的，"熟人好办事"嘛。一说到找关系，吴欲刚内心就伴生出抵触。他向来主张自食其力，万事不求人是他做人的基本准则，他的经历和学业的成功也正是依照这种准则一路走下来的。可眼下，为了尽快给妹妹找到医生治病，看来他不得不违背这种准则，虽说内心一百个不情愿，可也没有别的办法，他决定回家先找找关系。

他走到妹夫排队的地方，将自己的决定告诉了他。

妹夫听罢，心有不甘，他急于让妻子尽快看上病，说：干脆花钱买个专家号吧，找关系怕耽误时间，也太麻烦，再说治病要紧，怕等不及了。不由分说，妹夫脱离队伍，到人丛中寻找票贩子，很快买了个神经外科的专家号回来，是副主任医师宋惠国的专家号。

吴欲刚暗喜，这正是他需要的专家号。昨晚，他已经上网查阅过这家医院神经外科医生的所有资料，他知道这家医院的冯俊杰主任和宋惠国副主任，是听神经瘤手术做得最好的。论经验和名气，冯俊杰最好，是医院里学科的带头人，手术做过上千例，成功率达到百分之九十九点五，名声显赫，地位高不可攀，是公认的泰斗。遗憾的是冯主任如今年事已高，今年已七十六岁，精力和注意力已经大不如前，所以目前做的手术正逐年减少。相比之下，宋惠国才四十多岁，年富力强，又是冯主任的得意门生，经验和名气虽不如他的导师，但也有赫赫战例和丰富的临床经验，迄今他已做过四五百例成功手术，手术成功率也达到了百分之九十八点五，目前正当红，是医院里听神经瘤手术的台柱子。所有这些，吴欲刚早已经了然于胸，他当然希望妹妹的手术能够由冯主任或者宋主任主刀，没想到果真就赶上宋主任这个专家号了。

不过，吴欲刚又有些愧疚，按说他是妹妹的亲哥哥，是北京的东道主，妹妹和妹夫是奔他前来求助的，真要买专家号理该由他来掏钱呀！看着妹夫手里的专家号，吴欲刚忽然想起号贩子的许诺，猛然警觉起来，大声问：号贩子呢，让他带咱们进诊室！他一边冲妹夫嚷，一边睁大眼睛，四下里寻找着号贩子。

妹夫纳闷：找号贩子干吗？

吴欲刚说：让他带咱们进诊室，以免上当。他将号贩子的许诺复述了一遍。

妹夫听罢，觉着有理，便又重新钻进人丛，寻找那位卖给他专家号的号贩子。吴欲刚跟在他身后，四下里找。两人找了个遍，号贩子连影子都找不到了。眼看着时间已经快到十一点，妹夫说，别找了。咱们赶紧去诊室吧！

两人找到吴玉娟，三个人一起忐忑不安地来到二楼神经外科宋主任的候诊室。诊室门外的导医查看了他们的专家号，同意让吴玉娟进入候诊室。看来这个从号贩子手里买来的号果然是真的，谢天谢地！三个人悬着的心终于放了下来。尽管导医只同意家属中的一个人陪吴玉娟进去，吴欲刚也已经很知足了。他让妹夫陪妹妹进去，自己一个人在外面等候。

十一点二十分，吴玉娟如愿进入宋主任诊室。宋主任问了问吴玉娟的症状，看了看患者带来的片子，开单子分别让吴玉娟做了血常规检查、核磁检查，让他们等候检查结果出来后再来找他。

吴欲刚领着妹妹和妹夫到医院外面的餐馆随便吃了点饭，又回到医院等候。好不容易熬到了下午三点，血常规和核磁检查结果都出来了，吴欲刚带着检查结果，领着妹妹到二楼找宋主任。宋主任看了看结果，开出了住院通知，让他们到住院部的神经外科办理住院手续。

三个人满怀希望来到住院部，以为马上就能住上院。没想到护士接过单子，做了登记，说：回去等电话吧，病房什么时候有床位了，会通知你们前来住院。

吴欲刚问：得等多长时间？

护士面无表情答：没准，短则一周，长则数月。

三个人面面相觑，见护士不再搭理，不好再问，只好悻悻地离开……

吴欲刚带妹妹和妹夫回到家，便开始了漫长的等待。这里的漫长，倒还不是时间意义上的漫长，主要是等待中的心理感觉。吴玉娟的脑瘤究竟情况如何，手术何时能够进行，手术能否成功？这一连串问号像一根无形的绳索，将他们的心都拽紧了，令他们心神不定，焦躁不安。

等待病房床位，护士说短则一周，长则数月，可到底是一周还是数月呀？家里没有谁能够做出回答，但护士如果是他们家里的人，就肯定能够做出准确的回答。只是护士不可能冷不丁成为他们家里的人，他们家里的人也不可能冷不丁出了个在那家医院负责安排住院病床的护士！

关系！关系！……出门靠朋友，办事靠关系。这句以前吴欲刚嗤之以鼻的话，他终于平生第一次体会到其中的真正含义。

吴欲刚开始千方百计地寻找关系。他开启大脑里记忆的扫描仪，将自己的亲人朋友同学老乡同事等等，都做了一次地毯式扫描，甚至调动他所能想到的社会关系和社会资源，几经周折，好说歹说，最终通过一位学生的家长找到了一个关系。这个关系，是吴欲刚任课的班里一个学生的家长的同事的妻子，那人在那家医院里的药房工作。即使如此，吴欲刚也像漂泊在茫茫大海里绝望之际捞到的一根救命稻草，内心油然生出些许希望和欣喜。

下课后，他立刻叫住这位叫谢琳琳的学生，让他跟家长说帮帮忙，找时间将那位同事在医院药房工作的妻子约出来一块儿吃饭。

第二天，谢琳琳回话：我爸说那位在医院工作的阿姨太忙，周末也加班，根本不可能有时间出来吃饭。

吴欲刚一听傻了，好半天愣在那里。谢琳琳在班里是个调皮的女孩，她见眼前的吴老师从未出现过的这个熊样，扑哧一下差点儿笑出声来。她强制自己收敛笑容，抿着嘴说：吴老师，您先别急，我爸在电话里跟那位阿姨说了，我女儿的老师有事相求，请她尽可能帮忙。那位阿姨说没问题，她会尽量帮忙，呶，这是她的名字和电话，您可以直接同她联系。谢琳琳说着将一张纸条递了过来，吴欲刚展开纸条，上面写着：王素梅。后面是电话和手机号码。他如获至宝，原本紧锁的双眉舒展开来，连声对谢琳琳道谢。

吃完午饭，吴欲刚给王素梅打了电话。刚开始，王素梅的声音冷冰冰的，一副公事公办的样子。待吴欲刚介绍完自己身份，对方的声音才温和起来：哦，我想起来了，谢永明同我说过你，你好你好！她所说的谢永明，就是谢琳琳的父亲。

您好您好！吴欲刚受宠若惊。紧接着，他抓紧时机将自己妹妹准备到他们医院做手术的情况告诉了她，并表达了想了解医院住院部那边的情况、请她帮忙让妹妹尽早入住医院做手术的愿望。

王素梅听罢，声音又降了降调，说：嘻，我们医院的确是人满为患，全国各地的患者挤破头都想到我们这儿做手术，可哪儿来那么多医生和病床呀？只好排队呗，有的排了半年一年的都做不上（手术）呢！

吴欲刚问：您能否帮帮忙？

王素梅答：实话跟你说吧，想帮忙的人太多了，不容易！

吴欲刚：这……

王素梅沉默了一会儿，说：这样吧，我抽空帮你到病房那边问问。

吴欲刚：那太谢谢您了！那……我什么时候再给您打电话？

王素梅：明天吧。

吴欲刚：谢谢，谢谢！

毕竟事情还没有着落，回到家，吴欲刚和妹妹、妹夫又度过了一个焦躁之夜。

明天很快到了。

这天上午，吴欲刚没敢给王素梅打电话，怕催得太急不合适。中午，他打电话给王素梅，王素梅说：哟，我实在太忙，还顾不上问呢，我下午问吧。

下午下班前，吴欲刚不失时机给王素梅打电话。王素梅说：我找护士长了，可护士长没在。

吴欲刚小心翼翼地问：那……我什么时候再找您？

王素梅说：这样吧，你把电话告诉我，回头我给你打电话。

吴欲刚随口报出了自己的电话和手机，并连忙道谢。

过了一天，没有王素梅的电话。

又过了一天，还是没有王素梅的电话。

第三天上午，依然没有王素梅的电话。吴欲刚焦躁不安，回到家午饭都吃不下几口。放下饭碗，他给王素梅打通了电话，王素梅说：我问过那边的护士长了，人家说等待手术的人实在太多，真的需要排队耐心等待。

吴欲刚仿佛被泼了一盆冷水，心一下凉了，抓着话筒半天无语。话筒那边开始是沉默，接着是嘟嘟的忙音。显然是对方将电话挂断了。

见吴欲刚一脸沮丧，全家人都像打了霜。半晌，妻子开口了，说：都说办事得找关系，可看样子找关系也没有用呀！

妹夫吐着烟说：不，有用，关键是怎么做工作，现在办事得要这个……妹夫收住话，右手的拇指和食指快速捻着什么，嘴唇蹦出两个字……票子！妹夫紧接着说，没有票子，什么都办不成！

妹妹说：哥，少康说得对，依我看，你不能光打电话，咱们一块儿去找她，给她打点打点。

吴欲刚说：手术八字还都没一撇，现在就打点？再说对方不过是一个在病房抓药的……

妹妹抢白道：抓药的怎么啦？抓药的也是他们医院的人，她要是真的肯帮忙，肯定比咱们人地生疏、瞎子摸象干着急强！毕竟是兄妹之间，吴玉娟说话口无遮拦，直来直去。

妻子见状，忙对吴欲刚说：我看玉娟说的也是，要不……你还是再想想办法，给对方送点东西吧。

吴欲刚挂上话筒，点了点头：好吧，容我再想想办法。

整整一个下午，吴欲刚一直琢磨着怎么与王素梅套近乎，以取得她的信任和帮助，甚至讲课的时候时不时走神，以致几次讲着讲着就断了思路，不知下面到底要讲什么。他站在讲台上每每愣上几秒钟都找不着北，不得不低头翻阅教案，这在他以前可从来没有出现过，弄得讲台下的学生或莫名其妙或窃窃私语，吴欲刚也不得不几次向学生们说抱歉。

下课之后，吴欲刚向谢琳琳要她爸爸的手机号。回到办公室，他给谢琳琳的父亲谢永明打手机，他在电话中向谢永明介绍了他找王素梅的情况，问他是否有可能约他的同事和王素梅夫妇一块儿出来吃饭。吴欲刚考虑再三，还是觉得在饭桌上套近乎再请王素梅帮忙会自然些，毕竟他与王素梅素昧平生。

谢永明说：吴老师，吃饭的事我跟他们讲过了，但王素梅确实很忙，他们医院经常加班，好不容易歇上一天，她也要在家里休息，不愿意出来吃饭。停顿了一会儿，谢永明又说：要不，我与我那位同事联系一下，看王素梅今晚加不加班。要是她休息在家，我带你到他们家去找她。

吴欲刚连声说好的好的，真是麻烦您了。

大约过了半小时，谢永明来电话说联系好了，王素梅今晚在家，咱们一块儿去他们家吧。

吴欲刚说：那太好了那太好了！随后，两人约好了时间和地点。

刚挂了电话，吴欲刚才意识到什么，于是又拨通了谢永明的手机：老谢，真对不起，我忘记了最重要的事情。您看我该带点什么东西给王素梅？

谢永明沉吟片刻，说：我也说不好，您看着办吧。末了又补充道：礼物不用太重，可也不要太轻，说得过去就行。

吴欲刚说：谢谢，知道了。他回答得轻松，真琢磨起来却犯难了，到底送什么东西好呢？

吴欲刚一边琢磨着，一边给妻子挂电话，说晚上要去王素梅家，得上街买点礼物，来不及回家吃饭了。他让妻子转告妹妹和妹夫。

来到大街上，吴欲刚一个人穿行在车水马龙、熙熙攘攘的人流之中，然后在街道两旁的商店中一个个踟蹰、徘徊，一直拿不准自己到底该买什么。

在一间规模稍大一点儿的超市，半天还拿不定主意的他索性问身旁的一位中年女售货员：同志，我想给人家买礼物，您看我到底买什么好？

售货员打量着他，多少有些意外和惊讶：买什么礼物？那得看你是给谁买的了！

吴欲刚说：我……我求人办事用的。

售货员说：那也得看办多大的事。

吴欲刚说：不大不小的事。

售货员说：那就买烟茶酒，随你挑。说着还指了指右边的货架。

吴欲刚来到那货架前，看了又看，挑了又挑，觉得烟和酒不知人家需不需要，还是买茶吧。于是买了两份礼品茶，是铁观音，每份 360 元，两份茶共花了 720 元。然后，他走出超市，到旁边的马兰拉面馆吃了一碗拉面。

见到谢永明的时候，吴欲刚将两份礼品茶中的一份递了给了他，说：老谢，初次见面，就给您添麻烦了，这份茶是给您的。另一份一会儿给王素梅。

谢永明连忙推辞：不用不用，您是琳琳的老师，千万别这么客气，再说这点小事算什么忙呀！说着，他将茶推了回来。可吴欲刚又推了过去。那份礼品茶在他俩之间来回推了几次，谢永明忽然意识到什么，说：这样吧，别再推了，两份茶都给王素梅，一份给她自己，另一份她可以给病房的护士长。

吴欲刚一听睁大眼睛，一巴掌拍在自己的后脑勺上，自责地说：嘻，您看我这脑子，咋将护士长那份给忘了呢！他嘿嘿笑着，笑得有几分尴尬：老谢，那……那就先给护士长吧，给您的我以后再补上。

由于有谢永明牵线，吴欲刚那天晚上与他们一家聊得很好，待气氛聊得比较融洽的时候，吴欲刚不失时机地说明了来意，并表达了妹妹急着做手术的迫切，他甚至讲了自己对妹妹的感情，讲了妹妹这么多年来对他们家庭的贡献和经历的不易，也讲了妹妹和妹夫开的小卖部不能老关闭，再说家里还有个刚刚两岁的孩子呢。末了，吴欲刚恳切地请求吴素梅一定想办法与那边的护士长再沟通一下，尽可能提前让他的妹妹住院做手术。说着，吴欲刚指了指带来的两份礼品茶说，我带了两份小礼物，一份给您，另一份是给护士长的，一点小心意。

王素梅瞟了一眼礼物，客气地说：给我的礼物就免了吧，护士长那边嘛，我只能再去试试，人家能不能帮忙我也说不好，因为找她帮忙的人实在太多了！

这时候谢永明帮腔说：王姐，你就尽量想办法吧，吴老师是我女儿的老师，你帮助他就是在帮助我。事成了，我一定请你全家到"沸腾渔乡"吃水煮鱼！谢永明站起来冲王素梅夫妇拍着胸脯，一副豪爽的样子，他知道他们一家都喜欢吃水煮鱼。

王素梅的丈夫表情生动起来，他拍着自己的同事谢永明的肩膀说：好，一言为定！又扭头对妻子王素梅，嘿嘿笑着：老婆，你就尽量想办法帮忙吧。

王素梅剜了丈夫一眼，倏忽间又换了笑容朝着吴欲刚和谢永明：我尽量跟护士长说说吧。

吴欲刚连连道谢，很是感动……

从王素梅家里出来，吴欲刚缓了一口气，心想工作总算迈出了第一步，毕竟与王素梅见了面，礼也送了，这回不会没有一点作用吧。几天来一直压在心头的大石似乎轻了一些。他一再对谢永明说谢谢。

回到家，他将今晚找王素梅并送礼的事向妹妹、妹夫和妻子都说了，一家人满怀希望地等待着王素梅那边的结果。

第二天中午，吴欲刚正要给王素梅打电话询问情况的时

候，却先接到谢永明的电话。谢永明委婉地告诉他，王素梅
上午给他打电话了，说要想找人家护士长帮忙尽早住院，光
送点儿茶叶什么的恐怕不行。其实，王素梅跟谢永明说得很
直接：你女儿的那位老师真不会办事，拿点儿破茶叶你让我
怎么能够找到护士长帮忙啊？谢永明没有将这句原话告诉吴
欲刚。

吴欲刚愣了一会儿，问：那……他们到底要什么啊？

谢永明答：他们也没有明说。

吴欲刚一听头都大了，费了半天劲还是原地踏步，他没有
料到现在办事怎么这么难，他不知道事到如今到底该怎么办才
好。他拿着话筒愣了半天，最终只蹦出一个字：这……

没有见面，谢永明却知道此刻吴欲刚的心情，同时他也觉
得吴欲刚简直是迂到家了，迂得几乎可以进人际关系博物馆。
昨晚他见吴欲刚费力地拎着茶叶，就估摸着办不成什么事，只
是吴欲刚是他女儿的老师，他不好点破，另一方面也心想不妨
试试，没准管用呢。没想到，他昨晚内心隐约的担心还是变成
了现实。现在吴欲刚不知所措，谢永明感觉不能再绕弯子了，
他清了清嗓子，索性挑明说：吴老师，您是琳琳的老师，平时
接触社会可能太少了。您不知道，眼下这社会办事得靠关系，
办大事得靠金钱，没有关系寸步难行，没有金钱事难办成。

唉，依我看，您妹妹住院做手术的事是大事，没有钱不行，您还是得考虑送送红包！

吴欲刚恍然大悟。

妹妹的手术远没有进入实质性阶段，送红包的事却已经迫在眉睫，这事要放在以前，吴欲刚死都不能相信。即使相信，他也不屑，而且也瞧不起，送红包在他心目中一直是很庸俗的事，现在却实实在在落到他的头上，而且要由自己实实在在去送，这事对他来说就像冷不丁吞进一只苍蝇，想起来都让他恶心。自打与谢永明通完电话，这种恶心的感觉整个下午一直陪伴着他，让他心神不宁，甚至浑身起鸡皮疙瘩。讲课的时候，他的眼前不时飞舞着红包，那红包还张开着血盆大口，唰唰地飘忽着一张张钞票，张牙舞爪的，活像一头面目狰狞、令人恐怖的怪兽，一会儿冲他吼，一会儿冲他笑，以致有时候他感觉耳边嘤嘤嗡嗡，甚至感觉眼前有几分眩晕，后背似乎也湿漉漉地不时冒着冷汗。他说不清自己整个下午是怎么上完课的，好不容易上完课，走出教室，他夹着教案迫不及待地快步走进卫生间，酣畅淋漓地撒了泡尿，仿佛排遣着浑身的晦气。又打开水龙头冲了冲脸，然后匆匆走出教学楼，大口大口地呼吸着校园的清新空气……

待头脑逐渐趋于清醒，心情逐渐趋于平静的时候，他不得不面对现实，冷静盘算该送多大红包、如何送红包的问题。

原本，他打算直接回家，晚上同妻子、妹妹和妹夫一块商量，看看到底该送多少钱，该怎么送的问题。可转而一想，妹妹的手术八字还没有一撇，昨晚自己刚刚上王素梅家送礼，现在又给人家送红包，他一个堂堂的博士生，在北京混了这么多年却落得这个样子，让妹妹和妹夫知道，实在是太没有面子了。何况，如果妹妹和妹夫知道了要送红包，肯定不愿意让哥哥出钱，吴欲刚也不愿意让妹妹和妹夫出。可自己出钱送红包，这事让妻子知道了，妻子肯定也不愿意。这些顾虑，让吴欲刚立时打消了回家的念头。

他立即给王素梅打了电话，问她晚上是否加班？王素梅说是。吴欲刚说那我晚上去医院去找您一趟。王素梅说好。吴欲刚又给谢永明打电话，问谢永明送红包不知送多少合适。谢永明说他也说不好，想想又出主意说：送多了你送不起，送少了你打水漂，怎么说你也得送两千吧。吴欲刚问是每人两千还是两人两千。谢永明说当然是每人两千，舍不得孩子套不得狼，王素梅你也得送，送少了还不行！

吴欲刚一听头都大了，只感觉脑袋忽然像被吹进了气，呼呼地膨胀着，几乎快要爆炸。妹妹眼下还住不上医院，更谈不上手术,自己眼睁睁就得送出去四千块钱,这也太黑了吧?他举着手机,气得直想骂娘,但理智提醒他对方是谢永明,骂出来谢永明以为你骂他呢,人家好心好意帮助你还挨你骂,凭什么呀?情急之中,吴欲刚将骂声改为谢声,冲着对方连声道谢。然后,他狠狠按掉手机通话键,站在校园里一棵高大的白杨树下呼呼生着闷气,足足发了五分钟。待他的呼吸由粗转细,由大转小,由急转缓,渐渐趋于平静,他这才下了决心,快步走出校门。

吴欲刚到了学校大门对面的工商银行,掏出工资卡狠心取了四千块钱,又在旁边的文具店买了两个信封,每个信封分别装了两千,在收款台找收银员借了胶水,小心翼翼封上,又小心翼翼装到随身背的公文包里。做这一切的时候,他感觉自己就像小偷,周围像有一双眼睛紧紧地盯着他。那眼睛雪亮雪亮,那眼睛射着光芒,闪着责备,带着怨恨,那就是妻子的眼睛。妻子是他的大学同学,自打结婚以来,他与妻子之间和睦相处,恩爱有加,凡事有商有量,收入和花销彼此间都是透明的,哪儿干过这等偷鸡摸狗、先斩后奏的事情?即使偶尔有稿费或劳务费之类的额外收入,吴欲刚也一是一,二是二,回到家里如数上交给妻子。他不像有些男人,背地里藏着小金库,以便在外面搞些寻花问柳、拈花惹草之类的事情。可这一次，吴欲刚却背着妻子，破天荒截流了四千块钱，虽然不是用于寻花问柳，但对于一向被系里的同事尤其是女同事称为"新好男人"的他来说，多少有些冒天下之大不韪的味道。所以，将四千块钱从工资卡取出并分装进信封的时候，吴欲刚惴惴不安，多少有些感觉愧对一直恩爱相处的妻子。但一想到急于做手术的妹妹，吴欲刚便顾不了那么多了，赶往王素梅医院的时候，他决定豁出去了，那感觉有些像赴汤蹈火。

还好，送完红包的第二天上午，吴欲刚还没有进教室便接到王素梅打来的电话，王素梅说已经接到护士长的通知，要他赶紧让妹妹收拾东西，带四万元住院押金、衣服和洗漱用品什么的，中午前入住医院。电话中王素梅笑声朗朗，说护士长给安排了最好的病房，朝阳的，敞亮通风，别人八个人一间，你们是四个人一间，真不错，你们赶快来吧。

吴欲刚受宠若惊，连声道谢，他立刻往家里拨打了电话，将住院的通知告诉妹妹，并让妹夫准备好银行卡，又让妹妹准备好生活用品，说待他上完上午的两节课便回家带她前去医院。

两节课上完，吴欲刚马不停蹄回到了家，带着妹妹、妹夫拎起盆盆罐罐，三个人身上都大包小包地走出家门，在小区门口拦了辆出租车，急急忙忙地赶往医院。他先是在药房找到王素梅，又在王素梅的指点下找到医院病房三层的住院部，见到那位王素梅介绍的已经收了他红包的护士长钱桂芬。

钱桂芬约莫五十开外，宽脸，小眼，稍胖，看人的时候双眼几乎眯成两条缝，但目光炯炯有神，一听说吴欲刚是王素梅介绍来的便满脸堆着笑，颇为热情地招呼身边的护士为吴欲刚的妹妹办理住院手续。

按照护士的要求，妹夫去收费处交四万元住院押金并购买饭卡，吴欲刚协助妹妹按护士长要求量体温，测体重，验血压，进行术前的身体常规检查。办完这一系列手续，吴欲刚在一位年轻护士的引领下将妹妹带到四人一间的病房，安顿完毕，这些天他内心压着的一块大石头总算掀落下来。

但是入住医院还仅仅是第一步。护士长钱桂芬说，既然住进来了，只要病人身体各方面检查结果正常，就会在一周内安排手术。但是由哪位大夫给做手术，是主任医师还是副主任医师，如果是副主任医师能否是宋惠国，那可就说不准。

由于先前已经给钱桂芬护士长送过红包，而且钱桂芬已经收了红包。吴欲刚自然感觉到自己与钱护士长的关系近了一层，此刻他当然不会放过时机。他问钱护士长，能否帮忙安排冯俊杰或宋惠国医生做手术？

　　钱护士长听罢，既不说帮忙，也不说不帮忙。而是说谁都点名要冯主任或宋主任主刀，可病人又那么多，这可不那么容易！

　　吴欲刚唯恐对方再找托词，心一急，忙涎着脸恳求：钱护士长，您……求您想办法帮帮忙吧，事成了我会再感谢您！话一出口，他自己都有些惊诧，"求"这个字，有生以来他从没有对谁说过，怎么现在冷不丁说出口了？他感觉这个字刚才不像是自己说出来的。他内心这么想，脸上却近乎央求，那上面写着焦灼与期待。

　　钱护士长看在眼里，盘算在心上，脸上却不动声色。这样的恳求她见得多了，每天都能见到，当初她面对这种表情也心生恻隐，后来见多了，她就逐渐麻木。但毕竟先前已经通过王素梅收了吴欲刚的两千元钱，再怎么说她也不能无动于衷，何况吴欲刚还说"事成了会再感谢"，于是她说：我试试看吧。

　　这句话，虽然不能让吴欲刚满足，但毕竟存有希望，吴欲刚不好再说什么，只好连连道谢。

　　转回身，吴欲刚不放心，又到药房去找王素梅。毕竟是收了吴欲刚的两千元钱的，见到吴欲刚，王素梅眉开眼笑，比先前热情了不少。利用取药间隙，她还主动走出药房与吴欲刚攀谈，询问他的妹妹安顿好了没有。

吴欲刚忙说安顿好了安顿好了，多亏您的帮忙，真太谢谢您了！

王素梅说不用客气，有事你就言语一声。

吴欲刚不失时机：我正好有事找您，您能不能帮忙想办法，争取让冯俊杰或宋惠国主任给我妹妹做手术，或者您让钱桂芬护士长帮帮忙？

王素梅脸上的笑稍纵即逝，但那笑很快又闪回到脸上。她回答得也很爽快：行，我再跟钱护士长说说看吧。

王素梅这个态度，让吴欲刚很是感动，心想：钱这东西真是管用啊！

回到病房，妹妹和妹夫不约而同迎上前来，问吴欲刚上哪儿去了？吴欲刚说我关心是哪位大夫为你做手术，去找了找人，看能不能帮忙。

已经穿上病服的妹妹眉一扬，蛮有信心地说：不用找了，你看这床头不是写着嘛！

吴欲刚低头瞧，发现妹妹病床靠过道这边果真挂有卡片袋，上面写着病人姓名、主管护士和主管大夫。主管大夫明明白白写着：宋惠国。吴欲刚不免纳闷：既然这里已经写得明白，钱护士长为什么要说是谁手术可不一定呢？主管医生难道不就是负责手术的医生？

见哥哥疑惑，吴玉娟凑前一步，指着邻床的病友对哥哥说：是这位大姐说的，她是上周做的手术，也是宋惠国主任。

吴欲刚听罢，冲眼前的这位大姐点了点头。这位大姐看上去约莫五十来岁，因为手术，她已被剃了光头，脑袋上还缠满绷带，只露着脸庞，但精神矍铄，此刻她也冲吴欲刚微笑点头。

吴欲刚关切地问：您好！您是宋惠国主任做的手术，手术挺顺利吧？

大姐说：挺顺利的。宋主任目前是这个医院最好的医生，他的手术确实做得好。

吴欲刚说：我们也希望是宋主任给做手术，可又不知道究竟是不是他。

大姐说：放心，肯定是宋主任，病床的卡片上不是写得清清楚楚嘛！

他身边的中年男子也说：肯定是他。早先我们也通过熟人问清楚了的，卡片上的主管大夫写着谁就是谁负责主刀，除非有特殊情况。看样子，这中年男人应该是大姐的丈夫。

吴欲刚说：那就太好了！可是……

吴欲刚将钱护士长对他说过"是谁做手术可还说不准"的话说了一遍。

中年男人摇着头说：嗨，你甭信她的话，那明摆着是卖关子想蒙人多忽悠点钱！这男人膀大腰粗，浓眉宽脸，说话口无遮拦，一副很仗义的样子。

吴欲刚心头顿生暖意。

有了那中年男人的话，吴欲刚和妹妹、妹夫的心踏实了许多，他们满心期待着手术的到来，更满心期待能见到他们期待中的宋惠国主任。

第二天上午八点钟，他们的这种期待得到了满足。宋惠国主任和他的助手、护士等一干人前来查床。刚进门的时候，邻床的大姐努着嘴对吴玉娟说：这就是宋惠国主任。

一句话，让吴欲刚和妹妹、妹夫精神都为之一振，不约而同睁大了眼睛，打量着眼前这位让他们多少天来日思夜想的救星。宋惠国主任像那天吴欲刚他们凭着从票贩子买到的专家号在门诊见到时的那副装扮，穿一身白大褂，戴着白帽和黑框眼镜，眼睛不大但炯炯有神，但与那天相比表情轻松。此刻他脸挂微笑，从一个病床走到另一个病床，一一询问着病人的相关病情。当他查询完邻床那位中年大姐的术后情况，又来到吴玉娟床前时，吴欲刚恭敬地递上早已准备好的名片，主动介绍着妹妹吴玉娟的病情。他本想与宋主任多聊几句，套套近乎，但宋主任除了看吴玉娟脑部检查的片子，问吴玉娟昨天入住后的情况，并无与吴欲刚多聊的意思，甚至于对吴欲刚递过的名片看都没有细看。这让吴欲刚看在眼里，急在心上。对于吴玉娟何时能够手术的问题，宋主任也是语焉不详，只是回答说：快了，听通知吧。吴欲刚见此情形，不敢多问，眼看着宋主任领着他的助手和护士摆动着白色长褂到隔壁病房检查去了，他的意识也白茫茫一片，心里空落落的。

眼见哥哥同宋主任也说不上话，吴玉娟更是焦急。自打被医生诊断出脑瘤，她内心的天空就像塌了一角，感觉大祸临头，不知自己能否逃过此劫，所以吃睡都不踏实。最初的时间，她脊背发凉，手脚发软，似乎她周围的天地顷刻都将塌陷下去。待到医生说她的脑瘤是良性的，她才隐隐约约感觉到这天和地并没有下陷，自己的生命还有一线希望，不过她的内心仍然惴惴不安。又待到她与丈夫风风火火赶到北京，在这家著名医院好不容易通过号贩子挂上宋惠国主任的专家号，并且经过一番周折和漫长等待终于住进医院时，她才感觉自己进一步看到了生命的曙光。但在内心深处，她仍感觉不踏实，毕竟手术至今未做，手术过程是否顺利、能否成功？这一切还都是未知数。

相比于哥哥吴欲刚，吴玉娟早早就走上社会，先是到南方打工，而后一直做小生意，众多的经历和阅历使她认定一个真理：眼下这社会办事得靠关系，办大事得靠金钱，没有关系寸步难行，没有金钱事难办成。以前她就到处听说到医院做手术得给医生送红包，她来到北京后跟哥哥说起此事，哥哥不相信，她却百分之百相信。眼下求人办事都送钱呢，何况做手术这关乎健康关乎生命的大事？所以，她认定做手术给医生送红包应该，也合情合理，要不然人家怎么能给你好好做手术呢？所以，自打昨天住进病房，她与丈夫一样，最关心的事就是该如何给宋主任送红包的问题。关于这个问题，昨天住进病房之后，她就悄悄问过邻床已经做过手术的这位大姐，大姐开始摇了摇头，否认送了红包。吴玉娟不甘心，过了一会儿，又寻机问了邻床的另一位也做了手术的大嫂，大嫂也是摇了摇头，说俺是农村来的，住院的钱都是东拆西借好不容易凑齐的，哪儿有啥钱送红包哩！见吴玉娟将信将疑，大嫂身边的丈夫也插话说：俺们真的没送，宋主任人可好哩，手术做得好，还问寒问暖地关心俺们。吴玉娟一听更是一头雾水，眼前一片迷茫，此刻大嫂和她丈夫在她眼里的形象都是模糊的。

这时候丈夫周少康悄悄扯了吴玉娟的衣角，将她拉到一边，压低声音说：你傻呀，送红包也得悄悄送，人家怎么会告诉你？

吴玉娟听罢觉得这话在理，使劲点了点头。做手术哪能不给大夫送红包？打死她也不相信。这事不但她不相信，她丈夫周少康也不相信。

事到如今，吴欲刚也不相信了。王素梅与钱桂芬护士长都收了红包，给妹妹做手术的真正主角宋主任能不收红包？这于理不通，于情也说不过去。

吴玉娟已经多次对哥哥说：怎么说咱们都得送红包，舍不得孩子套不得狼！这钱该花，花出去咱内心踏实，咱不缺这点钱。要是不送宋主任红包，手术他不认真可怎么办？那可是得不偿失，毕竟人命关天呀！

妹妹这番话，吴欲刚觉得在理，也说到他心坎上了。经历了前面的周折和人情历练，吴欲刚已经对"有钱能使鬼推磨"这句话深信不疑。妹妹入住医院时，他就认定必须给妹妹手术的主刀医生送红包，而且必须是在手术前送，不送他内心不踏实。不送，谁知道主刀医生手术时是否全力以赴？所以，送红包已经不是问题，吴欲刚和妹妹、妹夫已经达成了一致：这红包肯定得送。问题是，这红包究竟该怎么送？钱该送多少？

为此，吴欲刚与妹妹、妹夫进行了一番协商，最终达成了共识，确定了送钱的数量和送红包的方式。

这家医院的每天上午八点到八点半，是主治医生带着他的助手巡视检查病房和病人的特定时间。

一大早，吴欲刚便起床，上了卫生间，洗漱完毕，早餐都顾不上吃便背起公文包，匆匆赶往医院，他要赶在宋惠国主任查巡病房时见他一面。

吴欲刚的家住在海淀区，北京的西北角。妹妹住的医院却在北京的东南角。从家中赶往医院，吴欲刚舍不得打车，打车起码得花五六十块钱，而乘坐公交车却只需要不到三块钱。虽然他必须转两次车，花上一个多小时的车程，但相比于那五六十元的代价，吴欲刚也觉得值。虽然他是博士、大学里的副教授，但毕竟，经济上他并不富有。

吴欲刚赶到医院妹妹病房的时候，是上午八点二十分。见到哥哥，妹妹吴玉娟既高兴又着急，她涨红着脸，抓着哥哥的胳膊压低声音说：哥你快点，宋主任刚检查完回到服务台那边的休息室，一会儿就要上手术室了，你赶快去找他！妹夫也在一旁用焦急的目光催促。

吴欲刚听罢，不由分说，转身就去休息室。刚好宋惠国主任还在，吴欲刚从门口一眼就瞅见宋主任正在向他的几位助手交代着什么。他收住步，礼貌地等待着。待宋主任说完话，吴欲刚不失时机，毕恭毕敬地叫了一声宋主任您好！然后将手里早已准备好的名片毕恭毕敬地递了上去。虽然那天他在病房里已经给宋主任送过名片了，但他拿不准宋主任能否记得他。

"我在大学里工作，我妹妹吴玉娟住四号病房，正等待您做手术，您多关照。"

宋惠国接过名片，瞅了一眼，"噢"了一声，点了点头，平静地放进他穿着的白大褂口袋，又平静地注视着吴欲刚，等待吴欲刚往下说。

吴欲刚压制住内心的紧张和拘谨，清了清嗓子问：我妹妹的脑瘤严重吗？手术好不好做？

宋主任答：瘤比较大，但可以手术。

手术什么时候做？

下周二吧。

那太好了！宋主任，我妹妹现在比较焦急，心理负担比较重，但由您主刀，我们就放心了。我……我在大学里工作，平时看书较多，最近比较欣赏的一本书是《细节决定成败》，我送您一本吧，闲暇时您不妨翻翻。吴欲刚边说边从随身背着的公文包里取出了书。

宋惠国接过书，说声谢谢，漫不经心地翻阅着。倏忽间发现书里夹着一个信封，厚厚的，装着什么东西。他停止翻阅，将信封取出来，平静地交还吴欲刚，说：这个你自己拿走，书我留下了，谢谢！

吴欲刚内心先是一紧，局促地欲将宋主任手里的信封往回推，却见宋主任递过来的手坚定有力，眼神也不容置疑。糟糕的是，这时候宋主任的几位助手说说笑笑，将要从门外进来，吴欲刚只得放弃推辞，迅速将信封收了回来，放入包里，那个信封，装着两千块钱，这钱是妹妹早就给准备的。这时候的宋主任却似乎已经不理会吴欲刚的存在，他转身向助手布置着当天的术前准备工作去了。吴欲刚见再搭不上话，只好扭转身，悻悻地离开医生的休息室。

回到妹妹病房，妹妹迫不及待地迎上前来，压低声音问哥哥：哥，咋样？钱送出去了吧？

没有，宋主任不收。吴欲刚有些丧气，声音明显低落。接着他把刚才送钱的情况说了一遍。

妹妹和妹夫听罢，内心霎时像被压了块石头，沉沉的，表情也都阴沉下来。

吴欲刚说：算了，既然钱送不出去，就不送了吧，反正咱们心意到了。宋主任不肯收，说明他医德高尚，让他做手术，我们完全有理由放心。吴欲刚说这番话，是想安慰妹妹，解除她的顾虑，让妹妹轻装上阵迎接手术的到来。同时，他也觉得，这红包本来就不应该送，只要按规定向医院交治疗时的各项医疗费用，医生恪尽职守给病人做手术，天经地义。

听完哥哥这番话，妹妹吴玉娟却不置可否，喃喃地说：不送……那……那能行吗？

妹夫周少康忽然眉头一扬，睁大眼睛说：我看……不是宋主任不收红包，是他不敢收下红包吧？

吴欲刚听罢，满脸茫然。他不知道该如何解答妹妹和妹夫的猜疑。他说，你们休息吧，我得先回学校了，上午十点钟我还有课呢。

吴欲刚乘坐公交车气喘吁吁赶到学校的时候，妹妹的手机就打了过来。电话中妹妹的声音异常洪亮，有几分急促，又有几分神秘。妹妹说：哥，我问清楚了，宋主任的红包还得送。

吴欲刚一听，丈二金刚摸不着头脑，因为急于上课，他没时间也没心思细问详情，冲电话那头喊了一声我马上就要上课，回头再说吧，就匆匆将手机关上了。

不知为什么，上课的时候，吴欲刚却怎么也没法集中注意力。恍惚中，讲台下时不时有装着钞票的红包在眼前来回飞舞、穿梭，妹妹"宋主任的红包还得送"的声音也时不时在耳边回响，怎么驱赶都赶不掉……

他感觉糊里糊涂的，好不容易熬过这两节课。吴欲刚如释重负，回到办公室，他顾不上去食堂吃饭，抓起电话急急地给妹妹打电话。

电话通了。吴欲刚问妹妹：刚才你火急火燎的，怎么啦？

妹妹压低声音说：你稍等，我走出病房说吧……

过了一会儿，妹妹的声音又传了过来：好了，我到厕所来了，厕所里没人，刚才在病房里说话不方便。跟你说吧，你走后我问了病房邻床的那位大姐，大姐说了，宋主任跟咱们又不熟悉，怎么敢收红包？你们得想办法让熟人送！大姐就是这么送出去的。

吴欲刚诧异：前几天你问过那位大姐，她不是否认自己送红包吗？

嗐，那是咱们刚来，人家不肯说实话！

噢……吴欲刚觉得这话在理。那，你说应该怎么办？

妹妹说：还得找熟人，找中间人，让中间人送！

吴欲刚一听，眼前不由自主地闪出王素梅，紧接着又冒出护士长钱桂芬。心想绕来绕去，还是绕不出这熟人圈子。他感觉头一下大了。那得要多少钱啊……咱们总不能光让她们替咱们将红包送给宋主任吧？真要送，这几个环节都得送！

妹妹回答得很坚决：该送就得送！现在是关键时刻，平时该省再省吧，再怎么说身体更重要。哥你别担心，这几个环节的钱我都准备好了，舍不得孩子套不得狼，手术这么重要，咱们花钱买放心吧。再说，人家大姐了，送红包是医院的潜什么来着……哦，想起来了，潜……潜规则！到医院来做手术，大家都是这么过来的。

妹妹连珠炮般的一番话，不但让吴欲刚无言以对，而且如醍醐灌顶，感觉入情入理。他睁大眼睛，对着话筒那头的妹妹说：那……那咱们就送吧。

停了一会儿，他又对妹妹说：要不……咱们不找王素梅了，直接通过钱桂芬护士长送吧，这样可减少一个环节，钱能省点是一点。

妹妹说：咱们跟钱桂芬护士长又不熟悉，她敢直接收咱们的钱吗？再说，她要拿了咱们的钱，通过她给宋主任的那份钱她能不能送到，咱们哪儿知道啊？我看算了吧，咱们还是通过王素梅送可靠些，再怎么说，王素梅是你学生的家长的同事的妻子，多少还算能够搭上一点关系。真有点什么事，你还算能扯得上，让你学生的家长出面帮帮忙，疏疏通通，总可以吧？

妹妹这番话，不但考虑细致周到，而且也入情入理。吴欲刚忽然觉得，妹妹处理此类事比自己老练多了，自己虽然读到了博士，但在社会经验上远不如只有高中文凭的妹妹。

吴欲刚问：行，就听你的吧。那你准备每个红包送多少钱？

妹妹说：少了等于打水漂，多了咱们也送不起，还是两千吧。下午我给你准备好钱，你赶紧安排送吧。

吴欲刚说：行。

当天晚上，吴欲刚在海淀区中关村的一家沸腾渔乡设宴，通过学生谢琳琳的家长谢永明，请王素梅一家吃水煮鱼，谢永明一家也参加了，包括谢琳琳。一桌子人吃得龇牙咧嘴却兴致勃勃，吃得热火朝天，聊得也热火朝天，吴欲刚感觉大伙儿的感情一下子拉近了不少。席毕，吴欲刚将三个红包郑重地递给王素梅，悄声说：这三个红包，每个两千元，一个给您，另一个您帮我给钱桂芬护士长，还有一个想通过钱桂芬护士长送给宋惠国主任，请您帮忙给钱护士长说说。

王素梅听罢，眉开眼笑，因喝酒和吃水煮鱼而涨红的脸忽然间更红了，红得多少有些像血红的猪肝。她嘿嘿笑着，半推半就地说：我的你就不用送了，钱护士长和宋主任的那两份吧，我一定给钱护士长。说完，她接下其中的两份，另一份佯装送回，却让吴欲刚按住了。王素梅嘿嘿笑着，将三个红包都装进自己的坤包里，随口说：那就谢谢你了。那一刻，吴欲刚忽然间有些心痛，又有些恶心，他一时说不清自己是酒喝多了还是被水煮鱼浓烈的辣椒味刺激的……

第二周的星期二，吴玉娟的脑瘤手术如期进行，主刀的是宋惠国主任。手术虽然历时六个半小时，但进行得很顺利。

四天后，吴玉娟核磁复查，结果显示：效果良好，手术很成功。

第五天，吴玉娟平安出院。

出院时，吴玉娟脑袋上的伤口虽然拆线露出光头，说是尼姑却不像尼姑，说是男人却不像男人，样子怪异，但笑容可掬，看上去心情不错。

出于礼貌，吴欲刚领着她和妹夫周少康分别前去向钱桂芬护士长和在药房工作的王素梅告别、致谢。钱桂芬和王素梅都笑脸盈盈，都对吴玉娟的手术成功表示祝贺，她们也都一样劝吴玉娟出院后好好休养，还说这回咱们熟了，都是朋友了，出院后有事尽可以找她们，云云。离别握手的时候，她们俩都先后紧紧握住吴玉娟的手，有些难分难舍的意思，样子都很热情、很诚恳，甚至还有些感人，这令吴玉娟和周少康夫妇十分感动。吴欲刚看在眼里，忽然却想起当初联系住院找她们帮忙时她俩的陌生与冷漠，不由得心生感慨，心想钱这东西，真是人际关系的润滑油啊……

大约两年之后，吴欲刚因为教学和科研成绩突出，以年度先进工作者的身份被他所在大学推荐出席北京市文教卫生系统先进工作者表彰大会。巧合的是，他被安排与曾经为他妹妹吴玉娟做过脑瘤手术的宋惠国主任同住一个房间，宋惠国也是他所在医院推选的年度市级先进工作者。

刚进房间，吴欲刚便一眼认出了宋惠国主任。宋惠国却认不得吴欲刚，他只觉得对方有些面熟，却叫不出名字。吴欲刚则随口就叫出一声宋主任，并热情地主动伸出一只手，上前同宋惠国握手。宋惠国却一头雾水，手虽然握着，眉头却微皱，多少有些发蒙。待吴欲刚主动说起两年前妹妹做手术的经历，宋惠国才恍然大悟，连声说幸会幸会，紧接着询问起吴欲刚妹妹的术后情况，吴欲刚连声说很好很好，接着连声说谢谢，并说多亏宋主任妙手回春，我妹妹才有今天的第二次生命。吴欲刚还向宋惠国介绍了他妹妹现在的生活情况，说妹妹的小生意现在已经越做越大，去年盖了新房，还在邻村开了一家新店，雇了两位店员帮助打理生意。宋惠国听了很高兴，连声说很好很好。之后，两人又聊起了家庭，聊起本次会议安排，聊起了彼此之间的工作，甚至还聊起了各自的业余爱好等等，真可谓无话不聊。开会和吃饭的时候也形影不离，俨然成了亲密无间的好朋友。吴欲刚不由心生感慨：要是早几年认识宋主任，当初哪儿用得着费尽周折，挖空心思送出那么多红包才找到宋主任给妹妹做手术啊！

　　第二天上午，按会议既定议程，是典型发言，主办单位、市人事局安排五位优秀先进工作者代表上台介绍工作业绩、经验和体会，宋惠国不但是其中的一位，而且是第一个上台发言，这既在吴欲刚意料之中，又有些意料之外。意料之中是因为宋惠国是出类拔萃的业务尖子，上台发言顺理成章。意料之外是自打两人同住一个房间，虽然已经无所不聊，但宋惠国对自己上台发言之事缄口不言，一直未予透露。不过再细细一想，吴欲刚很快释然，心想大概是宋惠国低调处事，成绩上不喜张扬的缘故吧！这样想着，吴欲刚对宋惠国又增进了一分好感，这种好感伴随着他目送宋惠国上台，同其他与会者一样给了最热烈的掌声，接着又带着这种好感，静静地聆听他的发言。随着宋惠国发言的开始，吴欲刚内心对宋惠国的好感又进入牛市，曲线陡然上升，然而越往后，曲线悄然停顿，随后曲线开始下降，而且下降得异常迅猛，很快陷入熊市……这种情感起伏，让吴欲刚一时心潮难平，对宋惠国开始心生厌恶。

宋惠国的发言，开始是讲工作，谈业绩，说体会，然而当他介绍到自己如何恪守职业道德，如何拒收红包时，吴欲刚仿佛触电一般，眼和嘴霎时合不上了。此时此刻，台上侃侃而谈的宋惠国，在吴欲刚心目中由清晰而模糊，由模糊而扭曲。吴欲刚心想：道貌岸然这个词，原来就是这么得来的啊！

宋惠国发言完毕回到座位，吴欲刚没有同他打招呼，只礼节性地点了点头，却面无表情。吃饭的时候，他也不打招呼，独自前去餐厅。吃完饭回到房间，他也沉默寡言，自顾自拿着遥控器漫无目标地频繁调换电视频道……所有这些异常表现，都让宋惠国感到诧异。吃完饭回到房间的宋惠国，开始是跟随被吴欲刚调控着不断变换的电视节目来回浏览，一边揣摩着吴欲刚的异常表现。

不一会儿，宋惠国便憋不住了：吴教授，你忽然不爱说话了，是不是……碰上什么不愉快的事了？

吴欲刚瞟了宋惠国一眼，开口蹦出一句：没有啊！

宋惠国微笑：没有吗？我看不像啊，原本你话挺多的，怎么上午我发言回来就发现你不爱理我了？是不是我在会上的发言有什么不妥，让你不高兴了？

吴欲刚像被将了一军，触电般一时愣了。心想对方真不愧是当医生的，善于观言察色，而且一针见血，将自己逼到悬崖边上了。他感觉浑身的气血正不断膨胀，却又像被什么东西压抑着，将他憋得满脸灼热。忽地，他一骨碌从床上跃了起来，冷笑一声，道：好！既然你都感觉到了，那我就打开天窗说亮话！我问你，你在台上发言时，堂而皇之大谈自己如何恪守职业道德，如何拒收红包，到底是真话还是假话？

宋惠国一听，微笑霎时僵住了，脸上严肃起来。不过，他很冷静地从床上挺起腰来，直视对方，平静地问：吴教授，你这话从何说起？

吴欲刚毫不示弱，他迎着对方的目光，脸上露出轻蔑：哼，从何说起？你自己心里最清楚！难道还要我说出来吗？

宋惠国一头雾水，满脸疑惑。他极力稳住自己的情绪，诚恳而又大度地说：吴教授，咱们俩可都是有知识的人，说话一定要有理有据，不要意气用事。坦率地说，我真的不明白你的意思，我诚恳地希望你告诉我，到底为什么对我上午的发言那么反感？真的，我希望你平心静气地说出来。如果真是我的话说错了，我愿意诚恳地接受你的批评和帮助，真的！

宋惠国的镇静，让吴欲刚大出意料。他审视对方，发现对方此刻不但镇静，而且一脸坦然，一脸诚恳，充满期待，以至于他不得不冷静下来，问：你真的一点儿都不知道？

宋惠国说：我都搞不清你到底为是什么，你让我怎么能够知道？

吴欲刚说：好，既然如此，我问你，你真的没有收过患者送的红包？

宋惠国说：你凭什么说我收过患者送的红包呢？

吴欲说刚说：哼，那是你不承认吧？

宋惠国寸步不让：你说话得有依据，别血口喷人！

吴欲刚说：好，那我问你，我妹妹让你做脑瘤手术时，你收过红包没有？

宋惠国依然镇静：我啥时候收过你们送的红包了？你当时将红包夹在一本书里，我都退还给你了，这不是事实吗？

吴欲刚咄咄逼人：没错，我承认这是事实，但后来我又托人通过钱桂芬护士长送给你了，这也是事实吧？

宋惠国一听愣了，眉头蹙了又蹙，左右蠕动。很快又舒展开来，嘴里蹦出一句：噢……原来如此哇，哈哈，哈哈，哈哈哈……他笑得前仰后合，笑得满屋生辉。

末了，他对一头雾水的吴欲刚说：吴教授，我明白了，原来如此哇！你后来又想方设法托钱桂芬，想将红包送给我，对吧？可你怎么知道我就收了钱桂芬送来的红包了呢？

这一问，让吴欲刚无言以对，他半张着嘴欲言又止，好半天答不上来。

宋惠国却跨前一步，直视着吴欲刚：实话告诉你吧，我可以用人格担保，我不但没收到你们的红包，甚至钱桂芬对我连提都从没有提到你送红包的事！你还可以到我们医院去调查，也可以找我做过手术的任何一个患者调查，如果有谁说我收过哪怕只是一个红包，我欢迎你到任何一个上级纪检部门去检举我！

宋惠国的一番话，虎虎生威，铿锵有力，掷地有声，如雷贯耳，气贯长虹。吴欲刚听得心惊肉跳，振聋发聩，目瞪口呆。面对宋惠国主任那张理直气壮的脸孔，那副正气逼人的表情，他的脸瞬间阴云密布，满是疑惑，声音也低沉下来：

你……真的……真的没有收到钱桂芬的红包?

宋惠国瞪他一眼:哼,平白无故胡乱猜疑,你……你不觉得你的所作所为,太可笑了吗?!丢下这一句,他气哄哄地转身走了,房间的门砰的一声,被他撞得山响。

吴欲刚如遭雷击,木在那里,好像不知道到底发生了什么,好半天都没有回过神来……

当天下午,会议结束后吴欲刚没有驻会,也没有同任何人打招呼。他径直走出宾馆,拦了一辆出租车往家里的方向赶。

刚进家门,他迫不及待地打开电脑,上网,来到宋惠国所在医院的主页,很快搜索到副主任医师宋惠国的照片、业绩介绍和患者网友的评论。患者网友的评论多达上千条,他一条不落一一查看,想寻找宋惠国收受红包的蛛丝马迹,不想却好评如潮,都是清一色的赞扬。这些赞扬归纳起来大致有两大类,一类是夸奖宋主任医术高,手术效果好,而且大都以自己手术的经历加以印证;另一类是赞美宋惠国态度和蔼、医德高尚,拒收红包。甚至还有一封长篇感谢信,是山西灵丘县农村一位叫李永平的残疾村民写来的,说的是因为穷,他带十五岁的女儿前来求医时三借四借还凑不够手术费,差了两千块钱,女儿手术前他拖着一条残腿在医院里不停哭诉,低三下四求爷爷告奶奶,希望医院网开一面先让他女儿做手术,待手术完他再设法回家筹借，将医疗费的差额还给医院，可医院钢铁般冰冷的规章压根不予通融，这让他伤心欲绝，父女俩在医院楼道抱头痛哭，引来众人围观，十分凄凉。当时，得知实情的宋惠国主任动了恻隐之心，主动上前安慰李永平父女，并许诺由他承担手术所需差额的两千块钱，最终手术如期进行，而且由宋惠国亲自主刀……李永平的感谢信长达上千字，语句磕磕碰碰不很通顺，错别字也不少，但通篇写得情真意切，感人至深，催人泪下，以至后面跟了上千条网友评论，都是对宋惠国的赞美。

吴欲刚在查阅宋惠国网页上述的这些资料时，开始是带着疑问，接着是感动，后来则是愧疚。那种久违的感动和愧疚从他的内心深处氤氲着，弥漫开来，很快传遍全身。以至于他最终不能自已，起身在电脑前来回穿梭，左右踱步。

正在厨房忙着做饭的妻子进屋取东西时，发现丈夫焦躁不安的样子，关切地问：怎么啦？发生了什么事？

吴欲刚先是瞥了一眼妻子，下意识地挥了挥手：没事没事，哪儿有什么事啊！紧接着又语无伦次：嗐，咱们真是太傻了！太傻了！太傻了……

妻子睁大眼睛，一串碎步凑上前来捅了捅丈夫：什么？什么太傻了？哎，你到底说的什么呀？

吴欲刚这才看了看妻子,苦笑道:我妹妹两年前做手术,我替她送了好几个红包,真是太傻了,太傻了!宋惠国根本没收到我送的红包啊!他把事情的来龙去脉向妻子讲了一遍。

看着丈夫六神无主、垂头丧气的苦相,妻子既意外又无奈。末了她搂着丈夫的肩膀,既像安慰丈夫又像安慰自己,喃喃地说:嗐,算了吧,事情都已经过去了,别后悔了。送出去的红包,就算……就算买个放心吧。

吴欲刚内心一动,感觉这话说到点子上去了。当初要不将红包送出去,一家人可不就是坐卧不宁,一千个不放心嘛!这么想着,他也搂紧妻子,叹着气说:是啊,送出红包,买了个放心。不管怎么说,妹妹的手术是成功的。她,总算度过了那段艰难的日子啊!

这么说着,吴欲刚感觉自己长吁了一口气,只是他内心深处隐隐约约还有一个心结,他不知道自己以后该如何面对宋惠国主任。

//天尽头//

一

早晨是从六点开始的。

自打女儿刘晔上学，欧阳慧琴总是准时起床，进卫生间刷牙洗漱，接着进厨房开灶生火，为女儿准备好早餐，然后进女儿房间叫女儿起床洗脸吃饭。七点钟的时候，她会送女儿上学。女儿上小学和初中时，整整九年她每天骑车将女儿一直送到四公里外的学校。女儿上高中以后，执意不让妈妈送，她一个人骑车上学。

如今，女儿早已不在人世，慧琴却依然是早晨六点起床。依然是自己先进卫生间刷牙洗漱，接着进厨房开灶生火，为女儿准备好早餐，然后进女儿房间叫女儿起床。只是女儿的房间早已经人去房空，没人应答，慧琴一声声"晔晔""晔晔"的叫唤，像风一样在晔晔原本住过的房间回荡，然后又像风一样停息，一会儿便消失得无影无踪。每当这个时候，慧琴便愣在晔晔的房门口，傻傻地站着，痴痴地发呆，眼泪像无家可归的弃儿，婆娑着在她原本清秀的眼眶里打转，然后绝望地顺着她曾经清秀的脸庞潸然落下。

这样的情形，已经持续了整整半年。虽然女儿已经离开整整半年，可慧琴每天都一如既往、日日如是地继续着女儿生前的那些日常程序，仿佛女儿并未离她而去，仿佛女儿依然在她的眼前。甚至女儿的一笑一颦、一举一动，依然历历在目。这样的程序，尽管每一次她都是无功而返，每一次她都是以泪眼婆娑和伤心告终，可慧琴依然故我。女儿虽已远逝，但女儿的音容笑貌、言谈举止，早已深深地镶嵌进慧琴的灵魂深处，相守相伴，难舍难分。夜深人静时，慧琴时常做梦。她梦见与女儿亲昵、玩耍，梦见女儿自己早晨起床、洗脸刷牙。蒙蒙眬眬中，她甚至仿佛听到卫生间的水声和厨房的锅碗响声，以至于她时常在夜里惊醒，六神无主，精神恍惚……

　　慧琴这个样子，丈夫刘传孝早已看在眼里，急在心上。女儿刚刚离去的那些日子，刘传孝与妻子一样悲痛欲绝、伤心难抑。每天早晨六点，妻子起床的时候，他也总是跟在妻子身后，默默地看着妻子重复着女儿在世时日日如是的日常程序。仿佛不这样，他就愧对女儿。仿佛不这样，他也愧对妻子。仿佛不这样，他就无法与妻子一样寄托对女儿的无尽哀思。但这样的程序，这样的方式，日复一日，月复一月，何时才是尽头呢？一个月过去了，数个月过去了，甚至半年快过去了，妻子仍依然故我，日日如是。妻子仿佛成了一台按既定程序设定的计算机，不，更准确地说，她仿佛是一台预先设计好程序的机器人，每天早晨她总是准时起床，按照女儿在世时的生活轨迹，一丝不苟地完成着侍候女儿上学时的一系列生活动作。只不过机器人只有机械的动作，可慧琴不仅按程序完成着动作，还伴随着婆娑的眼泪，而且那眼泪天天不断。慧琴哪儿来的这么多眼泪呢？天天流，天天掉，纵然是天长地久的山泉也会有干枯的时候呀！

　　慧琴这种状况，旁人可能难以理解，但丈夫刘传孝能够理解。此生此世，女儿毕竟是他们夫妻的独生女，他俩爱情的唯一结晶，他们生命的唯一延续，此生此世的唯一希望。可眼下，这唯一的希望彻底破灭了，一去不复返，人世间还有什么比此更痛苦更悲哀更绝望的事呢？

二

原本，欧阳慧琴和刘传孝有一个活泼可爱、聪明伶俐的独生女，那的确是他们此生唯一的爱情结晶。他们的独生女叫刘晔，这名字是夫妇俩引经据典、苦思冥想，商量了好几天才给起的。"晔"的意思是光明、灿烂，他们希望宝贝女儿的人生能光明灿烂、熠熠生辉、精彩纷呈。事实上，刘晔自打呱呱坠地来到人世，便显现出人生光明灿烂的前景，一如朝阳喷薄而出。她天生丽质，漂亮可人。那双大而明亮的眼睛，清澈靓丽，炯炯有神，顾盼流转间像会说话。她开朗活泼，爱笑也爱哭，笑起来如华灯闪烁、鲜花盛开，满世界熠熠生辉。即便是哭，哭声也如银盘落地，清新悦耳，令人不免生出怜香惜玉之情。上学之后，刘晔不仅能歌善舞，是班里的文体委员，而且学习成绩出类拔萃，在班里一直名列前茅。女儿的这种优秀，让慧琴夫妇喜不自禁、疼爱有加，也让左邻右舍和亲戚朋友们羡慕不已。因为论相貌，慧琴和刘传孝都长相平平。论职业和社会地位，夫妻俩也都只是普通职工，慧琴是一家商场的售货员，传孝是某工厂一位普通的工程师。这样的一对普通职工，却生了如此惊艳的一个宝贝女儿，着实让家人惊喜不已，也让周围的人羡慕不已。以至于有邻居怀疑他们当初生孩子时是否在妇产医院抱错了别人的孩子，而他们的亲戚则认为是他们夫妻前世修来的福分。慧琴和传孝夫妇，却认定女儿是他们自己的优生，是上天派来的天使，是上帝赐予他们夫妇最好的礼物。正因为是天使，自打女儿降生，夫妻俩百般呵护，照顾得无微不至。每天早晨，慧琴总是一早起床，为女儿做早餐，叫女儿起床，然后骑自行车驮着女儿送到学校。刘传孝呢，则负责放学时到学校接回女儿。夫妻俩年复一年，默契配合，春夏秋冬，风雨无阻，一直到女儿初中毕业。

上了高中，女儿说什么也不让父母每天接送了。女儿说，我都十六七岁了，长这么大还让你们每天接送，丢不丢人呀？我自己能走。说这话，女儿也不是逞能。小学毕业那年，她就缠着爸爸要学自行车。刘传孝特意买来一辆儿童自行车，周末的时候兴致勃勃地带女儿在小区里学骑自行车。女儿骑在车上，爸爸在后面扶着，气喘吁吁地追，一圈接一圈地追。从开始时的跌跌撞撞到逐渐应对自如，再到女儿挣脱爸爸搀扶，骑车疾驰，女儿学得飞快，父亲教得开心。女儿学会骑自行车后，骑车一圈圈疾驰时撒下的开心笑声，惊飞了小鸟，唤来了花香，让做爸爸的刘传孝笑得无比开心，内心像抹了蜜似的合不拢嘴。

学会了骑自行车的女儿，则是得意扬扬，上初一她就提出要自己骑自行车上学，做父母的当然不能同意。

女儿嘟着嘴朝爸爸、妈妈撒娇：为什么呀？

爸爸、妈妈不约而同、异口同声：不安全！

女儿惊诧地瞧瞧爸爸，又瞅瞅妈妈，不明白爸爸、妈妈为什么能够不约而同、异口同声，明亮的眼睛忽闪忽闪：为什么呀？

妈妈说：为什么？你想呀，街上车来人往，有的人开车骑车不讲规矩，不遵守交通规则，横冲直撞，你这么个小女孩撞得过人家吗？不害怕吗？

女儿忽闪着眼睛，一下又一下，思忖着。似乎明白了道理，可那小嘴仍噘着。

爸爸慈爱地抚着女儿的肩，耐心地说：你妈妈说的没错，现在大街上车很多，都争先恐后，车祸也很多。不仅车祸多，坏人也不少。你还小，又是女孩，一个人骑车去学校，无论如何爸爸、妈妈是不能放心的。

女儿说：那我什么时候才能自己骑车上学？

爸爸说：不急，等你以后长大了再说吧。

女儿说：那我什么时候算长大呀？

妈妈笑了：很快，等你长得跟妈妈一样高的时候，就算长大了。

女儿心有不甘，欲言又止。末了仍噘着嘴，调皮地将了妈妈一军：那等我长到跟妈妈一样高的时候，你们可得让我自己骑车上学啊？

妈妈说：行。

女儿听爸爸不吱声，抓起爸爸的手使劲摇：爸爸，你呢？你怎么不答应？

爸爸慈爱地笑：行，到时候再说。距离你长得像妈妈一样高的时候，不还早着嘛。

女儿伸出手，非要与爸爸、妈妈拉钩。爸爸、妈妈没有退路，只得伸出手与女儿分别钩手：拉钩上吊，一百年不许变！

拉完钩，女儿"吔"地欢叫。撒完欢，又指着爸爸、妈妈说：到时候你们可不许反悔啊！

时间过得飞快，一晃三年过去了。女儿初中毕业顺利考上了市里的重点高中，个子也如雨后春笋般噌噌往上蹿，一下子追上了妈妈，她不仅已可以与妈妈比肩，还大有超越之势。

这时候的刘晔，正准备上高一。中考之后的暑假，她不仅在自己的住宅小区继续磨炼车技，还背着家人与同学相约偷偷骑车上街，逛公园，逛影院，逛商店。经过这一番磨炼，她骑车上街应对自如，胆子也越来越大。眼看高中阶段开学在即，有一天吃完晚饭，她抹抹嘴对餐桌前的爸爸、妈妈宣布：爸，妈，马上就要开学了，从高一开始上下学你们甭接送我了，我自己骑车上下学。

看着女儿坚定而又郑重其事的样子，做父母的有些意外与吃惊，夫妇俩四只眼像豁然打开的探照灯，直直地照着女儿，不认识似的。以致女儿也吃惊地打开她那双更加明亮的探照灯，也不认识似的打量着自己的父母：咦？你们干吗这样看着我呀？难道没听明白吗？我再说一遍，从高一第一天起我要自己骑车上下学！

见女儿这阵势，做父亲的嘿嘿笑了：乖女儿，你……你这是怎么啦？怎么忽然想起说这事？

女儿睁大眼睛，惊愕起来：你们忘了吗？你们说过我长得跟我妈一样高的时候，就让我自己骑车上学了。

刘传孝"啊"的一声，呵呵笑着，连声说记得记得，可……可你骑车上下学能有把握吗？

女儿说：怎么没把握？实话告诉你们吧，这个暑假我骑车跟同学一块儿上街好几次了，看电影、逛公园什么的，我都骑车，都没问题。

女儿颇有几分得意。女儿这一说，让刘传孝和欧阳慧琴吃惊不小。夫妻俩大眼瞪小眼，愣了一会儿，做妈妈的才呼叫起来：晔晔，原来，你……你背着爸爸、妈妈自己骑车上街？你……你怎么不跟我们说一声呀？

女儿说：跟你们说，你们会同意吗？

慧琴语塞。刘传孝说：那你也得说一声，你偷偷骑车上街，万一出事可怎么办？

女儿甜甜地笑了，笑得有些得意、有些调皮：哈，我这不是好好的嘛，我不但没事，而且骑车上街证实了我的车技完全合格。我骑车上下学没有问题，老爸老妈尽可以放心！

刘传孝说：那也不行。暑假骑几次车上街没事不等于以后骑车上街没事，何况上下学是天天上街，每次都早出晚归，危险系数大大增加。

女儿不高兴了，噘着嘴说：这么说，你们大人说话是可以不算数的？我都长这么大了你们都对我不放心，不让我自己骑车上下学，那我何时才能长大？！

刘孝传语塞。慧琴说：乖女儿，你听我说，爸爸、妈妈不是对你不放心，而是对现在的交通状况和治安不放心。你虽然长得跟妈妈一样高了，但毕竟还是小孩子，你听我……

行了行了，我不听不听不听！在你们眼里我永远都长不大，永远都是小孩，永远都是弱智，永远都是低能儿！说完，女儿气咻咻地回到自己的房间，还"咣"一声撞上了房门。

夫妻俩又一次愣了。俩人又是大眼瞪小眼，你看看我，我看看你。半晌，慧琴才喃喃地说：你……你觉得晔晔的骑车技术到底行不行？

刘传孝说：还行，她骑车学得快，胆子也大。

慧琴说：要不就让她试试？

刘孝传说：你这回倒是挺开明，可我还是担心。

慧琴说：晔晔说的也对，她长得都快比我高了，我们还把她当小孩，这么下去何时才能长大？何况，当初我们也许诺过。父母说话不算数，在小孩眼里也会失信。

刘传孝听罢，觉得在理。但还是不放心，说：那我每天骑车陪她上下学。

慧琴说：这样吧，早上我骑车陪晔晔上学，放学由你陪她。

刘传孝说：行。

夫妻俩就这样达成了共识，并且敲开女儿的门，将想法告诉了她。开始女儿也不同意，说这样跟你们原先接送我上下学有什么两样啊？别人都自己骑车上下学，你们却骑车陪着，怪丢人现眼的。

刘传孝说：我们先陪你试试，看看你的车技到底怎样？你不让爸爸、妈妈看，爸爸、妈妈怎么能够放心呢？

女儿觉得爸爸这么说在理，也就同意了。但她说：你们只能陪我一个星期，如果一个星期之内证明我骑车技术没问题，就不能再陪我了。

女儿这么说，做父母的也没有退路，只好同意了。

按照约定，高中开学的时候，上学时每天由妈妈骑车陪伴，放学时由爸爸骑车陪伴。就这样，一周下来，女儿骑车路上都应对自如，车技大出父母意料。第二周，女儿死活不同意父母陪伴。慧琴和刘孝传无话可说，只好随女儿意愿。却千叮咛万嘱咐，让女儿路上千万小心，然后像放飞鸟一样双双看着女儿骑车远去。

女儿这一单飞，像拽着爹妈的心，让做父母的每天提心吊胆。开始的时候，夫妻俩还悄悄骑车跟在女儿后面，大约跟了半个月之后，他们觉得女儿骑车确实没问题，便不再跟踪。

不料到了第二学期，他们的担心变成了现实。那天早晨，女儿骑车上学让一辆抢道的货车撞倒，当场丧命。噩耗传来，夫妻俩如遭电打雷击，整个人一下子变了样。

三

虽然女儿离开他们已经半年，可欧阳慧琴却精神恍惚地陷入痛失爱女的悲伤、无助与生活惯性的空转之中，日日如此。刘传孝已经意识到，妻子这种无休止的悲伤与怀念，这种没完没了的日常仪式与生活惯性，如果任其继续下去，不仅无济于事，精神恐怕迟早也会出问题。毕竟人死不能复生，而生者，还要继续生活下去。虽然女儿的突然夭折，也让刘传孝痛不欲生，精神几近崩溃。但刘传孝毕竟是男人，男人与女人的不同之处就是理性与刚强，就是更强的抗击打能力。当他从极度的悲痛甚至绝望中冷静下来的时候，冥冥之中有一种意识从内心深处将他唤醒。他感觉自己是男子汉，男子汉就应该顶天立地，更应该是家庭的擎天柱，不应被灾难击倒，也不应该一蹶不振。

刘传孝决定要做的第一件事是搬家。他意识到，如果不尽快搬家，妻子将陷于噩梦的泥淖中永远不能自拔。决心既定，他利用下班和周末时间，一个人到房屋中介不断物色，实地看了一处又一处房子，断断续续看了不下十几处，最终在紧挨南二环路护城河且靠近陶然亭公园的一处居民小区，找了一套一居室。房子虽然不新也不大，只有三四十平方米，但小区还算洁净安静，且紧挨着护城河和陶然亭公园。从房子所在的六层楼窗户往南眺望，视野开阔，玉带似的护城河从楼下飘过，二环路上日夜不停的车流人流，也让人时时感受到人间的活力与生活的希望。小区马路的东边，则是陶然亭公园。虽然房子的租金偏高，月租四千元，但刘传孝也认了，他想贵点就贵点，环境好更重要，毕竟当务之急是尽快让妻子换环境，而这小区周边的护城河和陶然亭公园，便于他和妻子散心怡情。再说，他估摸着如果租下这房子，自己的房子就可以出租，那样收回的房租，抵回这套房子绰绰有余。刘传孝选定这套房子之后，按要求一下子预交了三个月的租金，回家便将此事告诉了妻子。

妻子听后面无表情、目光呆滞地看着丈夫，不说话。

丈夫急了，摇着她的肩膀说：你倒是说话呀。

妻子动了动嘴，说：我不搬。

丈夫说：为什么？

妻子说：我不能扔下女儿不管。

丈夫像电击一般，呆了。内心深处掠过一阵疼痛，久久没能退去。是啊，一旦搬离这个已经住了二十年的家，就将意味着与过去告别，与女儿的一切告别。毕竟，女儿是从这儿降生并长大的，这儿的一砖一瓦、一草一木，这屋里的一件件家具与用品，处处都留着女儿的气息。尽管女儿已经驾鹤远去，但女儿的音容笑貌无处不在。要说对女儿的感情，刘传孝一点不比妻子浅。他本身就是孝子，他也极喜欢孩子。谈恋爱的时候，他与慧琴上街，每每遇到天真活泼的小孩，他都喜欢得忘记时间，忘记走路，不管认识不认识，他总要笑呵呵地逗一逗才恋恋不舍地离开。结了婚，他对新婚妻子迫不及待说的第一件事就是，咱们要个孩子吧？妻子说，看你急的，怎么像个老农民，也不怕害臊，你看看这年头城市里有谁刚一结婚就想要孩子呀？这话慧琴虽说得在理，可天性喜欢孩子、急于要孩子的刘传孝才不怕害臊呢，他涎着脸搂着新婚妻子，一边挑逗妻子的敏感部位一边孩子似的撒娇：不嘛不嘛，我就是喜欢孩子，我都想死你啦，也想死我的孩子啦，你赶紧给我生个胖小子嘛……他边说边埋下脸往慧琴的敏感部位拱。新婚的慧琴哪里经得住一个大男人的挑逗，三下两下就被新婚丈夫挑逗得浑身骚热、身心摇曳，夫妻笑闹着很快忘情地游入令人神魂颠倒的爱河……

不到两个月，慧琴便怀上了孩子。因为还年轻，开始的时候慧琴有些害怕，她提出到医院打掉孩子，说咱们玩几年后再说，但刘传孝死活不同意。刘传孝的理由是：孩子是咱们俩爱情的结晶，打掉孩子等于扼杀爱情，难道你要扼杀咱俩的爱情吗？再说了，一个活生生的生命刚刚孕育便被扼杀，太残忍了吧？刘传孝还说，不孝有三，无后为大，我妈早就等着抱孙子了，我妈给我起刘传孝这个名字，就是让我早生贵子传承孝道的。刘传孝这么说，句句在理，让慧琴节节败退，无以反驳。但最后她还是抓到了反驳的稻草，你口口声声说早生贵子，你妈也盼着抱孙子，可我这肚子里怀的要是个女儿呢？刘孝传愣了，但很快说，只要是我的孩子，只要健康聪明漂亮，男女都一样。反正你这肚子里的孩子我要定了，这可是头胎啊，头胎是个宝，生下头胎头彩好家运更好。慧琴终于无话可说。不过第二天，慧琴还悄悄查阅了有关资料，资料上说到了头胎人流的巨大危害：临床发现，头胎做人流手术的人，可使她以后发生反复流产、早产、大出血、婴儿体弱多病的危险。临床还发现，头胎做人流手术的人，婚后许多人都发生了严重的妇女病、乳腺病，甚至癌症。看了这样的资料，慧琴终于死心塌地，决意生下这个孩子。又过了八个月，孩子生下了，是个女儿。慧琴有些歉意，也有些担心，但刘传孝却跟生了个儿子一样如获至宝。工作之余，他跑前忙后地照顾坐月子的妻子，眉开眼笑地百般呵护自己的女儿。女儿也很争气地一天天长大，而且越长越漂亮，越长越聪明，越长越可爱，这让刘传孝和慧琴看在眼里，喜在心头，双双庆幸生下刘晔这个宝贝女儿。可谁能料到，一场车祸残酷地剥夺了刘晔如花似玉的生命，让他们三口之家的幸福毁于一旦？如今，女儿已经远逝，但遗物依旧，气息尚存，音容笑貌犹在眼前。如果真的搬离这个家，岂不意味着彻底告别女儿？可如果不搬家，妻子又如何从这永无止境的噩梦中走出来呢？

沉默了半晌，刘传孝才理清了头绪，重新镇静下来，心情沉重地对妻子说：慧琴，你的心情我完全理解。其实，晔晔走后，我内心经历的痛苦与煎熬，不比你少。可生活还得继续，咱们总不能这么没完没了地陷于痛苦之中吧？要是这样，咱们就永无出头之日。要是这样，咱们……咱们这个家就将彻底毁了。可我……可我不甘心啊！刘传孝说着，抽噎起来，浑身颤抖。以致慧琴也深受感染，她忽然抱住丈夫，失声痛哭。哭完了，夫妻俩互相给对方擦眼泪。擦完了，丈夫说，咱们，还是搬家吧。咱们必须换换环境，生活，才能重新开始。妻子这回不再固执，听从了丈夫的劝说和安排。

周末的时候，他们开始入住租借的房屋。踏进这处陌生的住房，慧琴才问丈夫：这房子，每月得多少房租啊？刘传孝说四千。

慧琴惊叫起来：这么贵，怎么付得起呀？

刘传孝说：在北京哪儿有便宜的房子？再说地段这么好，挨着护城河和陶然亭公园，月租四千不算贵了。

慧琴说：每月要付四千元房租，钱从哪儿来？

刘传孝说：还能从哪儿来，工资里挤呗。过一阵，咱们再将自己的房子出租，租金也足够支付这边的房租了。

慧琴瞪大眼睛：你还想出租咱们的房子？

刘传孝说：你不是担心付不起房租吗？不出租房子钱从哪儿来呀？

慧琴收住脚，说：那我不住了。说完转身要往回走。刘传孝急忙拦住她，哎哎哎，你这是怎么啦？

慧琴说：你要我住这儿可以，但你绝不能将咱们的房子出租，晔晔的那房子，里面的东西都不能动，都必须保持原位，不能让晔晔彻底离开我。

刘传孝心一沉，张着嘴，却欲言又止。他本想争辩，说服妻子。转念又想，妻子精神恍惚，思维仍不正常，何必此时跟她争论是非呢？让她先住下来，适应一段时间再说不迟。这么想着，刘传孝内心便释然，他哄着妻子说：好好好，你说得对，咱们的房子是不能出租，不能让晔晔彻底离开咱们。

妻子说：你能说到做到？

丈夫说：没问题，我保证房子不出租。

妻子说：那你这边的租金怎么支付得起？

丈夫说：这个，你也甭担心，大不了我下班多接些私活，多赚些外快。再说，我工资每月五六千元，足够支付咱们的房租。

妻子听罢，不再固执。知夫莫若妻，相处近二十年，他知道丈夫从不说假话，什么事他都会说到做到。无论对她还是对女儿，他都尽职尽责，呵护有加，他是个称职的丈夫。痛失爱女这半年来，家里的天塌了，幸好有他艰难支撑着。她自己身体和精神几近崩溃，不仅上不了班，连家里的活儿都很少干。丈夫却天天早出晚归，白天上班，晚上回家买菜、做饭、搞卫生，样样都落到他身上。他不仅毫无怨言，还长时间陪着她、开导她。如果没有丈夫艰难中的支撑，她很可能都难以活到今天。所以，从内心深处，她是感激丈夫的。

四

刘传孝和欧阳慧琴这对患难夫妻，终于住到租来的这处一居室。环境的改变让欧阳慧琴半年多来持续不散的悲伤和恍恍惚惚的神魂渐渐平静了下来。当然，刚开始的那几天，慧琴还

不大适应，她一大早依旧习惯性地起床，习惯性地要去女儿刘
晔的房间叫醒女儿。但这套房子的卧室只有一间，女儿的卧
室没有了，女儿所有的遗物都已不见踪影。无从下手的慧琴
只能木然地站在厨房门口发呆。好在丈夫刘传孝对此早有预
料，当妻子起床时他也悄悄起床，跟随妻子的脚步从背后轻
轻抚拍妻子肩膀，安慰说：慧琴，你快洗把脸吧，咱们到陶
然亭公园遛遛弯，呼吸呼吸新鲜空气。慧琴神情依然木然，
但没有反对。于是，夫妻俩洗完脸走出家门走下楼，双双来
到陶然亭公园。

　　回想起来，他们俩双双到公园散步已经是很遥远的事了，
至少是近二十年前了吧？那时候他俩还在谈恋爱，每到周末，
他俩都会相约到公园，看红花绿柳，听百鸟啁啾，漫步花前
月下，欣赏湖光山色，呼吸新鲜空气，充分享受自然的恩赐
和爱情的滋养。那时候北京的所有公园景点，无论是北海、
景山还是故宫、天坛，无论是玉渊潭、颐和园还是十三陵、
龙庆峡，到处都留下过他们的踪影。可自打结婚之后，这样
的日子在他俩的生活中渐渐消逝，仿佛一去不复返。尤其是
有了女儿刘晔之后，他们原本浪漫轻松的日子很快被油盐酱
醋之类烦琐的家务事填得满满当当，日复一日，年复一年，
如此一来，他们哪里还有逛公园的时间与闲情逸致呢？所以，

当刘传孝陪着妻子走进陶然亭公园的时候，眼前的景致和游人勾起了夫妻俩久远的记忆，他们被慢慢感染着，那曾经浪漫的情愫一如沉睡已久的魂灵慢慢苏醒，进而舒展身肢，渐渐活跃起来。尤其是慧琴那双原本木然的眼睛，瞳仁深处渐渐闪烁出亮光，那亮光慢慢往外传递、扩散，以至于她原本死灰般的面色也泛起了不易察觉的红晕。这也是半年多来难得一见的红晕。刘传孝看在眼里，喜在心头，原本他封冻的情绪也渐渐温润起来。

不远处飘来一阵欢快的歌声，夫妻俩循着歌声，不知不觉地来到湖边的一处亭榭。十几位老头、老太太正起劲地唱着《红梅赞》：

> 红岩上红梅开
>
> 千里冰霜脚下踩
>
> 三九严寒何所惧
>
> 一片丹心向阳开 向阳开
>
> ……

老人们兴高采烈地唱着，一边整齐地用手拍打着节奏。边唱边笑，边唱边跳。看他们开心忘情的样子，刘传孝夫妻俩被感染了，慧琴眼里还浮现出久违的笑意。

老人们唱毕《红梅赞》，余兴未尽。他们当中的一对老年夫妇自告奋勇，一前一后、一唱一和地唱起了《最浪漫的事》：

背靠着背坐在地毯上
听听音乐聊聊愿望
你希望我越来越温柔
我希望你放我在心上

你说想送我个浪漫的梦想
谢谢我带你找到天堂
哪怕用一辈子才能完成
只要我讲你就记住不忘

我能想到最浪漫的事
就是和你一起慢慢变老

这对老年夫妇的男女声二重唱，将四周的欢乐气氛推向了高潮。欧阳慧琴脸上的笑容终于涟漪一样荡漾开来，她情不自禁地挽住丈夫的胳膊说：他们唱得真好！看得出，慧琴说这话，是发自内心的赞叹，因为她眼里此刻也闪着动人的泪光。刘传孝使劲点头，用力搂过妻子肩膀，不由自主地轻声唱了起来。因为这首《最浪漫的事》，也是当年他们恋爱时最喜欢、最爱唱的歌曲。慧琴也情不自禁地跟丈夫哼唱起来——

> 背靠着背坐在地毯上
> 听听音乐聊聊愿望
> 你希望我越来越温柔
> 我希望你放我在心上
>
> 你说想送我个浪漫的梦想
> 谢谢我带你找到天堂
> ……

夫妻俩边走边唱。唱着唱着，欧阳慧琴停下脚步，哽咽起来，浑身颤抖。刘传孝紧紧地搂住妻子，继续唱着《最浪漫的事》，唱得泪流满面。公园里过往的游人收住脚步，惊诧地打量着他们，不知道发生了什么事。

五

自打去了陶然亭公园，早晨散步便成为刘传孝夫妇每天必备的科目。而且，这科目还是欧阳慧琴主动提出来的，丈夫刘传孝自然是求之不得，举双手响应。于是，每天早晨六点半，夫妻相约起床，洗漱完毕。七点的时候，他俩双双到陶然亭公园散步，听听鸟叫，闻闻花香，吸吸新鲜空气，当然也免不了欣赏老人们每天早晨忘情的歌唱。大约七点半的时候，夫妻俩双双回到家做早餐，他们的早餐一般是喝牛奶、吃面包或者馒头，偶尔也煮粥，白米粥，或者加小米、绿豆、玉米渣子什么的。吃完早餐，大约到了八点十分，刘传孝出门到单位上班，欧阳慧琴则留在家里做家务。这样的日子一天天消逝，慧琴的情绪和气色也像自然界的阳春季节，一天天温润起来。

不到半个月时间，慧琴跟丈夫提出去上班。自打女儿刘晔出事，痛不欲生的慧琴便像一夜间被严霜酷雪摧残的瓜秧，蔫蔫地耷拉下脑袋，精神彻底垮了，身体也病怏怏的，如遭了瘟疫。她整天神情恍惚，觉睡不好，饭吃不香，浑浑噩噩打发着每一天。这种状况，她能勉强活下来就算不错了，如何还能上班。幸好她所在单位的领导体恤她的困境，不仅没催促她上班，还时不时关心慰问，让其好好休息。除了效益工资没有了，她的基本工资却是照常发放的。现在慧琴提出上班，说明她元气已经恢复，更说明原本万念俱灰的她，内心深处已经重新燃起生活的希望。这希望之火尽管依然微弱，却让丈夫刘传孝增添了生活的信心与力量。要知道，女儿出事之后的半年多时间，刘传孝的情感经历了前所未有的跌宕与震颤，仿佛乘坐游乐场的过山车，大起大落，风云激荡，天旋地转，那种曾经的绝望刻骨铭心，痛入骨髓，令他连死的念头都有过。只是理智的闸门最终关闭了他前路的险境，才让他痛楚的内心渐渐平静下来，意识到并本能地肩负起自己作为丈夫和男子汉的责任。如今，经历长达半年多悲痛与噩梦的妻子提出重新上班，刘传孝自然喜上心头，欣慰之情油然而生。从内心讲，刘传孝其实是不愿意妻子这么快就去上班的，毕竟她刚刚经历灾难的打击，丧女的痛苦不是短时间内可以排遣的，无论是精神还是身体，她都需要更长时间的恢复。他希望妻子能更多地休息。可从精神恢复的角度讲，上班无疑对妻子更加有利。毕竟她需要走出家庭接触社会，需要工作分散她的时间与注意力，减少她对女儿的思念与痛苦。所以，当妻子对他说要去上班时，刘传孝便使劲了捏妻子的肩膀，点了点头。但他对妻子说：也好，你先试试看吧，别太勉强自己，累了，或者感觉不好，就在家里待着，好好休息，身体比什么都重要。妻子却坚定地说：我能行。

上班第一天。慧琴下班回来，丈夫关爱地问：感觉咋样？累不累？慧琴答：还行。走进厨房，慧琴发现丈夫已经买回了排骨、鲫鱼、青椒、西红柿和西兰花，而这些都是慧琴爱吃的菜肴。慧琴深情地瞥了一眼丈夫，内心不由生出几分感动。回想起半年多来，要不是丈夫鞍前马后、无微不至的照顾、开导与关爱，慧琴真不敢想象自己能否坚持到今天，没准早也随女儿去了。所以，她是发自内心地感谢丈夫的。古人说夫妻本是同林鸟，大难来临各自飞。可慧琴却觉得，她与刘传孝偏偏相反，女儿的意外离世让丈夫与她靠得更近、心贴得更紧了。丈夫平日除了上班，其他时间都待在家里，厮守在她身边，几乎形影不离。丈夫唯恐她身体和精神有三长两短，一直承担着大部分家务，买菜做饭，洗碗拖地，他都尽量做在前、争着干。丈夫的表现比任何时候都让她满意，他的坚毅、仁爱、宽厚、细心、勤快与呵护，比以往任何时候都显得突出，这让慧琴真正感受到爱情的力量，也让他真正感受到一个优秀男人和优秀丈夫的品质。所以，慧琴没有理由不感激丈夫，更没有理由不爱丈夫。慧琴已经意识到，为了这份爱，她必须重燃人生希望，必须重树生活信心。所以，自打租房子搬到这个新家，尤其是住上新家的第一天早晨她与丈夫在陶然亭公园的那次散步，那首《最浪漫的事》无意间触动了她内心深处最柔软的情感，勾起了她灵魂深处那蛰伏多年的浪漫情怀。她意识到自己不应该就此消沉下去，而应该与丈夫一样振作起来，陪伴他一起走完未竟的人生之路。

这一天，晚饭是在夫妻俩恩爱的配合与亲昵中进行的。从淘米做饭到洗菜炒菜，夫妻俩都有说有笑，一唱一和，配合默契。茼蒿鲫鱼汤、糖醋排骨、青椒炒牛肉、清炒西兰花、西红柿炒鸡蛋，这些美味菜肴在夫妻俩的配合下一一端上餐桌。丈夫刘传孝更是有备而来，他起开一瓶长城干红，将两个高脚杯斟得满满的，递给妻子一杯，自己端起一杯，满怀深情地搂住妻子，对妻子说：亲爱的，来，为你今天能重新上班，为咱们生活的重新开始，为咱们俩天荒地老的爱情，干杯！灯光下，慧琴频频点头，眼里闪着泪光。她抑制不住自己的感动吻了吻丈夫，然后与丈夫干杯，双双一饮而尽。

这天晚上，慧琴和丈夫早早洗完澡，早早脱衣上床，夫妻俩在床上肌肤相亲，悱恻缠绵，传递爱意。几番爱抚，几番云雨，俩人之间那种久违的情感和欲望迅速升温，难舍难分。丈夫含情脉脉地对妻子说：咱们重新要个孩子吧？妻子回应说：

我也想呢。夫妻俩于是忘情相拥，尽情纵爱，如胶似漆地践行着重新要一个孩子的计划。

六

自打刘传孝与欧阳慧琴决定重新要一个孩子，他们便有条不紊地过上正常的夫妻生活。要知道，此前的半年多时间，他俩心如死灰，长时间陷入痛失爱女的无限悲伤之中，哪有心情和精力享受夫妻间的恩爱和甜蜜呢？即便丈夫刘传孝用理智驱赶生活的阴影、强行排遣内心的伤痛，上床睡觉时也试图用肢体语言唤醒妻子的情感与欲望，但伤得太深痛得太过彻骨的慧琴，那种本能的欲望与情感却荡然无存，仿佛被冰冷的心封冻了。刘传孝当然也不会勉强妻子，作为丈夫，他太理解妻子丧失爱女的痛苦。他有足够的耐心，也准备陪伴妻子度过人生这段最艰难的日子。经历了半年多炼狱般的煎熬，妻子已经走出阴影，刘传孝的人生不知不觉间又注入了新的活力。每天早晨，他依旧与妻子相约六点半起床，七点到陶然亭公园散步，七点半回家做早餐。吃完早餐，八点十分左右夫妻双双各自骑车去上班。傍晚下班回家，夫妻俩一块儿做饭炒菜，默契配合，恩爱有加。夫妻俩对孩子的期待，对未来的希望，如春天复苏的大地，日益有了暖意与生机。

　　日子就这样一天天消逝，夫妻俩对孩子的期盼也日益迫切，日臻强烈。夜晚的时候，尽管夫妻俩也隔三岔五如胶似漆地秀着恩爱，实施着既定的重新要孩子的计划，可两三个月过去了，慧琴却没有任何怀孕的迹象。她的例假每月依旧，肚子却按兵不动。论年龄，慧琴只有四十五岁，生理正常，怀第二胎应该是没有问题的。丈夫刘传孝比她只大了两岁，年富力强，精力旺盛。虽然也经历了丧女的苦痛，但毕竟元气还在，精力不逊，对异性的欲望也并没有因此锐减。

　　因为怀不上，慧琴心生狐疑，情绪隐约有些焦躁。刘传孝却不断安慰她：别急，这事急不得，得慢慢来。你还需要更多的休息调养，慢慢恢复元气。等你的身体和精神状态完全恢复了，咱们的孩子也会不期而至。这话听着入情入理，慧琴急躁的心情这才渐渐回归平静。她努力调整自己的情绪与心态，让自己跟上丈夫的节奏，除了与丈夫一样每天早出晚归去公园散步、到单位上班，回到家便精心调养身体，倾情与丈夫相亲相爱，耐心静候佳音。

　　这样的日子又过了两三个月，慧琴依旧没有怀孕的迹象，这让刘传孝内心深处也隐隐生出几分焦虑。但他不露声色，在妻子面前若无其事，对妻子依然关爱有加。不过征得妻子同意，周末的时候他俩相约来到北京妇产医院，挂了一个专家号做妇科检查，专家的回答是慧琴各项生理指标基本正常，不能怀孕的原因可能是情绪原因，太过紧张或太过焦急都不利于精子着床和卵子受孕，还是要调整好自己的身体和心理状态，调整好了，一切都会水到渠成。专家的说法，竟然与丈夫刘传孝的说法一模一样，慧琴扭过头冲丈夫莞尔一笑，投以深情一瞥，不由心生佩服与敬意，她对他的爱无形中又加深了。当然，专家的说法更具分量，慧琴更加放心了。离开医院时，夫妻俩说说笑笑，心情轻松地回到了家中。

大约又过了一个月，慧琴的例假出现了异常，该来的时候不来了。过了四十天不来，五十天也不来，慧琴既欣喜又惶惑。丈夫刘传孝则颇为淡定，他亲昵地搂住妻子，胸有成竹、眉开眼笑地刮着妻子的鼻梁说：哈哈，我又要当父亲了。慧琴却睃他一眼，欲擒故纵：看你美的，你敢肯定？丈夫说：那当然，要不咱们打赌？妻子狠狠地回刮他的鼻梁：就你逞能！夫妻俩说说笑笑，好一阵打闹。翌日一早他俩到北京妇产医院检查，慧琴的妊娠反应呈阳性。夫妻俩心花怒放，眉开眼笑，高兴得差点儿跳起来。大夫却冷静地提醒慧琴：你这个年龄怀孕不易，保胎更难，千万要小心。夫妻俩兴奋的心情这才冷静下求。刘传孝急切地问：那该怎么办？大夫审视着欧阳慧琴，平静地说：你需要静养，停止性生活，避免情绪激动，更要避免激烈运动和重体力劳动。从现在起每周定期到医院来做检查。夫妻俩互相对视，虔诚地点了点头。

为了慧琴腹中的胎儿，回到家的刘传孝更加勤快了。他不再让妻子上班，让妻子向单位请了假。自己对妻子更是精心照顾，疼爱有加。重活轻活都不让妻子干，每天对她嘘寒问暖，按着妻子的胃口，变换花样买回各种新鲜果蔬，每天早晨和晚饭后，还主动陪妻子到公园散步。

尽管刘传孝对慧琴照顾得无微不至，但仅仅过了几天，还没到大夫约定的检查时间，慧琴还是出现轻微腹痛、头晕，下身还轻微流血，这让两口子吃惊不小。夫妻俩赶忙打车到医院检查，大夫说这是自然流产先兆，给开了镇静剂鲁米那，还有黄体酮、维生素 E 等保胎药，都是口服药物。回到家，刘传孝还迫不及待上网查找，了解各种保胎食物。比如保胎最佳蔬菜是菠菜，因为菠菜含有丰富的叶酸，而叶酸的最大功能在于保护胎儿免受脑积水、脊髓分裂、无脑等神经系统畸形之害；又比如保胎最佳零食是瓜子，西瓜子、葵花子、南瓜子等。因为葵花子富含维生素 E，西瓜子含亚油酸较多，而亚油酸可促进胎儿大脑发育……总之，只要是对保胎有利的食物，刘传孝都一一记下，然后到市场采购，精心烹调、制作给妻子食用。

虽然刘传孝对妻子精心照顾，百般呵护，可老天还是不开恩，又过了半个月，妻子自然流产的症状还在加重，头晕，呕吐，腹部剧烈疼痛……刘传孝连夜打车送妻子到医院急诊，医生给打了止痛针，疼痛虽然止住了，但胎儿却没有保住，宣告流产。这消息对刘传孝夫妇来说无异于寒冬腊月里冷不丁被当头泼了一盆冰水，俩人从上到下、从外到里浑身都凉透了。尤其是慧琴，在医院听到这一消息时，当场便抑制不住自己的失望与悲伤，双手捂住脸颊不断抽泣，腿一软差点儿瘫倒在地。刘传孝急忙扶住她，不断安慰，护着她步履蹒跚地离开了医院。

打那以后整整一年时间，欧阳慧琴在丈夫的照料与呵护下，身体虽然慢慢恢复，生活也逐渐回归正常，开始上班，每天早晨和晚饭后也依然在丈夫陪伴下到公园散步，但他们心中那个重新要个孩子的梦想，却始终未能实现。

这一年，夫妻俩依然恩恩爱爱、相依为命，慧琴又先后怀过两次孕，但一次次都无功而返，一次次以失败告终。虽然也经历过艰难的保胎，甚至是住院护理，但神圣幼小的胎儿就像泼出去的水，怎么也保不住。医生说，慧琴已经是习惯性流产，身体素质又差，气血不足，要保住胎儿很难。医生还打了个形象的比喻：这就像暴风骤雨中已经被洪水冲击得千疮百孔的堤坝，要抵挡住继续暴涨的洪水，可能性几乎是零。医生还说，因为你身体已经失去根基，缺少元气，卵子受精之后着床很不容易，形成胚胎，发育也不容易。医生的说法，让慧琴的心一下子跌进了冰窟窿，重新要孩子的愿望对她来说也如美丽的肥皂泡，很快破灭了。丈夫刘传孝却不死心，他一边安慰妻子，一边背着妻子四处求医问药、咨询妇产专家。其中一个专家的说法让他如获至宝，也让他重新燃起希望。那位专家说：如果你妻子还有例假，而且例假还正常，说明还能排卵，可以通过试管婴儿的方式孕育孩子，费用一般是一次三至四万元。当刘传孝兴高采烈地将这个消息带回家告诉妻子时，妻子却摇了摇头，面无表情地说：不行，我……已经停经两个月了。

刘传孝听罢像触了电似的，霎时惊成了一尊瞪眼张嘴的雕塑。这神情让妻子也吃惊不小。自打与刘传孝搬到这套租借的房子，慧琴印象中丈夫总是对她春风化雨般耐心陪伴、百般呵护和悉心照料，那种耐心，那种细致，那种温存，那种慈祥，一如园丁照料幼苗，母亲照料婴儿。无论何时何地，

只要他俩在一起,丈夫总是心态平和、笑脸相迎,这让她有
了巨大的依靠与安全感,也让她逐渐走出丧女的阴影,重新
树立起生活的信心。可丈夫现在惊成这样,慧琴这才意识到
自己绝经的消息对丈夫来说是多么大的打击。这样子,一如
在茫茫大漠中迷路、历尽艰辛寻找出路,最终却回到原点的
旅人,那种绝望令人肝肠寸断。这时候的慧琴也再一次意识
到孩子对于她,尤其对于丈夫来说是多么的重要,多么的不
可或缺。她深知丈夫爱孩子胜于爱自己,爱子如命对他来说
是与生俱来的天性。恋爱的时候她也是因为看出他喜爱孩子
才毫不犹豫将自己的一生交付给他的,因为她觉得,一个喜
爱孩子的男人必定有仁爱之心,必定有情有义,必定有家庭
责任感。这样的男人是值得自己将一生的幸福托付给他的。
事实证明,慧琴的直觉没错,她的选择也没错。与刘传孝结
婚后的婚姻生活,物质虽不富有,但和谐、快乐、祥和,夫
妻俩相敬如宾,恩恩爱爱,一唱一和,配合默契。特别是有
了女儿刘晔之后,他们的三口之家更是锦上添花,其乐融融。
要不是女儿意外夭折,那真正是令人羡慕的幸福之家啊。谁
能料到如此幸福的家庭却祸从天降?假若他们不是只有一个
孩子,假若女儿两岁时慧琴那次意外怀孕不做流产,老二也
快十七岁了,那该多好呀!只可惜,这所有的假设都毫无意

义，因为政策不允许，他们像中国绝大多数独生子女家庭一样，只能生一个孩子。眼下，他们那唯一的孩子没有了，重新要孩子的愿望又宣告破灭，老天怎么如此狠心、如此残酷，非要跟他们这对普通夫妇过不去呢？

此刻慧琴惊愕地发现，被惊成雕塑的丈夫，很快又一头扑倒在客厅的沙发上，号啕大哭……

那天，盼子希望破灭的刘传孝号啕大哭之后，一个人默不作声离开家门，到大街的一家餐馆喝闷酒，直到深夜才跌跌撞撞回到家。他一头栽倒在客厅的沙发上，几乎昏睡了一天一夜。幸好那天是周末，他用不着上班，妻子欧阳慧琴也好在家里照看他。由照顾妻子到被妻子照顾，这在他俩的婚姻生活中还是头一次。醒来之后的刘传孝发现妻子一直守在他的身旁，泪眼婆娑，早已经哭成了泪人。

发现丈夫醒来，妻子赶忙擦了擦眼泪，凄凄地说：你都快吓死我了。你……怎么一觉睡得这么久啊？像睡了一辈子。我……都以为你起不来了呢。

丈夫揉了揉惺忪的睡眼，垂头丧气地问：是吗？都……几点了？

慧琴说：晚上十二点。

丈夫说：怎么还是晚上十二点？记得我回家时也是晚上十二点呀？

慧琴嗔怪道：瞧你，这已经是第二天的晚上十二点，你已经睡了整整一天！

是吗？……丈夫惊叫着，一骨碌从沙发上坐了起来，却望着妻子发愣。

慧琴说：快起来洗把脸，吃饭吧。餐桌上的饭菜，凉了又热，热了凉，都热好几个来回了。

丈夫既惊讶，又有几分歉意：真对不起，你自己吃了吗？

慧琴说：你没起来，我……哪里吃得下。

丈夫抚了抚妻子的头发，有气无力地说：我……做梦了。

慧琴问：都……梦见什么了？

丈夫说：很多。一会儿是咱俩与晔晔在公园里划船，一会儿梦见你又给我生了个漂亮可爱的胖小子。

他不说还好，这么一说，慧琴的心冷不丁像被蜂蜇了一下，疼痛不已，眼泪婆娑着夺眶而出。她一边抹眼泪一边说：是我不好，我……对不起你。

丈夫心一酸，一把搂住她，可不许你这么说。他边说边帮她擦眼泪。

慧琴哽咽着说：你那么喜欢孩子。可这辈子，我……却不能给你生孩子了。

丈夫沉吟片刻，咬了咬嘴唇，使劲捏了捏她的胳膊，叹着气说：唉，那……也没办法。也许……命该如此吧。不过……没有就没有吧，不是……还有咱们俩吗？往后，咱俩相依为命，直到……直到终老。

慧琴说：都是我不好，我再也……不能给你生孩子了。说着她浑身像筛糠一样，声音哽咽，不一会儿失声痛哭起来。

丈夫不再劝她，凄凄地、呆呆地看着她，任凭她号啕大哭，泪水纵横。此刻的他，内心时而电闪雷鸣、地动山摇，时而凄风苦雨、如泣如诉。

七

时间是最好的疗伤剂。

当刘传孝和欧阳慧琴的情绪重新归于平静，他们的日子又蹒跚前行。虽然也不乏沉重、艰难，但毕竟还是按部就班，不乱分寸。早晨七点的时候，夫妻俩仍相约到公园散步，七点半回家做早餐，八点十分之后各自骑车上班。

下班回到家，夫妻俩也依然分工合作，默契配合，一起洗菜做饭，准备晚餐。只是周末的时候，刘传孝时常私下在外揽些零工，上门服务，为人家清洗抽油烟机、修理小家电什么的，挣些外快以补贴房租及家用。

而每当这个时候，欧阳慧琴就会一个人悄悄去到自家位于朝阳区三元桥附近的那套房子，在那儿整理整理女儿的房间，擦擦女儿的遗像，看看女儿的遗物。只要是回到自己的那套房子，慧琴就悲伤难抑，心潮翻滚，思绪万千。只要是看到女儿的遗像，看到女儿的遗物，她就感觉到自己的女儿并未远去。当然每每这个时候，她总免不了要大哭一场。待哭够了，眼泪流干了，心情渐渐恢复了平静，她才会一个人悄悄回到位于陶然亭公园租借的那间房、那个家。

那一天周六傍晚，刘传孝干完私活从外面回来。兴冲冲地对妻子说：慧琴，告诉你一个奇怪的事，我中午在一家餐厅与朋友聚会，见到一个女孩，是餐厅的服务员，你猜那女孩长得像谁？

妻子瞥他一眼，面无表情地说：怎么？敢情是你看上人家了？

丈夫说：嘻，看你都瞎说什么呀！我跟你说正经事呢，你猜猜那女孩长得像谁？

妻子说：那女孩像谁不像谁，管我什么事？

丈夫一跺脚，说：嘻，你真的，都快急死我了。告诉你吧，那女孩长得跟咱们女儿晔晔特别像。真是像，太像了！他说得心花怒放，眉飞色舞，仿佛真是见到自己女儿刘晔似的。

慧琴已经好长一阵时间没见到丈夫这么兴奋了。可她却依旧冷静：你不会是酒喝多了，看走眼了吧？

丈夫说：不可能，我中午根本没喝酒。我说的千真万确，那女孩真的长得太像咱们晔晔了，眼睛，鼻子，发型，说话的神态……嘿！真是太像了，哪儿哪儿都像！他边说边比画着，说得有鼻子有眼，脸上流光溢彩，自我陶醉。

慧琴终于静下来认真审视丈夫，像是要看清他葫芦里面到底装的什么药。丈夫以目相对，一脸纯真，一脸无邪，一脸无辜，眼里仍闪着兴奋。见此情状，她不由得心有所动，反问道：你说的是真事？真的有女孩长得像咱们家的晔晔？

丈夫说：当然是真的，我干吗骗你？不信我带你去那家餐厅看看。

丈夫这么一说，瞬间勾起慧琴内心的巨大好奇，那好奇像冷不丁爬进她心窝的毛毛虫，在里面不断蠕动、翻滚，挠得她心痒痒。终于，她两眼放光，冲丈夫说：要是真的，咱俩找时间去看看。

丈夫说：要看，现在就去看。不然，以后说不定再也找不到了。

慧琴说：行，咱们现在走！

夫妻俩一拍即合，说走就走。她解下围裙，关了煤气炉，放下做了半截的晚饭。夫妻俩双双走出家门，每人骑一辆自行车兴致勃勃地往那家餐厅赶。

到了那家餐厅，刘传孝领着妻子往里面走，左瞅右瞧。转了一圈，终于在一个餐桌边找到了那个女孩，那女孩正在收拾客人留下的一桌残羹剩饭呢。

还没走到那女孩的跟前，远远地，欧阳慧琴的脸就像触电似的整个儿僵住了，嘴久久张着，眼睛瞪得老大。只有双脚仍不由自主地迈着步，渐渐来到了那女孩身边，与女孩几乎迎面相撞。

正在低头忙碌的女孩猛一抬头，发现一男一女两个陌生人正四目光亮、莫名其妙地打量着自己，惊诧地皱了皱眉，警觉地问：叔叔、阿姨，你们……有什么事吗？

女孩这么一问，刘传孝不好意思，嘿嘿笑了。赶忙解释说：姑娘，没事。我们只是……只是觉得你长得特别像我们家女儿，我们俩觉得好奇。

女孩"噢"了一声，莞尔一笑，说：是吗？那太巧了。停了一下，又问：你们的女儿多大了？现在在哪儿？女孩没有听到对方回答，只见到一男一女两位长辈都低头不语，情绪低落。女的还不时抹着眼泪，这让女孩倍觉意外，惊诧地盯着对方。

刘传孝苦笑着解释：嗐，没什么。姑娘你别误会，是这样，我们家女儿一年多前出了意外，已经……不在人世。

女孩"啊"了一声，表情终于松弛下来，紧接着懂事地安慰起两位大人：叔叔、阿姨，你们……别着急，都是过去的事了，最好别再多想，想多了会伤身体。说完，女孩滴溜着眼睛，观察着两个大人的反应。少顷，女孩又说：对啦，阿姨，你们不是觉得我像你们女儿吗？

慧琴听罢，不住点头：像、像，你真是太像我们家女儿了，长相，个子，发型，说话的表情，哪儿哪儿都像，简直……都太像了！

女孩说：是吗？那你们就把我当女儿好了。说这话，女孩只是想安慰两位大人。

可是说者无意，听者有心。女孩的话竟然不约而同勾起刘传孝夫妇俩的幻想：是呀，眼前这女孩要是真能当自己女儿，那该多好！

刘传孝说：谢谢你姑娘，我们要是真有你这样的干女儿，那真是太好了。

女孩不置可否，只是抿着嘴甜甜地笑。

慧琴问：姑娘你叫什么名字？

女孩说：刘红玉。

刘传孝说：太巧了，原来你也姓刘。你是哪儿的人？今年多大了？

刘红玉说：安徽无为，我今年十八岁。

慧琴说：真的是巧，我们家女儿要是还在，今年也十八岁。

刘红玉又莞尔一笑：哈！是吗，那真是太巧了。

三个人你一言我一语，东一句西一句拉起了家常，竟然聊得火热，越聊越兴奋，越聊也越觉得投缘。通过聊天，刘传孝夫妇还知道，刘红玉家在安徽无为农村，父母都是农民，她在家排行最小，上面还有一个哥哥一个姐姐，都在老家，并且都已各自成家。她自己两年前初中毕业后来北京，先是在三八劳动服务公司当了一年的家庭服务员，一年后她经人介绍来到这家餐厅当服务员，管吃管住，月薪一千八百元。刘传孝夫妇都觉得，这女孩不但长得像他们的女儿刘晔，还懂礼貌，善解人意。如果能够将这女孩收养，或认作干女儿，那真是太好不过。毕竟他们夫妇深知，自己已经不可能再生孩子了。而刘红玉也觉得，自己生在安徽农村，孤身一人来京打工，假如真能找个北京的好人家做靠山，怎么说也是好事。三个人就这样聊着说着，越说越近，越说越亲。最终竟然一拍即合，刘传孝夫妇郑重其事提出收刘红玉做养女，刘红玉也口头表示同意。但她说这事自己做不了主，还得征得家里同意。

刘传孝说：那是应该的，这毕竟是大事。你们家里同意最好，不同意我们也不勉强你。我们家离这儿不远，可以常来看你。你有事，也尽可找我们。说完，他们之间还互相留下联系电话。

临别，慧琴怕错失机会似的，又嘱咐刘红玉：那你尽快问问你爹妈，我们等着你回话。

刘红玉哎了一声，甜甜地笑着，很懂事地点了点头。

八

事情的进展不出所料，刘红玉的父母都同意女儿认刘传孝夫妇做养父母。理由与刘红玉当初想的一模一样：一个女孩子孤身一人在北京打工，如果能有一个好人家、一对信得过的养父母，女儿就有了靠山，有人照顾，怎么说都是好事。但刘红玉的父母也再三嘱咐女儿：你自己要看准了，一定得是好人家，能真正对你好，可千万别让人家给骗了。刘红玉听罢，再三强调：爸，妈，这个你们尽可放心，人家女儿都没了，孤男寡女的没有儿女，巴不得有个养女呢，他们能不对我好？女儿这么一说，做父母的当然也就放心了。

当刘红玉将自己父母同意的消息打电话告诉刘传孝夫妇时，早有预感的刘传孝夫妇还是喜出望外，高兴得有些语无伦次、手足无措。欧阳慧琴手握电话筒再三对刘红玉说：太好了！太好了！女儿，对，我今天就管你叫女儿你不反对吧？女儿你现在忙吗？要不今晚我们接你回家来吃饭？刘红玉则甜甜地叫了一声：妈，没问题。从今天起我就是你们的亲女儿，您就是我的亲妈。可我得上班，今晚肯定没时间回家吃饭，实在对不起。

刘传孝高兴得在屋子里来回走动，满脸兴奋。可得知刘红玉今晚不能回家吃饭，不免有些扫兴。不一会儿他冒出一个主意，对妻子说：慧琴，既然咱们确定认刘红玉做女儿，那就一定得好好待她，对她好，让她实实在在觉得咱们就是她的亲父母，也让她实实在在觉得咱们这个家就是她自己的家，对吧？

慧琴剜一眼丈夫，嗔怪道：瞧你说的，好像就你懂！咱们不对她好，干吗要认她当女儿啊？

刘传孝说：那我有个想法，不知你同不同意？

慧琴说：瞧你又卖关子了不是？快说。

刘传孝说：我想别让刘红玉在餐厅干了，让她辞职。咱们送她去读读书，比如说学学电脑、会计什么的，好好培养培养她，将来给她找份好一点的工作，你看怎样？

慧琴听罢，皱了皱眉，愣了片刻，自言自语：那……那得多少钱啊？这……这能行吗？

刘传孝说：学习当然是需要钱，可咱们把她当亲女儿了，就不能舍不得给钱。

慧琴沉吟片刻，说：咱们家有那么多钱吗？现在租房子每月要那么多钱，如果再让刘红玉辞职去学电脑什么的，又得一大笔开销，咱家哪儿来那么多钱？

刘传孝说：大不了我辛苦点儿，下了班多揽些私活。再说，咱们不是还有一些存款吗，晔晔那笔十五万元的抚恤金至今也没动。

慧琴鼓着眼睛瞪丈夫：得得得，那可不行！怎么能动晔晔的抚恤金？

刘传孝说：嘿，我……我只不过是说说而已。不动也行，实在不行咱们搬回自己家住，将租金省了。何况，有了刘红玉，这租来的房子也住不下，早晚都得搬回去。

慧琴像被野蜂蜇了一样惊叫起来：她还要住到咱们家里来呀？

　　刘传孝说：咱们不是要把她当女儿吗？

　　慧琴看着丈夫，嘴唇翕动着，欲言又止。

　　刘传孝又说：再说了，即便让刘红玉辞职或住到家里来，还得看人家同不同意呢。

　　慧琴一时语塞。一会儿，她自言自语：唉，真没想到收养个女儿还会有这么多事。这……这得容我想想。慧琴这么说，也是实在话。一方面，她渴望收养刘红玉这个女儿，不说膝下无后的她和丈夫一直渴望有个后代，将来老了好有个照应，就凭刘红玉长得像自己女儿刘晔这一点，慧琴就喜爱有加，求之不得！她甚至感到冥冥之中上苍似乎在同情她，让她在丧女之后邂逅了刘红玉这么个女孩，让她在绝望之后又萌生希望。从情理上说，她也觉得丈夫说的没错，既然认了人家做女儿，就得像对待自己亲生女儿一样疼她爱她，尽一切可能为她创造好的条件，让她活得安心，活得快乐，活得舒坦，活得幸福，更要让她觉得这个家的的确确就是她自己的家，让她实实在在感觉到他们夫妇就是她的亲生父母，甚至比她的亲生父母还亲。可一说到实际问题，她内心还是像冷不丁爬进了一只蚂蚁，多少有那么一丁点儿闹心，那么一丁点儿硌硬人，那么一丁点儿不好接受。毕竟是自己的家忽然闯进个陌生人，让人有些猝不及防。尤其是如果让刘红玉住到家里来，势必要搬回自己的房子，晔晔的屋子也势必要腾出来让刘红玉住。这哪儿行啊？晔晔的东西怎么办？放哪里？这是一个问题，而且是个大问题。这个问题像一堵墙，突然间横亘在慧琴眼前，挡住了她的去路。她忽然六神无主，只好沉默。

刘传孝说：你是不是担心红玉来了，不好住？

妻子抿了抿嘴，如实地点了点头。

刘传孝说：慧琴，我跟你说，你留着晔晔的东西我能够理解，也支持。但能收养刘红玉做女儿也算是咱们前生修来的福分，既然咱们都求之不得，就得真正将人家当亲女儿对待，你不让人家住到家里来，那你怎么能与人家红玉培养感情？人家怎么能算你的亲女儿？这于情于理，都说不通啊！依我说，将晔晔的东西归拢归拢集中放到一处，将屋子腾出来让红玉住，这样咱们既能够与她朝夕相处培养感情，这租借的房子也可以不再租住节省开支，一举两得。再说，咱们总不能老租着这房子吧？

丈夫的话入情入理，让慧琴无话可说。她只得瞥了一眼丈夫，嘟着嘴说：你说的没错，只是我……我感情上一时还是转不过弯来，你真得容我想想。丈夫不再言语，也不逼她，容她想。

晚上睡觉，夫妻俩背对背各自想着心事，一夜无话。

翌日早晨，夫妻俩依旧双双六点半起床，洗漱后依旧一起到陶然亭公园散步，听听鸟叫，闻闻花香，吸吸新鲜空气。穿行在花红柳绿的公园里，心情渐好的慧琴对丈夫说：咱们周末搬回自己家住吧，这边的房子不租了，省点钱。

一句话，霎时驱散了刘传孝内心积聚了一夜的郁闷。他面带喜色，侧过脸问妻子：你总算想通啦？

妻子不看他，只低头走路，边走边说：也通，也不通。不过你说得对，想让人家红玉给咱们当女儿，就得把她当亲女儿对待。再说，咱们总不能没完没了租房子住吧？老租房子住，咱家不更穷了？不过说实话，我真有些舍不得搬回去。搬回去，咱们就不能每天到陶然亭公园来散步了……唉！

丈夫说：是啊。要不，咱们把那边的房子租出去，这边再租大一点儿的两居室？要那样，咱们也能一举两得，既没有房租压力，还能守着陶然亭这块风水宝地。他忽然为自己冒出的这个主意感到高兴，以至于兴奋地打量着妻子，期待得到她的肯定与回应。

不料妻子却一拉脸，满口否定：那哪儿行啊？绝对不行！

怎么啦？丈夫满脸疑惑。

妻子瞪他一眼：你想彻底离开咱晔晔啊？

丈夫恍然大悟，无言以对。用不着妻子再做解释，他也明白妻子的意思。如果将自己的那套房子租出去，彻底搬离女儿在世时的居住地，那么女儿的遗物、房子、生前的气息与音容笑貌，一切的一切，将彻底从他们生活里消逝，这是妻子感情上无论如何不能接受的。其实，刘传孝感情上也不能接受，但理智又提醒他，如果让妻子彻底离开原先的那个环境，无疑将能更好地帮助妻子摆脱丧女的阴影，彻底告别过去、恢复身心与元气。只是，此刻面对妻子的质问，他不忍心违拗妻子。毕竟，妻子同意搬回自家房子并接纳刘红玉，已经让他在内心倍感欣慰了。

周末的时候，夫妻俩回到自家的那套房子，开始洗洗涮涮，擦桌拖地，整理家什，收拾打扫房间。女儿生前的那个房间，是他们打扫整理的最后领地。这一次，他们不约而同，高度一致。自打开门进屋，夫妻俩都心照不宣有意回避，不首先收拾女儿的房间，而选择先打扫他们住的大屋，然后是客厅和厨房。夫妻俩谁都没想到要先碰女儿的房间，仿佛女儿还在房间里睡觉，生怕惊扰她。也仿佛碰了女儿房间，女儿会担惊受怕，彻彻底底离开他们。女儿的房间，说到底是夫妻俩的情感圣地，也是夫妻俩的人生梦境，那曾经的美好，曾经的快乐与温馨，全都在梦境中虚虚实实，一一再现。而当他们收拾完女儿房间以外的所有角落，不得不走进女儿的房间时，女儿的遗照刹那间闯进他们的视野，夫妻俩的心情都不约而同沉重起来。他们默默地注视着女儿的遗照，遗照中的女儿此刻正乐呵呵地冲爸爸、妈妈笑，仿佛在叫喊着自己的爸爸、妈妈，仿佛在说爸爸、妈妈你们可回来啦。夫妻俩的内心仿佛被谁冷不丁扯了一下，往下坠落，阵阵作痛。他们站在女儿的房间，默默地打量着房间里熟悉的一切，女儿的书桌、书包、文具、衣物、被褥……恍惚间，他们仿佛又闻到了女儿的气息，女儿的音容笑貌仿佛又浮现在他们眼前。慧琴心一酸，禁不住哽咽起来，眼泪夺眶而出。丈夫一激动，如梦方醒。他掏出随身带的纸巾，搂住妻子，帮妻子擦着眼泪，安慰说：好啦！好啦！慧琴，咱们……接着干活吧。慧琴这才接过丈夫的纸巾，擦了擦眼泪，与丈夫一起收拾起来。

按照事先商定的方案，他们将女儿的衣物、被褥、书包、文具及其他遗物一一归拢，集中起来放进柜子里，唯独在如何摆放女儿遗照上发生了分歧。慧琴想将照片留在女儿的房间，理由是这间房本来就是晔晔的，她是这间房子的主人，应该让晔晔永远留在这里。

丈夫却说：不大妥吧？你让女儿留在这房间，刘红玉住到这房间来，恐怕会不自在，说不定还会吓着她。

妻子说：要你这么说，晔晔柜子里的衣物、被子不也都会吓着她？

丈夫说：对啊，没错。依我说，咱们干脆将晔晔的照片和东西都收到咱们的房间，这样既可以让晔晔与咱俩在一起，也不至于让刘红玉不自在。

妻子听罢，觉得也在理，点头称是。夫妻俩于是将女儿的照片和遗物统统搬到自己的房间。

九

养父养母让自己住到家里来，刘红玉当然是喜出望外，求之不得。来北京打工几年，她一直住在餐厅统一安排的集体宿舍里，人多，拥挤，嘈杂，她感觉宿舍里天天像候车室似的，没有安静的时候，更没有半点儿家的温馨。素来喜爱安静的她，感觉几年来在外漂泊，永远都在路上。如今有了养父母，有了北京的家，养父母还让她住到家里，她有一种船到码头车到站的感觉。她感觉自己漫长的漂泊之旅总算有了停靠的港湾，自己的人生眼看着有了归宿。这么想着，刘红玉内心深处便浮现出一种油然而生的喜悦与温馨，这种喜悦和温馨伴随着她，将自己的被褥、衣物和一切日常用品搬出餐厅提供的集体宿舍，搬进了养父母家。

刚开始的时候，刘红玉也真真正正感受到了养父母的关爱与家的温馨。首先是她拥有了自己单独的房间，有单独的床、书桌、台灯、衣柜。养父母事先就将房间打扫得窗明几净，枕头、被褥、毛巾、牙刷、水杯、鞋子等，一应俱全，全套都是新的。桌子上还有电脑，虽然刘红玉对电脑一窍不通，可她对电脑却有一种景仰与向往，因为她知道城里的年轻人都会电脑，而乡下年轻人大都不会，这或许正是城里人与乡下人的区别吧？所以，她早就渴望有朝一日也能学会电脑，成为会电脑的城里人。而眼下，她不仅拥有自己的房间，而且还有电脑（电脑其实是刘晔生前用过的，但刘红玉对此一无所知，也不在乎），自己离成为真正的城里人的梦想近在咫尺，所以她渴望尽快学习电脑。

在新家，刘红玉吃饭、穿衣更是备受养父母的百般关照。住餐厅集体宿舍时，她吃的是最简单不过的粗茶淡饭，那些大鱼大肉甚至山珍海味，她和餐厅的其他服务员都只有闻香味的份儿，即使自己身体深处的馋虫时常被强烈诱惑，被勾引得百爪挠心、垂涎欲滴，她也只能坚强地抗着忍着。有一次，一位新来的农村男孩，送菜时端着飘香的油炸海虾往雅间送菜，在过道上忍不住偷吃了一小只海虾，被探头记录在案，第二天不仅重重地挨了餐厅经理一巴掌，而且连工资都不给发立即轰出餐厅，餐厅经理还将此事作为反面教材将所有服务员、后勤人员和厨师找来，大声训话，杀一儆百，以儆效尤，从此再没有人敢步其后尘。天生胆小、循规蹈矩的刘红玉更是丝毫不敢越雷池半步，虽然她也嘴馋，却只能闻闻香味，嘴里的馋虫每每被她死死按着掐着。即便是客人留下的剩菜，餐厅老板也是规定不能碰的，要么扔掉要么加工一下卖给别的客人，至于留与扔，全看那剩菜的成色。只有逢年过节的时候，老板偶尔会开开恩，将客人留下的剩菜挑选一些，让员工们开开荤。

刘红玉刚刚住进养父母家，就感觉自己由先前的下人一下子升格为座上宾。吃饭的时候不仅与养父母同时上桌，桌上还少不了鸡鸭鱼肉，虽非山珍海味，每餐却也都荤素搭配，偶尔也能吃上先前只能闻其香味的蟹或虾。不仅如此，早晨时常有牛奶鸡蛋，晚上有水果。养父母还利用休息日，领着她到繁华的西单百货商场，为她购置了两套崭新时装和一双皮鞋，养母甚至还领着她到附近的美发厅做美发。潜意识里，养母其实是按照亲生女儿生前的穿着来打扮养女的，养女对此当然一无所知。尽管如此，养母对养女这一连串的策划与包装，还是让农村女孩刘红玉鸟枪换炮，一下子出落得清爽靓丽，乍看完全是位地地道道的北京妞儿。不，在养父养母眼里，刘红玉简直就是女儿再世，他们的女儿刘晔回来了！所以，养父养母对刘红玉的到来喜出望外，百般呵护，疼爱有加。不仅如此，养父母还提出让刘红玉辞职，报名参加电脑培训班，专心学电脑。这让刘红玉倍感意外，喜忧参半。

刘红玉说：爸，妈，你们如此爱护我、关心我，待我如亲生女儿，我真是感恩不尽。不过我都这么大了，放弃工作，花你们的钱去学电脑，我于心不忍。

话音未落，养父刘传孝就嗔怪道：你本来就是我们的女儿，快别说见外的话了，可别让人听到了笑话咱们。

养母欧阳慧琴也说：辞了工作，让你去学电脑，是为了你以后能找到更好的工作。你不要多虑，赶紧把工作辞了，你总不能一辈子在餐厅当服务员吧？

其实，在正式告诉刘红玉之前，他们夫妇早就商量过了，女儿在餐厅当服务员，这在朋友、亲戚之间都难以启齿，必须尽快让其辞职去学电脑，以便下一步找一份更体面的工作。仅此一点，夫妻俩一拍即合，即便需要花钱，慧琴也在所不惜。一想到要辞去工作，刘红玉又喜又忧，甚至还有几分不舍。喜的是她就要摆脱繁重的体力劳动，去学习以往渴望的电脑，未来无疑将有更好的发展。忧的是没有工作就没有工资，她不仅不能再给家里寄钱，还要花养父母的钱，这让她惴惴不安。再有，她多少也有些舍不得那些朝夕相处，下了班在宿舍里打打闹闹的姐妹。虽然有时候她们纯粹是为了放松身心、苦中作乐，虽然她也不喜欢集体宿舍里那种拥挤嘈杂的环境。可反过来想，如今她能够在北京有个家，有机会告别低贱的工作与环境，这是她求之不得、做梦都不敢想的，她怎么能够放弃，又怎能违拗养父母的一片真诚与苦心呢？眼下，听着养父养母的劝慰，她内心不由一热，感动得泪水涟涟。她扑通一声跪拜在养父养母跟前，说：爸，妈，能遇到你们这样善良慈爱令人尊敬的长辈，是我这辈子最大的荣幸。从今以后我就是你们的亲女儿，我将全身心陪护你们，听你们的话，孝敬你们，将来为你们养老送终。

刘红玉的一番真诚表白，像春风送暖，如春雨入泥，滋润着刘传孝夫妇曾经干渴皲裂的心田，让他们瞬间燃起希望，看到了内心深处破土而出的勃勃生机。他们也被刘红玉的真诚感动着，温热滚烫的泪水一如汩汩的山泉，从他们已经苍老的脸上往下流淌。欧阳慧琴感动得一把将养女搀扶起来，拥入怀里，泪如泉涌。刘传孝站在一边，悲喜交加，默默抹泪。

第二天，刘红玉在养父养母的陪同下，真的到餐厅辞掉已经干了近三年的服务员工作，接着又在离他们家不远处的一所职业高中报名参加了为期一个月的电脑培训班。从这一天起，白天刘传孝夫妇去上班，刘红玉则按时到那所职业高中学习电脑。三人都早出晚归，回到家有说有笑，洗菜做饭，配合默契，俨然天生的三口之家，温馨和谐，其乐融融。

十

裂隙是在一个月之后出现的。

首先是学电脑。培训班结束了，刘红玉却因为考试不及格，没能够如期拿到结业证书。人家要求毕业时要学会制作Excel的简单图表，使用Office普通办公软件，五笔字型输入法打字速度要达到每分钟八十个字，刘红玉考试时却没一项能够达到。其实如果不是考试，刘红玉已经学会制作Excel的简单图表，使用Office普通办公软件，只不过速度很慢。一个Excel的简单图表，别人几分钟就制作完毕，她却要耗时十几分钟甚至二十几分钟，五笔输入法每分钟八十个字，她则无论如何都达不到，迄今她最快速度是每分钟三四十个字。没能如期拿到结业证书，意味着难以找工作。继续报名参加培训，意味着又要交两千元的学费。所以，当欧阳慧琴知道刘红玉没能拿到结业证书的那一刻，内心冷不丁冒出的第一句话就是：你怎么那么笨啊！只是这句话快要嘣出口时，被她理智地生生给噎了回去，改而嘟囔了一句：你怎么回事啊？可即便是这么轻轻的一句，已经在刘红玉心中激起了狂风巨浪。她感觉到心房被这狂风巨浪一阵紧似一阵地撞击着。没能拿到结业证书，她自己挺自责的了。现在面对养母的轻声责备，她感到无地自容，恨不得找个地缝钻进去。只不过，自容不可能，地缝也难找。面对养母责备的目光，她手足无措，只得垂着头，尴尬地站着，一只手无助地绞着另一只手。好在这时候养父站出来为她解围。养父说没关系，考不过就考不过吧，不行再报一次名，继续培训。刘红玉感激地抬起头来，却发现养母不经意间瞪了养父一眼，不置可否。刘红玉仍然一只手绞着另一只手，喃喃地说：我再报一期，再参加一个月培训。学费，我自己拿。

刘红玉又报名参加了新一期的电脑培训班。她自己从微薄的积蓄中取出两千元钱，打算缴这一期的学费，养父却背着养母悄悄塞给了她一千元钱，还对她说：这一千元钱先给你添补学费，另一千元你自己先垫着，待我发了工资或挣了外快，再设法给你补上。你别灰心，好好学，我相信你能行。刘红玉不敢接那一千元钱，想推辞，却抵不住养父有力的手臂，她只好接了，不争气的泪水却夺眶而出，内心对养父充满感激。

　　欧阳慧琴却对刘红玉有了抵触与怀疑。这段时间，她不断拿刘红玉与自己的亲生女儿刘晔比。刘晔的聪明、伶俐，那可是刘红玉无论如何也比不上的。想当初，女儿上学，哪一次考试不是名列前茅？从小学一年级开始，刘晔不仅每学期成绩在班里名列前茅，每年还都被评为三好学生。她活泼开朗，能歌善舞，聪慧好学。家里新买回来的电视、电脑、手机什么的，爹妈还拿着说明书发呆，刘晔三下两下一捣鼓，各种功能便在她轻车熟路的操控下一一展示。相比之下，刘红玉花钱专心学了一个月的电脑，却连结业证书都没能拿到。唉！

　　不仅如此，慧琴对刘红玉的生活习惯，一举一动，一笑一颦，竟然也与女儿刘晔一一比较，越比较越觉得别扭，越比较越觉得一个天上一个地下，越比较越觉得刘红玉哪儿看着都不那么顺眼。比方她睡觉打呼噜，吃饭吧唧吧唧出声，土气，粗俗，自己女儿刘晔哪有这些毛病啊？虽然两个女孩长得轮廓很像，可刘晔笑的时候如鲜花绽放，声如银铃，那排整齐洁白的牙齿，清澈，高雅。刘红玉笑起来如狗熊哑然，突兀，傻气，笑声粗鲁，尤其是那排外露的黄牙，更是俗不可耐。刚来家时，慧琴发现刘红玉吃完饭不漱口，晚上睡觉前不刷牙，便郑重地告诉她，要她每餐饭后漱口，晚上睡前刷牙，刘红玉刚开始倒是听话地照办了，但没几天还是时不时忘记，每每都需要养母提醒。更重要的是，女儿刘晔生前每天放学回家，像小鸟归巢，快乐开心，每每叽叽喳喳地与妈妈聊个不停，当天学校发生的趣事，新鲜事，好事坏事，高兴的不高兴的，都会一股脑儿向妈妈汇报。而刘红玉回到家里，除了见面叫声妈或爸，之后便像个闷葫芦，有问才答，不问不吱声。虽然相比于刘晔，刘红玉比较勤快，能主动帮助干家务，但她干活时不声不响，不言不语，矜持木讷，怎么看都不像是自家的女儿，反倒像极了请来的保姆或小时工。慧琴和丈夫刘传孝，曾试图找话题与她聊天，刘红玉也很乐意，极力配合，可她除了讲当天学电脑的情况，说来说去，都离不开老家农村的那点糗事，都无非是闲时玩耍，忙时干活，小孩打闹，大人吵架那点破事。再不就是玩泥巴、捉小鱼、上树偷青枣什么的。这种事头次说听着新鲜，再次说陈旧，第三次说无聊。可刘红玉每回都津津乐道，百说不厌。更主要的是，刘红玉说什么事时，都是平铺直叙，就事论事，浅尝辄止，不做任何评论，也不发表自己的见解。而自己的女儿刘晔，讲述见闻时，不仅眉飞色舞，抑扬顿挫，绘声绘色，还时常加以评论，发表高见。比方说到老师在课堂上训斥学生，刘晔认为不妥，会伤学生的自尊心，应该留待课后私下批评、提醒；又比方说到学生早恋，刘晔认为无论是老师还是家长，都不应该生硬打压，而应该动之以情、晓之以理，加以耐心劝说、疏导，否则效果会适得其反；再比如有同学在课堂上玩手机，有老师发现了，是不顾情面当场没收手机，还是劈头盖脸加以训斥，刘晔认为问题是老师的课讲得不好啊，你讲得不好当学生的还得硬着头皮听，还不如学生自学或玩手机呢……诸如此类，凡此种种，都是刘晔的理论，听着还挺有道理。欧阳慧琴反复将刘红玉与自己的女儿刘晔比较，愈比较愈觉得刘红玉与女儿刘晔根本不在一个档次，愈比较愈别扭，愈比较内心愈抵触。这种情绪长时间像影子一样纠缠着她，赶赶不走，甩甩不掉，搅得她时常辗转反侧、夜不能寐，以至于在感情上始终难以接纳刘红玉。

有一天晚上睡觉前，慧琴将这种感觉对丈夫刘传孝说了，刘传孝听罢，沉默片刻，劝释说：天底下谁都知道孩子是自己的好，红玉再怎么说，也只是别人生的、农村长大的孩子，生活环境、教育条件、文化程度什么的，当然都无法跟咱们的晔晔比。你要老这么比，肯定是越比越不顺眼。依我说，你千万别再这么比，只将她作为一个农村来的孩子，好好培养，慢慢栽培，渐渐适应，没准哪天就看顺眼了。没准哪天，你也会慢慢喜欢上。再说了，你好不容易收养了这么个长相有些像晔晔的女孩，容易吗？那可不仅仅是百里挑一，就是千里挑一、万里挑一都难找到。你不是也同意将她当自己孩子，好好对待吗？我可丑话说在前，咱们要是对她不好，哪天她要是不干了，跑掉了，那后悔可都来不及了。

丈夫的话说到这份上，作为妻子的欧阳慧琴虽然听着在理，可感情上仍然难以平复。表现在行动上，是对刘红玉的冷淡与挑剔。刘红玉刚进家门时，慧琴是嘘寒问暖，笑脸相迎，那种爱，那种笑，是发自内心、从里往外溢出来的，完全是水到渠成、春暖花开、春风化雨的那种，让人看着都感觉自然、亲切、舒心。而这些天慧琴对刘红玉的态度，多是例行公事。比如每天下班回到家，往往是刘红玉先叫妈，慧琴应付差事般点点头，脸上少有笑容，或者稍笑即逝，甚至是皮笑肉不笑。先前进了家门，慧琴是热情招呼，嘘寒问暖，无话找话。吃饭的时候，慧琴是主动为养女夹菜，热情周到，疼爱有加。现在夹菜没有了，反倒是刘红玉为养母夹菜，养母却再三婉谢推辞，偶尔推辞不掉用碗接了，慧琴也是谢了不是不谢也不是，脸上挂着尴尬的表情，不愠不悦，说不清到底是高兴还是不高兴，弄得刘红玉后来干脆不为养母夹菜了。敏感的刘传孝看在眼里，急在心上。为使气氛不至于冷漠和尴尬，刘传孝索性参与进来，主动为妻子夹菜，继而为养女夹菜，不料又遭到妻子白眼。虽然那只是轻轻一瞥，可那瞥带着掩饰不住的抱怨，而且偏偏又被刘红玉捕捉到了。刘红玉看在眼里，凉在心头，她闷声不响，埋头吃饭，脑子里疑云飘起，左思右想，不明白自己到底哪儿做得不周到惹养母不高兴了。

屋漏偏遭连夜雨。

吃完晚饭，刘红玉很知趣，想好好表现一下，赢回养母信任。眼看养母养父已经放下碗筷，她挂着笑脸对养母说：妈，您和爸俩人好好休息，我来洗碗。言毕，不由分说，她开始麻利地收拾碗筷，端起一叠盘碗，转身要进厨房，不料没走几步脚下一个趔趄，手中的盘碗哗啦啦摔了一地，屋里瞬间瓷片四溅，一片狼藉。三人六目霎时大呼小叫，眼睛个个鼓得像蛤蟆眼，嘴巴张得如仙人洞，屋里出现片刻静默。

最先打破静默的是欧阳慧琴。她一拉脸，指着刘红玉大声呵斥：我说刘红玉啊刘红玉，你这是干什么呀？你怎么这么笨啊？我看你笨手笨脚的？真是笨到家了，你瞧瞧，好端端的一叠碗盘，干这么点儿破活就让你一下给糟蹋了！你知道这叠碗值多少钱吗？你……

欧阳慧琴像一座突然喷发的火山，痛快淋漓地将积压在心中多日的愤懑一股脑儿发泄出来，倾泻到刘红玉身上。此刻她的嘴巴像被洪水冲垮的闸门，张开着还想继续发泄什么，却被丈夫横插一句中途拦截：哎呀！行啦行啦！闺女又不是故意的，谁没有个不小心的时候呀！他不说还好，这一说，勾起了刘红玉的满肚子委屈，那积压的委屈化成了满腔的泪水，随着"呜"的一声，奔涌而出。刘红玉捂着脸，边哭边抹眼泪，边哭边收拾地上摔破的盘碗碎片。刘传孝也一边安慰一边帮助收拾，欧阳慧琴却袖手旁观，冷冷地看着这一切，脸上愤懑交加，怨气难抑，冷不丁冲丈夫不满地扔下一句：哼，都是让你给惯坏的。这回可好，家里连碗筷都没有了，明天饭都不用吃了！说完，她一甩手，气咻咻地进卧室去了。

刘红玉收拾完毕，不声不响，一个人走出家门，不知要去哪儿。刘传孝有些不放心，也走出家门紧追了几步，问：红玉，上哪儿去呀？红玉开始没应答，只埋头走路。刘传孝又焦急地追问了一句，红玉这才扭回头，面无表情地回答：不上哪儿，我随便走走。说完头也不回只顾赶路。刘传孝不好再追问，却还是不放心，悄悄跟了一段路，见红玉只是在附近的马路上溜达，便拿出手机发了条短信：红玉，你妈是一时生气，说说也就过去了，你可千万别往心里去啊。你先在外散散心也好，但时间不要长了，早点回家，不然我和你妈不放心。

短信发出去了，迟迟不见回音。半小时不回，一个小时还不回。刘传孝急了，索性拨通刘红玉的手机，铃声响了好几下都不接。刘传孝心如着火，正焦躁得快要冒烟，那边电话接了。

刘传孝喜出望外，强迫自己压低声音，轻声细语道：红玉，是你吗？你在哪儿？

那边说话了：爸，是我。是刘红玉的声音。

刘传孝说：红玉你在哪儿？

刘红玉支吾一声，没往下说。

刘传孝轻声细语：红玉，不早了，你回家吧。

刘红玉犹豫片刻，说：爸，我待一会儿再回去。

刘传孝声音急起来：红玉，我跟你说过了，你妈是一时生气，你可千万别往心里去。你回家吧，晚上外边待久了不安全。

刘红玉说：爸，您别担心，不会有事的，我待一会儿再回。

话说到这份上，刘传孝内心虽急，却不知道还能说些什么，只好再三叮嘱：那你可别太久了，要不然我和你妈都不放心。

刘红玉"嗯"了一声，将电话挂了。刘传孝的手机却仍贴着耳根，呆呆地发愣。

收了手机，刘传孝却仍然像热锅上的蚂蚁。他打开电视，胡乱按着频道，却走马灯似的没一个看得进去，干脆将电视关了。他点燃一支烟，没吸几口就烦躁不安地掐灭。他走进卧室，对躺着生闷气的妻子说：慧琴你真是的，干吗发那么大的火？看把人家红玉给吓着了。

慧琴瞪一眼丈夫，鼓着嘴喷出弹药：这事不怪我，得怪你！谁让你说话护着她呀？你不说话还好，说了她可不就觉得委屈吗？她摔坏了整整一叠盘碗，我怎么就说不得了？

刘传孝说：你这么说可就是不讲理了，人家又不是故意的。咱们晔晔在时你可从来没有对她发过火。

慧琴反唇相讥：咱们晔晔何时摔坏过这么厚一叠盘碗啦？

刘传孝说：晔晔是没有摔坏过一叠盘碗，可晔晔不小心摔坏过咱们家一个大花瓶，那个大花瓶可比一叠盘碗的价钱高多了！你不仅没发火，还一惊一乍地搂过晔晔，一个劲说晔晔我的乖，晔晔你没事吧？然后疼爱有加地亲个不停。

慧琴听罢从床上弹了起来，冲丈夫嚷：那当然啊，晔晔是我的女儿，她刘红玉是谁呀？那能比吗？

刘传孝说：可你不是说过要将刘红玉当亲女儿对待吗？

慧琴说：我……我开始是这么说的，可后来越看越不顺眼，她没法跟我女儿比！

刘传孝一跺脚，说：嘻，你看你，尽不讲理。她本来就不是你女儿嘛，怎么能跟晔晔比？可现在晔晔不在了，咱们需要一个孩子，咱们可以把她当成自己的孩子嘛！

慧琴望着丈夫，不说话了。

刘传孝却搭着妻子肩膀，继续说：行了行了，慧琴，你可别再任性了。你赶快打红玉手机，让她回来。

慧琴望了一眼丈夫，噘着嘴嘟哝：我不打，要打你打。

刘传孝说：哎呀！我不是打过了吗，可她就是不回来！都这么晚了，你要是不让她回来，她又拉不下面子真就不回来了，那可怎么办？万一在外边碰到个小流氓什么的，那可就糟了！

刘传孝这番话，让妻子终于心有所动。她正要找手机给红玉打电话，门铃却叮当一声响了。刘传孝急转身箭一样奔出卧室，前去开门，是红玉。刘红玉轻轻叫了一声爸，面无表情直奔自己的房间，而且吱的一声将房门关上。即便如此，刘传孝悬着的心终于放了下来。

这时候慧琴也走到红玉卧室门口，探头探脑地想听点什么。刘传孝却手指按住嘴唇，嘘了一声，示意别打扰她，并拉着妻子回到了自己卧室。他对妻子说：现在先甭理她，让她先消消气、散散心，有什么话明天再说。

十一

太阳睡了一觉，醒来时明天已然降临。

昨晚刘传孝对妻子说，有话明天再说。可当明天到来，夫妻俩已经没机会对刘红玉说话了。

这天是星期一，刘传孝夫妻像往常一样按时起床，洗漱完毕，张罗着做完早餐，吃完早餐双双要去上班。出门前，见刘红玉还没起床，刘传孝示意妻子去叫醒红玉，妻子不从，说都这么大的人了还要人叫起床，丢不丢人啊，不去！很显然，昨晚的事，妻子仍心存不悦，更不愿意主动跟刘红玉打招呼。

刘传孝无奈，只好走过去敲刘红玉的房门，叫刘红玉起床。笃，笃笃，刘传孝轻轻地敲，边敲边叫红玉起床。卧室里传来红玉哎的一声，说知道啦。声音却不清脆，有些黏滞、沙哑，显然是还没起床。刘传孝本想推门进去，看红玉是否真的已经起床，却不好意思。他只好对卧室里喊：红玉啊，餐桌上有蒸好的馒头，鲜牛奶你自己热一下，咸菜什么的餐桌上都有，我和你妈先上班去了，啊?！红玉在里面仍然声音含糊地说：嗯……知道啦！却始终不见开门出来。

妻子瞪一眼丈夫，讥讽道：你瞧，这孩子就是没教养，一点礼貌都不懂，我早就说过都是让你给惯坏的吧，你还不承认！

丈夫被噎得干瞪眼，龇牙咧嘴嘘了一声，示意妻子小声点，别让刘红玉听见。又连扯带拉地将她带出门外，撞上门之后才对妻子大声嚷：你怎么说话那么刻薄啊？红玉还是个孩子，是咱们好不容易认养的孩子，你不好好爱护好生教育引导，还一味指责挖苦，她以后怎么能把咱俩当亲爹亲妈对待？

妻子赌气说：不认拉倒，反正我就是觉得她没法跟咱们晔晔比。

丈夫说：我可丑话说在前，你老是这样，时间长了这孩子恐怕都留不住，到时候你可别后悔。

妻子仍然赌气：留不住拉倒，反正现在我对她怎么看都不顺眼。这辈子，我只认咱们的亲生女儿晔晔，天底下没有哪个孩子能跟晔晔比！说完这句话，她不由分说，匆匆赶路，只丢给丈夫一个背影。丈夫只得一声叹气，无奈地摇了摇头……

这天傍晚下了班，刘传孝比妻子先一步回家，发现茶几上压着刘红玉留下的一张纸条：

叔叔、阿姨：

　　我走了。原谅我的不辞而别，也原谅我不再称你们为爸、妈。虽然我很想成为你们的女儿，与你们一起生活，将来为你们尽孝，但现在看来，我很难让阿姨满意，我只得选择离开。感谢叔叔这段时间对我的关爱。我花你们的钱，待我挣了钱会寄回来还给你们。

　　祝愿你们一生平安！

刘红玉

　　刘传孝读着刘红玉留下的纸条，内心瞬间狂风大作，原本红润的脸庞霎时失去了血色。他睁着惊恐的眼睛闯进刘红玉的卧室，刘红玉的衣物用品全都不见了。他像惊慌的兔子满屋子乱闯，四处寻找刘红玉可能留下的痕迹与气息，却是徒劳无功。他赶忙打刘红玉手机，对方却显示已经关机。愣了片刻，他冲出家门，骑着车急匆匆赶到刘红玉原先工作的餐厅，逢人就问刘红玉在这儿吗？得到的回答不是摇头就是没有啊。回答他的人还一个个睁大眼睛满腹狐疑地看着他，大概以为这人是个神经病患者。

　　手机关机，餐厅也不见人影，刘传孝垂头丧气地回到家里，内心的无名火嗞嗞地往上冒，越烧越旺。他像无头苍蝇一样在家中乱窜，一间房接一间房漫无目的地转悠，浑身的关节被焦灼不安的情绪挤压得咯咯作响。此时的他，仿佛一枚燃点极低的炸弹，炽热滚烫，只要有一点火星，就立刻爆炸。

没多久，那颗火星推门而进，那是他的妻子欧阳慧琴。欧阳慧琴一进家门，就闻到那股呛人的火药味。因为他看到丈夫铁青着脸，坐在沙发上呼呼地喘着粗气。慧琴满脸狐疑，探询的目光对着丈夫上上下下巡视，小心翼翼地问：怎么啦？

怎么啦？你还有脸问我？刘传孝狠狠地掐灭香烟，噌地从沙发上弹了起来，鼓着蛤蟆眼冲妻子嚷：刘红玉被你气走了，这回你该高兴了吧?！

慧琴惊诧地注视着丈夫，猛然间发现茶几上的那张纸条，急忙拿过来看。看一遍不够，又看了第二遍，末了又走到刘红玉的房间，人去房空。她抓着手中的纸条又看了第三遍，看着看着，忽然间像泄了气的皮球，软软地瘫坐在茶几旁的单人沙发上。

刘红玉忽然出走，这是欧阳慧琴万万没有想到的。她想，红玉也只不过是个文化不高的农村女孩，能够攀上他们这样的北京人家还不是求之不得吗？俗话说玉不琢不成器，人不教不成材，子不教父（母）之过。不就因为她比不上自己女儿晔晔说了她几句吗？她一个农村孩子，难道比玉还娇贵？难道比自己女儿晔晔还娇气？就说不得教不得了？可话说回来，她欧阳慧琴内心并不想真不要刘红玉这个养女，更从没想到要将她赶走，毕竟她和丈夫历尽劫难之后仅剩下刘红玉这么一个指望了。如果连这个指望都没有了，自己和丈夫膝下没儿没女，将来老了甚至走不动了可怎么办？老了有个病痛可怎么办？再想远些，将来死了没人送终怎么办？这么一想，慧琴不寒而栗，越想越不敢想，越想越感觉到内心一阵阵刺痛，早知如此当初万不该那样对待她。这时候她才不由得感到自责和后悔。此刻她艰难地咽下一口唾液，嗫嚅着愧疚地问丈夫：你……打她手机没？

丈夫依然暴跳如雷：打个屁呀！我打了无数遍，可每次打都是关机。我还跑到她原先的餐厅去找了，连个影儿都没有。这回可好，好好一个孩子让你生生给气走了，家里孤男寡女的，就剩下咱俩一个老头子一个老太婆，将来咱俩死了连个给咱们收尸、烧香的都没有，你不觉得寒碜吗?！

丈夫火冒三丈，凶神恶煞，吼声震天。与他相濡以沫朝夕相处了几十年，慧琴还从没见过他发这么大的火。一直以来，丈夫在他心目中是温存体贴、豁达大度的，怎么一夜之间变得如此歇斯底里了？不就因为走了一个刘红玉吗，难道在他心目中刘红玉比她这个妻子还重要？眼看着丈夫那满腔怒火，那双眼睛喷射出来的愤怒，慧琴内心被深深刺痛了。这痛冷不丁扯开了她的泪腺，让她霎时泪如泉涌。她双手捂脸，深深埋下头来，不住地抽噎、浑身颤抖……

　　慧琴这样子，反倒将丈夫吓住了。与她同床共枕几十年，除了晔晔离去的那些日子，慧琴近来可从没有这么伤心过。自己这是怎么了？对几十年相濡以沫的妻子发这么大的火，是不是太过分了？女儿晔晔的离去，本来已成为慧琴内心深处难以愈合的伤痛，自己现在冲她发这么大的火，不是雪上加霜吗？这么想着，刘传孝内心的怒火像遭遇一盆冷水，慢慢冷却下来。他那颗本已经铁石般僵硬的心，也仿佛遭遇高温的融化，慢慢软了下来。他愣愣地看着不住抽噎、浑身颤抖的妻子，不由自主地走近她，紧挨着她坐了下来，抚着妻子的肩膀讪讪地说：对不起，都怪我发了这么的火，可我……我实在是气昏头了。

　　慧琴并未抬起头，她依然不住抽噎，依然浑身颤抖。刘传孝只能呆呆地看着她，一只手轻轻地抚着她的肩膀，另一只手从茶几上抽出纸巾，帮助她轻轻地擦拭脸颊上的泪水。大约过了数分钟，不，在刘传孝看来似乎过了漫长的半个世纪，慧琴才掠了掠散乱的刘海，从悲伤中抬起头来，轻轻地说：传孝，咱俩……离婚吧。

刘传孝像被火烫了一下，浑身一激灵，不住地眨着眼睛问：什么？慧琴，你说什么？

慧琴清了清嗓子，沉静地重复了一句：咱俩离婚吧。

刘传孝惊恐得眼珠就要蹦出来。他满脸疑惑地望着与自己相依为命几十年的妻子，像不认识似的。末了，他双手抓住妻子的双肩使劲地摇了又摇：你疯啦？

慧琴的声音依然沉着，她一字一句地说：我……没有疯。老话说，不孝有三，无后为大。我……知道你喜欢孩子，你爸你妈就你这么一个儿子，他们给你起了刘传孝这么个名字，不就是希望你传宗接代吗？可眼下……咱们的晔晔没了，我……也已经不可能为你生育孩子。离了婚，你……还可以再娶一个比我年轻的，还……可以继续生育。

刘传孝听罢，不由分说，像猛虎扑食般一下捂住慧琴的嘴，捂得好紧好紧。边捂边嚷：我不许你胡说，我不许你胡说！嘴这么说，心也跟着一酸，眼泪便扑簌簌地往下落。

慧琴心一惊，呆呆地望着丈夫，内心波涛翻滚。少顷，她一头扑进丈夫怀抱，放声痛哭。哭声感染着丈夫，丈夫也放声痛哭。夫妻俩惺惺相惜，悲伤难抑，哭声震天。

黑夜像天宇间泼出的墨，一片漆黑，刹那间将四周罩得严严实实。因为没有开灯，屋里也黑咕隆咚，像墓穴一般，一片死寂，只有这对孤男寡女凄厉的哭声，如泣如诉，诉说着人间的不幸……

十二

在京城的西南方向，门头沟区一处青山环绕、绿树掩映的地方，有一座安葬逝者的陵园，叫万佛华侨陵园。这里苍松挺立，翠柏婀娜，空气清新，山静谷幽，鸟语花香，风光旖旎。仰望苍穹，辽阔的蓝天和悠悠的白云不由得让人心旷神怡。来自京城以及附近乡镇的许多逝者的灵魂，都在这里找到了满意的栖息地。

走进这座万佛华侨陵园，梯田式的山坡由下而上，一排一排，一座一座，整整齐齐地矗立着数不清的墓碑。

少女刘晔的灵魂也在这里安息着。

她的墓地，背靠山体，面向原野。墓地正面，浮现出刘晔的遗像、书包和一本书籍，都是用汉白玉雕刻而成的。底座则用花岗岩构筑，显得庄严、寂寞而又稳固厚重。墓地的两侧，左右两边各矗立着一棵枝叶繁茂的松柏，日日夜夜陪伴着少女刘晔的灵魂。

这天是星期天，刘传孝夫妇早早起床，相约去看望他们那长眠在万佛华侨陵园的女儿。刘晔（的骨灰）刚安放在这里的时候，开始是每周，后来是每隔两周，现在是每月，刘传孝和欧阳慧琴都会选择一个礼拜天，来这里看望再也不能回家的女儿。每一次，他们都是天未亮就起床，麻利地洗漱，简单地吃些早点，然后带上事先扎好的各色纸花早早出门。来到附近的早市，他们会花二三十元买上一束色彩斑斓、美丽香艳的花，用事先准备好的塑料布包裹起来，小心翼翼地护着捧着，然后匆匆赶路。

从位于京城东北角三元桥附近的家，到位于京城西南方向的万佛华侨陵园，总共有六七十公里的路程。走出家门，刘传孝夫妇俩必须先坐一段公共汽车赶地铁，在地铁苹果园站换乘931路通往门头沟的公共汽车，单程耗时就得两个钟头。尽管如此，夫妇俩如今还是坚持每月去看望女儿一次，风雨无阻，雷打不动。不去，心里便闹得慌。去了，他俩内心就会舒坦十天半月。看望长眠于另一个世界的女儿，如今不仅成为他们俩生活中必不可少的一项内容，而且还成了他们俩唯一的精神寄托。

每次来到女儿的墓地，夫妻俩总是要先上上下下地擦一擦，扫一扫，到处拾掇拾掇，然后在女儿的墓前默默地坐上一段时间，默默地用心灵感受女儿的心灵，默默地用心灵与近在咫尺却远在另一个世界的女儿交流、对话。这种无声的对话与交流，一般要持续一个来小时。在思念爱女之情得到充分释放与满足之后，夫妻俩才恋恋不舍、一步一回头地慢慢往回走……

此刻，刘传孝夫妇又一次来到女儿的墓前。与以往每次一样，他们先是将墓碑擦一擦，扫一扫，上上下下到处拾掇拾掇，清理墓地前后的落叶与杂草，然后将带来的鲜花献上，默默地祭拜、默哀。而后，他们在女儿的墓前默默地坐下来，默默地用心灵感受女儿的心灵，默默地用心灵与近在咫尺却远在另一个世界的女儿交流、对话。

时值深秋，天高地远，秋风习习。秋风不时卷起地上的落叶，缓缓地打着旋儿，又轻轻地落到地上。树梢上有几只乌鸦在此起彼落地鸣叫，仿佛地府阴间发出的哀鸣，显出几分落寞与凄凉。

沉默了一阵，刘传孝端起随身带来的保温水壶，递给妻子：喝点水吧。

妻子摇了摇头，说：你喝吧，我不渴。说着话，却没有抬眼打量丈夫。

刘传孝自己取过水壶，喝了一口。问妻子：你……在想什么？

妻子喃喃说：我在想，咱们的晔晔……现在在做什么呢？她在天堂那边……过得还好吗？

丈夫的心像忽然间被马蜂蜇了一下，痛，麻，酸。他目不转睛地注视着妻子，待那阵难言的感觉渐渐消逝，才喃喃地说：咱们晔晔，打小懂事，乖巧，她在那边怕咱俩操心，会好好过的。

妻子说：晔晔，她在那边做什么呢？她……每天会怎么过呢？

丈夫叹了口气，抬头看天，自言自语：唉！我想，她呀，一定跟在咱们家的时候一样，每天上学，读书。我……还想，天堂里的学校，一定比她原先的学校更好，更漂亮。每天的作业，也一定不会像人间那么多，晔晔的负担也不会那么重。我……还想，天堂里的交通一定也不会像人间那么乱，人与人之间，仁义，友善，团结，互相关爱，不像咱们人间，为了自己的利益，尔虞我诈，钩心斗角，竞争激烈，活得都太累太累。

妻子转过脸，深情地瞥了一眼丈夫，像很满意丈夫的回答。一会儿，她也跟着抬头看天，说：唉，天堂那么好，我……真想早点去，去陪晔晔。

丈夫又像被马蜂蜇了一下，心一沉，扭过头注视妻子，说：你别胡思乱想了。你要走了，我……怎么办？

妻子脸也不回，依然抬头看天，说：你呀……可找一个比我年轻的女人结婚，再生一个孩子。有了孩子，就能传宗接代，将来老了，也好有人照顾。

丈夫伸手扒拉妻子肩膀，说：你瞎说什么呀？我都这把年纪了，哪个姑娘会瞎了眼跟上我？

妻子这才回过脸看他，说：会有的。你看看那么多的老板大款，都能找到比自己女儿都还年轻的姑娘。还有那个科学家叫杨……杨什么来着？噢，想起来了，叫杨振宁，找了个比孙女还小的……

丈夫不耐烦地打断妻子：我既不是大款，也不是名人大官，除了你谁愿意跟我这个平头百姓啊？你可别再胡思乱想了！你要走，我也跟你走，咱俩一块去陪晔晔。

一听丈夫也说要走，妻子也像被马蜂冷不丁蜇了一下，纠结了。说心里话，慧琴还是舍不得这个陪伴了二十几年、相濡以沫、相依为命的丈夫的。虽然他没有大富大贵，更没有大红大紫，但作为男人和丈夫，他宽厚、仁慈、善良、温存、体贴，跟着这样的男人生活了二十几年，自己虽然没有享受到什么荣华富贵，却也不愁穿不愁吃，平平安安，和和睦睦，温温馨馨，让人觉得心里踏实。如果自己真离他而去，他一个人可怎么过呀？

丈夫喝了口水，喉结上下滑动，继续说：还记得咱俩喜欢的那首歌怎么唱吗？说着，他也不由分说，轻轻哼唱起来……

背靠着背坐在地毯上

听听音乐聊聊愿望

你希望我越来越温柔

我希望你放我在心上

……

妻子心一热，情不自禁地跟着慢慢哼唱——

你说想送我个浪漫的梦想

谢谢我带你找到天堂

哪怕用一辈子才能完成

只要我讲你就记住不忘

我能想到最浪漫的事

就是和你一起慢慢变老

……

夫妻俩越唱越动情，唱得热泪盈眶，唱着唱着情不自禁地搂在了一起。歌声赶走了周围的乌鸦，搅动了墓地和山林的宁静，让秋风屏息静气，白云也不由得驻足倾听。北京万佛园的深秋，显得苍凉，又不乏生机。

丈夫首先停下来，取出纸巾替妻子擦了擦满脸的泪水，深情地注视着妻子：咱俩，谁也不许离开谁。要走，咱俩一块儿走，谁也不能扔下谁。

妻子深情地回望着丈夫，抿着嘴唇点了点头，说：我愿意陪着你，一起慢慢变老。

丈夫说：我也要陪你一辈子，生死相依，永不分离。咱俩，不仅要好好活着，还要活得长久，让女儿的在天之灵，不至于为咱俩操心。

妻子说：活那么久干吗？将来老了，走不动了，有病看不了，有钱都买不了东西，那可怎么办？

丈夫说：这怎么可能！

妻子说：怎么不可能？你想想吧，咱俩将来总有一天会老到走不动的时候。要是看个病挂个号什么的，你怎么去医院？即使出得了门，你怎么有力气挤公交车？即使到了医院，人山人海的，你怎么有力气去排队挂号？那不是活受罪吗？话说回来，即使不得病，老了，咱俩都走不动了，你还有力气下楼到市场、到超市买菜买东西吗？要那样赖活，还不如早死呢！

丈夫心一沉，抖着眉说：想那么多干吗？天无绝人之路，到时候再说。不行，咱俩……可以请保姆啊。

妻子说：哼，你说得轻巧，你哪儿来的钱啊？你知道现在请保姆一个月要花多少钱吗？要三四千呢！咱俩一个月才挣多少钱啊？

丈夫一时语塞，满脸茫然。

沉默了一会儿，妻子叹着气，喃喃自语：唉，要是晔晔不走，那该多好啊……说着，她又抹起了眼泪。

丈夫轻抚着妻子肩膀，安慰说：还是先别想那么多，活一天算一天吧。我还是那句话，天无绝人之路，到时候再说。

妻子说：可古人也说了，人无远虑，必有近忧。咱俩……不想想未来，不就像瞎子走路，随时都可能摔跟斗，随时都可能大祸临头吗？

丈夫发现，此刻妻子愁云满面，双眸已噙满泪水，满是酸楚、忧伤。他心一酸，眼泪也不听话地潸然落下。

过了一会儿，妻子掏出纸巾，低头擦了擦泪，又呆呆地、久久地望着天，叹着气说：唉！天，好远好远啊。停了一会儿，又自说自问：可天，到底……有没有尽头呢？

丈夫擦了擦眼泪，愣愣地望着妻子，说：天，无边无际，怎么可能有尽头呢？

妻子说：是啊，古人说了，天无绝人之路。按理，天应该无边无际。可我……怎么却看到了天的尽头呢？

丈夫像触电一般，霎时被妻子的话惊呆了。他瞪着眼睛，惊愕地望着妻子，一时无言以对，内心却翻江倒海。绝望与凄楚的浪潮霎时阵阵扑来，几乎要将他淹没。

不知什么时候，乌鸦又飞了回来，一声声鸣叫，此起彼伏，阴森瘆人。墓地顿起阴气，万佛园一派肃杀、寂然。

十三

大约三十年之后。

这年夏天的一个中午，北京电视台播出了一则社会新闻：昨天夜里，朝阳区三元桥附近某居民小区发现一对惨死在自己家里多日、无人问津的老年夫妻。死讯是该栋居民楼多位居民近日老闻到尸臭后发现并报警的。据警方初步调查，这

320

对惨死的老年夫妻是孤寡老人，膝下无任何子女，当地派出所查出该户户主名叫刘传孝，1949 年出生；妻子叫欧阳慧琴，生于 1950 年。这对孤寡老人的死因，警方目前仍在调查之中。

图书在版编目（CIP）数据

身不由己 / 杨晓升著 . — 北京：作家出版社，2017.2
（名家小说集）
ISBN 978-7-5063-9379-9

Ⅰ．①身… Ⅱ．①杨… Ⅲ．①中篇小说－小说集－中国－
当代 Ⅳ．①I247．5

中国版本图书馆 CIP 数据核字（2017）第 042140 号

身不由己

作　　者：杨晓升
策 划 人：杨晓升
责任编辑：张　平
装帧设计：薛冰焰
出版发行：作家出版社
社　　址：北京农展馆南里 10 号　　　　邮　　编：100125
电话传真：86-10-65930756（出版发行部）
　　　　　86-10-65004079（总编室）
　　　　　86-10-65015116（邮购部）
E-mail：zuojia@zuojia.net.cn
http://www.haozuojia.com（作家在线）
印　　刷：北京盛兰兄弟印刷装订有限公司
成品尺寸：130×185
字　　数：146 千
印　　张：10.5
版　　次：2017 年 7 月第 1 版
印　　次：2017 年 7 月第 1 次印刷
ISBN 978-7-5063-9379-9
定　　价：48.00 元